ROSS THOMAS

Die im Dunkeln

ROMAN

AUS DEM AMERIKANISCHEN
UND MIT EINEM NACHWORT
VON
GISBERT HAEFS

HAFFMANS VERLAG

Anmerkungen zum Text
und eine vollständige Ross-Thomas-Bibliographie
befinden sich am Schluß des Bandes

Die Originalausgabe ›Ah, Treachery!‹ erschien 1994 bei
The Mysterious Press, New York.

Konzeption und Gestaltung von Urs Jakob
Umschlagbild von Nikolaus Heidelbach

Deutsche Erstausgabe

Gesamtherstellung: Ebner Ulm
ISBN 3 251 30057 1

1 2 3 4 5 6 00 99 98 97 96 95

»Er liebte den Verrat, aber er haßte Verräter.«

Plutarch über Romulus

1. Kapitel

Am Heiligabend 1992 kam um 19.33 Uhr der Mann mit zinngrauem Haar in Wanda Lous Waffenladen in Sheridan, Wyoming, und tat so, als ob er Edd Partain, den geschaßten Army-Major und angestellten Waffenverkäufer, nie gesehen hätte.

Draußen, genau 21,8 Meilen südlich der Grenze zu Montana, war es kalt und trocken: beide Werte um die zehn, einer davon minus. Trotzdem trug der Mann mit dem kurzen grauen Haar etwas, was ein Manager unten in Denver oder sogar Santa Fe hätte tragen können – einen leichten Mantel aus Wolle mit Raglan-Ärmeln und konservativem Hundszahnmuster. Die Füße steckten in schwarzen Slippern mit dünnen Sohlen, schon weitgehend ruiniert von Sheridans zwei Fuß tiefem dreckigen Schnee.

Edd Partain ließ den Grauhaarigen sich fast zwei Minuten lang umsehen, bevor er ein höfliches Räuspern und dann eine ebenso höfliche Frage äußerte: »Kann ich Ihnen irgendwie helfen?«

Der Mann nickte, schaute aber Partain noch immer nicht an. »Ich brauche ein oder zwei Geschenke, auf den letzten Drücker«, sagte er zu einem Stapel angeblich kugelsicherer Westen. »Haben Sie ne Idee?«

»Kommt drauf an«, sagte Partain. »Für Mami, die Missis oder die Freundin wär die Walther PPK nicht schlecht – Kaliber fünfundzwanzig, ziemlich selten, hoher Sammlerwert, natürlich das Westentaschen-Modell neunzehnhundertdreizehn, trägt nicht auf. Für den lieben alten Daddy vielleicht eine Purdy-Flinte nach Maß; könnten wir in London bestellen, aber da hätten wir gern fünftausend Dollar Anzahlung, und geliefert wird sie so in zwei, drei oder sogar vier Jahren. Aber Daddy weiß Ihre Großzügigkeit bestimmt zu schätzen und kann die jahrelange Vorfreude auskosten.«

Der Mann wandte sich von den kugelsicheren Westen ab, ging langsam zur Theke, stützte sich mit beiden Händen auf die Glasplatte und starrte den Ex-Major mit Augen an, deren Farbe und Wärme, wie Partain registrierte, immer noch Flußeis bei beginnendem Tauwetter ähnelten.

»Ich war nicht ganz sicher, daß Sie's sind, Twodees«, sagte der Mann. »Erst als Sie das Maul aufgemacht haben und die Scheiße da rauskam.«

»Und ich hätte Sie kaum wiedererkannt, Captain Millwed, mit all den neuen grauen Haaren.«

»*Colonel* Millwed.«

»Mein Gott. Die Army würde doch nie – aber klar, doch, sie würde. Und sie hat. Glückwunsch.«

Colonel Millwed ignorierte das suspekte Kompliment und sagte: »Ist Wanda Lou da?«

»Wanda Lou ist wie Marley seit sieben Jahren tot. Der Laden gehört jetzt Alice Ann Sutterfield, Wanda Lous bezaubernder Tochter.«

»Ist die da?«

»Erst am zweiten Weihnachtstag – Samstag.«

Der Colonel wandte sich um, inspizierte den Laden noch einmal schnell, drehte sich dann wieder zu Partain und fragte: »Zahlt die bezaubernde Tochter irgendwas?«

»Acht sechzig die Stunde«, sagte Partain. »Weil ich aber normalerweise eine Sechzig-Stunden-Woche mache – ohne Überstundensold, wie ich zerknirscht einräumen muß –, ist die Bezahlung in Ordnung. Für Wyoming. Außerdem sind meine Bedürfnisse gering, und ich befriedige sie selbst.«

»Emerson, über *Masturbation?*«

»Könnte auch von Thoreau sein.«

»Und was hat Alice Ann gesagt, als Sie ihr alles über sich und die Army und den Rest erzählt haben?«

»Sie hat nie gefragt, ich hab's ihr nie aufgedrängt. Ich hab aber gewußt, daß die irgendwann mal jemand schicken, um's ihr zu sagen – vielleicht nen pompösen Second Lieutenant frisch aus der Münze, an dem ein Colonel nen Narren gefressen hat. Oder, eher wahrscheinlich, nen Captain mit zu hohem Dienstalter. Deshalb war ich auch nicht überrascht, als Sie hier reingeplatzt sind; ich muß aber gestehen, ich fühl mich geschmeichelt, daß die nen Colonel geschickt haben, für den . . . Vollzug.«

»Keine Schmeicheleinheiten«, sagte Millwed. »Ich habe mich freiwillig gemeldet.«

»Hätt ich mir denken können. Aber wieso jetzt? Wieso nicht voriges Jahr? Oder das Jahr davor? Oder in sechs Monaten?«

»Kriegt ihr hier draußen die ›New York Times‹?«

»Ja, aber ich kauf die nicht. Um *au courant* zu bleiben, nehm ich Sheridans spritziges Lokalblatt und den BBC World Service.«

»Kein Fernsehen?«

Partain schnitt eine Grimasse. »Meinen Sie wirklich, ich soll mir ne Glotze kaufen?«

»Nur wenn Sie scharf auf Brände und Schlitzereien sind. Bleiben Sie bei der BBC. Die bringen das auch bald.«

Partain blickte hoch zum Blechdach des alten Gebäudes, als ob er ein Leck suchte. »Kommt jetzt also alles raus«, sagte er zur Decke, ließ dann seinen Blick wieder auf Colonel Millwed ruhen. »Aber die gereinigte Fassung, nehm ich an, mit irgendner ehrbaren Quellenangabe.«

»Es kommt zuerst auf Spanisch, besiegelt und abgesegnet von der UNO«, sagte der Colonel. »Die UNO glaubt – oder tut jedenfalls so –, daß sie die ganze wirklich schlimme Scheiße ausgebuddelt hat, aber ich und Sie, Twodees, wir wissen's besser.«

»Und Sie kommen als was – freundliche Warnung?«

»Sind Warnungen je freundlich?« fragte der Colonel; offenbar erwartete er keine Antwort. »Aber wenn Sie sich bei Warnungen in die Hose machen, nehmen Sie meinen Besuch als sanften Stupser, das ist jedenfalls besser als der richtige Tritt.«

Partain nickte versonnen; dann hellte sein Gesicht sich auf, und er bedachte Millwed mit einem deutlich falschen Lächeln. »Und ich kann Ihnen wirklich überhaupt nichts verkaufen, wo Sie doch schon mal hier sind, *mon colonel?* Vielleicht was Kleines, Billiges, Unauffälliges, was man hinterher unbesorgt liegenlassen kann, für alle Fälle?«

Millwed erwiderte das falsche Lächeln Zahn um Zahn; seine waren eigenartig matt. ›Sogar seine Zähne werden grau‹, dachte Partain, als der Colonel sagte: »Ich seh mich bloß um, Twodees. Das ist alles. Bloß so.«

Es kam nur noch eine Kundin, nachdem der Colonel gegangen war, aber sie kaufte nichts. Um 21 Uhr schaltete Partain das Alarmsystem ein, ließ vorn die Stahlläden herunter, vergewisserte sich, daß die stählerne Hintertür verschlossen und verriegelt war, knipste die Lichter aus, schloß die Vordertür ab und ging die drei Blocks zu seinem Ein-Raum-Apartment über der Doppelgarage seines Vermieters.

Drinnen sortierte und zerriß Partain seine Post, darunter eine Weihnachtskarte von einer hiesigen Bank, bei der sein Girokonto im Moment auf $319.41 stand. Er trank ein wenig Bourbon mit Wasser, erhitzte und aß ein tiefgefrorenes Tex-Mex-Gericht, saß dann bis Mitternacht und las Freya Starks *The Valleys of the Assassins* zum dritten Mal. Er ging ins Bett mit der Erkenntnis, daß es bis auf die Stark eine genaue Wiederholung der Heiligabende seit 1989 gewesen war.

Am Weihnachtsmorgen weckte das Gehämmer an der Tür Partain um 7.02 Uhr. Er stand langsam auf, zog einen schäbigen Bademantel aus Plaid an, ging zur Tür und sagte: »Wer zum Teufel ist da?«

Eine Frau schrie die Antwort: »Ich bin's, und Sie sind gefeuert.«

Partain öffnete die Tür; draußen stand die zu dünne, zu blonde 39jährige Alice Ann Sutterfield. Sie stand auf der obersten Stufe und bibberte bei −10° C, obwohl sie Handschuhe, Pullover, flanellgefütterte Jeans, Stiefel und einen schweren dreiviertellangen Mantel trug. Hals und Mund verbargen sich hinter einem grünweißen Wollschal. Zu sehen waren rote Wangen, glühende Nase, nußbraune Augen mit Silberblick und dunkelbraune Brauen, die etwas über die Echtheit ihres buttergelben Haars sagten.

Sie musterte Partain mißtrauisch, als ob sie irgendeine gewalttätige Reaktion erwartete, aber als er nur sagte: »Und Ihnen auch fröhliche Weihnachten, Alice Ann«, schnaufte sie und drängte sich an ihm vorbei ins Apartment.

Nachdem er die Tür geschlossen hatte, drehte Partain sich um und sah sie mit losem Schal mitten im Raum stehen, eine Hüfte leicht vorgereckt. Sie versuchte, ihn mit ihrem nußbraunen Silberblick in Grund und Boden zu starren, aber das Unterfangen bestätigte lediglich Partains Theorie, daß Augen mit Silberblick, gleich welche Farbe, sich nicht für richtig gutes Glotzen eignen.

»Ich will Sie nie wieder in meinem Laden sehn, Edd, und die Ladenschlüssel will ich jetzt sofort.«

Partain nahm die Schlüssel vom Frühstücks-, Eß- und überhaupt Allestisch und reichte sie ihr. »Sie haben mit dem Colonel geredet, was?«

»Der Mann hat sein Weihnachten im Schoß der Familie geopfert, um den ganzen Weg herzufliegen und eine arme Witwe zu warnen, wegen all der schrecklichen Dinge, die Sie da unten gemacht haben, in – in, ach, irgendwo in Mittelamerika.«

»Der Colonel hat keine Familie, Alice Ann, und Sie schulden mir eine Woche Lohn und zwei Wochen Ferien.«

»Meinen Sie, das wüßt ich nicht? Meinen Sie denn, ich wär nicht gestern abend kreuz und quer durch die Stadt gerannt und hätt meinen Heiligabend ruiniert, bloß um das Geld zusammenzukratzen und Ihnen alles, was Sie zu kriegen haben, bis auf den letzten Cent zu bezahlen? Hier.«

Sie stieß mit einem weißen, mittelgroßen Briefumschlag nach ihm. »Los, zählen Sie's nach. Stimmt alles.«

»Dann brauch ich es ja nicht zu zählen«, sagte Partain, nahm den Umschlag und schob ihn in die Tasche seines alten Bademantels.

»Also, ich weiß nicht, vielleicht haben Sie ja nicht *alles* gemacht, was Colonel Milkweed sagt, das Sie ...«

»Colonel Millwed.«

»... sagt, das Sie gemacht haben, aber ich kann mir einfach das Risiko nicht leisten, daß so ein, also, irgendein Wilder zwischen meinen Waffen durchknallt. Man weiß ja nie, was da passieren kann.«

»Weiß man nie«, bestätigte Partain.

»Sie wollen jetzt bestimmt versuchen, mir das auszureden, weil Sie wissen, was ich für n Softie bin. Aber diesmal bleib ich ganz bestimmt hart. Also versuchen Sie's gar nicht erst.«

»Okay«, sagte Partain. »Tu ich nicht.«

Es gab nicht viel zu packen. Ein paar Bücher, der kleine Sony-Weltempfänger, Kleidung und Toilettenartikel, ein paar persönliche Papiere, eine Kamera und anderthalb Flaschen trinkbarer Whiskey – gerade genug, um eine Army-Stofftasche ganz und die alte Reisetasche aus Kaffernbüffelleder, die er vor Jahren billig in Florenz gekauft hatte, fast vollzukriegen.

Nichts an Geschirr, Gläsern, Besteck, Töpfen, Pfannen, Möbeln und Bettzeug. All das gehörte Neal, dem Vermieter, der sagte, es täte ihm leid, Partain als Mieter zu verlieren, und an Weihnachten gefeuert zu werden, gehöre in eins dieser Scheißrekordbücher. Partain stimmte zu, verabschiedete sich telefonisch und wählte dann eine Nummer in Washington, D.C. Nach dem dritten Klingeln meldete sich eine Männerstimme mit den letzten vier Ziffern, die Partain eben gewählt hatte.

»Partain hier«, sagte er. »Die haben gestern Millwed geschickt, und heut früh bin ich gefeuert worden. Mein Weihnachtsbonus.«

»Wenn du griechisch-orthodox wärst wie ich, hättest du noch zwei Wochen bis zum richtigen Weihnachten, dann wär dein Selbstmitleid nicht so groß. Millwed, was? Ralph Waldo Millwed, unser Karrierecolonel, angeblich der kommende Mann.«

»Wer sagt das?«

»Gerüchte, was denn sonst.«

»Irgendwelche Vorschläge?« sagte Partain.

»Zufällig – und was für ein Zufall – gibt's da was. Ist aber eher ein Vorfühler als ein richtiges Angebot.«

»Laß mal hören.«

»Eine wohlhabende ältere Person, zweiundsechzig, liegt in Los Angeles im Sterben. Sucht cleveren, aggressiven Draufgänger, der hilft, ein letztes Problem zu lösen. Interessiert?«

»Wie sieht das Problem aus?«

»Keine Ahnung, bringt aber tausend pro Woche plus Logis.«

»Wie viele Wochen?«

»Bis daß der Tod euch scheidet, schätzungsweise«, sagte der Grieche.

2. Kapitel

Mit seinem vorletzten Fünfziger bezahlte Partain den Fahrer des freien Taxis, das er am Flughafen von L.A. angehalten und heruntergefeilscht hatte. Als der Wagen abfuhr, steckte er die 30 $ Wechselgeld ein, drehte sich um und musterte die Privatklinik auf der Nordseite des Olympic Boulevard, ein paar Blocks östlich von Century City.

Es war kurz nach sechs abends und dunkel an diesem drei Königen geweihten Dienstag im Januar. Partain überlegte, ob die Klinik schon den Weihnachtsschmuck entfernt oder sich gar nicht die Mühe gemacht hatte, welchen anzubringen. Eigentlich war es ihm egal, aber er hielt seine milde Neugier für überraschend, vielleicht sogar ermutigend.

Bei Betrachtung der Klinik kam Partain der Verdacht, daß der Architekt Liebhaber langer, fahler Granitplatten war und der Gartengestalter eine Schwäche für dürreresistente Pflanzen hatte – die teure Sorte, die auch bei Wolkenbruch noch durstig wirkt. Beträchtliches Geld war auch in die äußere Sicherheitsbeleuchtung gesteckt worden, und Partain, der etwas davon verstand, fand nichts daran auszusetzen.

Mit seiner Kaffernbüffelledertasche betrat er die Klinik, mied die Rezeption, nahm einen Aufzug zur obersten Etage, der fünften, und glitt in ein geräumiges Eckzimmer, wo dem Griechen zufolge seine prospektive Arbeitgeberin an einer seltenen, nicht diagnostizierbaren Krankheit im Sterben lag.

Partain fand sie im Schneidersitz auf einem Klinikbett; sie trug einen roten chinesischen Seidenrock mit zahlreichen kleinen, goldenen Drachen, die einander entweder angähnten oder anbrüllten. Sie hatte eben ein Stück – das letzte, wie er feststellte – einer kleinen Pizza gegessen, direkt aus der Schachtel, in der sie geliefert worden war, und spülte jetzt den letzten Bissen mit dem letzten Rest aus einer Flasche Beck's-Bier herunter.

Sie ließ die Flasche sinken, starrte ihn einen Moment mit klugen, nicht ganz grauen Augen an und sagte: »Edd-mit-zwei-ds Partain, wie ich hoffe und annehme.«

»Deshalb hat man mich manchmal so genannt – Twodees«, sagte er. »Vor allem in der Schule.«

»Dann würde ich fast wetten, daß die Partains Cajuns waren und wahrscheinlich im Ölgeschäft irgendwo da unten – wo? Opelousas? Lafayette?« Ein schnelles Grinsen, bei dem sie perfekte Zähne zeigte, die Partain für perfekt überkront hielt. »Tschuldigung«, sagte sie, »aber ich denk mir gern Geschichten aus zu Leuten, die ich grad erst getroffen hab.«

»Meine Leute sind gleich nach dem Krieg von El Paso nach Bakersfield gezogen«, sagte er. »Mein Vater hat Umzüge am Ort gemacht und Mutter im Wohnzimmer einen Schönheitssalon betrieben. Ich glaube, die Partains waren ganz früher französische Hugenotten, aber ich hab mich nie danach erkundigt.«

»Tja, Sie wissen schon, daß ich Millicent Altford bin, sonst wären Sie nicht hier«, sagte sie und legte die leere Bierflasche lang in die leere Pizzaschachtel. Dann nahm sie Schachtel und Flasche vom Schoß, stellte sie aufs Bett, glitt elegant aus dem Schneidersitz auf den Boden und fragte: »Wollen Sie ein Bier?«

Partain sagte ja, danke, und beschloß, ihr zwischendurch aufflackernder Red-River-Valley-Tonfall müsse mindestens 40 Meilen nordöstlich von Dallas und kaum weniger als 190 Meilen südlich von Oklahoma City entstanden sein. Wenn der Akzent schwand, wurde er durch etwas Kühles, Knappes aus Chicago ersetzt, wo sie dem Griechen zufolge vier Jahre bei Foote, Cone & Belding verbracht hatte, bevor sie als Spendenbeschaffer zu Adlai Stevensons zweiter Präsidentschaftskampagne stieß, 1956.

Altford glitt barfuß zu einer kleinen Einbaubar, die Gin, Scotch und Wodka enthielt, aber keinen Bourbon. Es gab auch ein paar Gläser, eine kleine Spüle aus rostfreiem Stahl und darunter einen Minikühlschrank in körnigbrauner Synthetikverkleidung, die überhaupt nicht wie Nußbaumfurnier aussehen wollte.

Sie beugte den Oberkörper vor, öffnete die Kühlschranktür – die Beine noch immer gerade, die Augen jetzt fast auf Kniehöhe –, schaute hinein und bot Partain an, ihm aus Dingen, die das Stage-Deli geliefert hatte, ein richtig gutes Sandwich zu machen, Pastrami auf Roggenbrot. Partain dankte, sagte aber, er habe im Flieger gegessen.

Sie richtete sich so mühelos auf, wie sie sich gebückt hatte – in jeder Hand eine Flasche Beck's –, drehte sich um und musterte ihn mit einem Ausdruck, den er für Sympathie hielt. »Sie essen im Flugzeug?«

»Eine Sparmaßnahme«, sagte er; er stellte die Reisetasche auf den Boden.

»Tja, dagegen müssen wir was tun, wie?« sagte sie und schloß die Kühlschranktür mit einem Absatzkick ihres nackten linken Fußes – Partain nahm an, daß in dieser Bewegung einiges an Übung und vielleicht sogar Choreographie steckte.

Nachdem sie den Raum durchquert hatte, um ihm ein Bier zu geben, drehte sich Millicent Altford um und ließ sich auf eine dunkelblaue Couch mit drei Rückenkissen sinken, wobei sie einladend auf das mittlere klopfte. Als beide saßen, ein Kissen zwischen sich, trank Partain einen Schluck Bier und sagte: »Man hat mir gesagt, Sie liegen im Sterben. Ich nehme an, das ist gelogen.«

»Ich habe denen gesagt, sie sollten lügen. Dann könnte ich, wenn mir Ihre Nase nicht paßt, einfach sagen: ›Tut mir leid, es wird nichts. Ich hab genug mit Sterben zu tun.‹«

»Da Sie weder krank sind noch sterben, könnte man annehmen, daß Sie sich vor etwas oder jemandem verstecken.«

Er schaute sich noch einmal in dem großen privaten Eckzimmer um. »Obwohl das hier ein verdammt teures Versteck sein dürfte.«

»Jeden anderen, oder seine Versicherung, würde es mindestens zweitausend pro Tag kosten – plus.«

»Plus was?«

»Gourmetmahlzeiten. Die Klinik hat nen französischen Koch angeheuert, mit meterlanger Speisekarte, und jetzt kann man morgens im Bett liegen und stundenlang darüber brüten, was man den Rest des Tages und die halbe nächste Nacht essen will. Aber für mich ist das alles gratis, frei, umsonst.«

»Warum?«

»Als die anno dreiundachtzig angefangen haben, das Ding zu planen, haben die ungefähr eine Million gebraucht, für den Anfang. Ich hab das Geld in vier Tagen zusammengekriegt, nichts dafür berechnet, und jetzt, tja, jetzt hab ich so was wie ein offenes Dauerkonto hier.«

»Wird hier irgendwas behandelt?«

»Die sollen toll sein bei Syph und Tripper.«

Partain fand, sie sah eher wie 52 als 62 aus, trotz des dichten kurzgeschnittenen Haars mit der Farbe und dem Leuchten alten, frischpolierten Silbers. ›Deck das Haar ab‹, dachte er, ›oder färb es wieder original so, wie es mal war, honigblond, dann kann sie, mit dem Licht von hinten, für 41 durchgehen – dein Alter.‹

Altford bewegte unter dem langen roten Seidenrock ihre Beine, bis sie wieder im Schneidersitz war. Sie trank einen Schluck Bier aus der Flasche und starrte Partain einen Moment an, ehe sie sagte: »Erzählen Sie mir was von sich und Nick Patrokis und all den abtrünnigen Ex-Spionen, die sich BARF oder VOMIT oder so was nennen.«

Partain ließ sich Zeit mit der Antwort. »Das hat angefangen als Veterans of Military Intelligence, mit dem Akronym VMI. Aber dann hat das Virginia Military Institute gezetert, und Nick und ich und die anderen haben an VOMI gedacht, bloß das mochte niemand. Weil aber die meisten Mitglieder angeschissene und sonstwie enttäuschte Veteranen des einen oder anderen militärischen Nachrichtendienstes sind, haben sie beschlossen, sich einfach so zum Spaß Victims of Military Intelligence Treachery zu nennen, daraus wird dann VOMIT, und *das* Akronym wollte sonst keiner. Außerdem hat's ihnen Publicity eingebracht, und das war der zweite Grund, sich dafür zu entscheiden.«

»Seit wann sind Sie Mitglied?«

»Bin ich nicht mehr«, sagte Partain. »Ich kann mir die Beiträge nicht leisten.«

»Wie hoch sind die?«

»Fünfundzwanzig pro Jahr.«

»Fünfundzwanzig*tausend?*«

»Fünfundzwanzig Dollar.«

Sie grinste. »Sie sind wirklich pleite.«

»Oder arm«, sagte er. »Ich glaube, es gibt da einen kleinen, aber wichtigen Unterschied.« Er trank noch etwas Bier, dann sagte er: »Wie kommen Sie an Nick?«

»Ich hab einen alten Freund, ehemaliger Brigadier General«, sagte sie mit der steigenden Intonation der Eingeborenen des Red River Valley und überhaupt großer Teile des Südens.

»Army oder Marines?«

»Army. Tatsächlich der einzige General, den ich je kennengelernt hab. Aber als wir liiert waren, gegen Ende der Korea-Veranstaltung, war er Captain mit komischen politischen Ansichten.«

»Wie komisch?«

»Er war Stevenson-Demokrat.«

»Das ist ziemlich komisch, nach dem, was ich gelesen habe.«

»Zwölf Jahre später, frühes Vietnam, war er Colonel.«

»Und ein ziemlich schneller Aufsteiger.«

»Er war auch verdammt gut. Anno fünfundsechzig haben sie ihn nach Vietnam geschickt und siebenundsechzig zum Brigadier gemacht. Da hatte er seine zwanzig Jahre voll. Achtundsechzig hat er sich dann gegen den Krieg ausgesprochen und seinen Hut genommen.«

»In dieser Reihenfolge?«

Sie überlegte. »In dieser Reihenfolge.«

»Treffen Sie ihn noch?«

»Er hat zwei Frauen gehabt und ich drei Männer. Aber hin und wieder sehen wir uns noch. Als ich angefangen hab, jemand zu suchen, hab ich ihn angerufen und gesagt, ich müßte mir wen mit Birne und Bizeps anheuern. Er sagt, die würden selten zusammen geliefert, aber wenn, dann wüßte Nick Patrokis wahrscheinlich, wo. Also hab ich Nick angerufen, und der hat zurückgerufen und Ihren Namen genannt.«

»Dann kennen Sie Nick eigentlich gar nicht?«

»Nur per Telefon. Ich nehm aber an, Sie kennen ihn ganz gut.«

»Aus Vietnam; da hat er in einer bösen Klemme gesteckt«, sagte Partain und wartete auf ihre Frage nach der Art von böser Klemme. Als sie nicht fragte, stieg sie einige Punkte in seiner Achtung.

»Erzählen Sie von VOMIT«, sagte sie.

»Das ist eigentlich eine Ein-Mann-Organisation. Nick ist Mitbegründer und Geschäftsführer. Er ist auch PR-Mann, Geldbeschaffer, Sprecher, Buchhalter, Mädchen für alles und Herausgeber der unregelmäßigen Vereinsnachrichten. Er und VOMIT teilen sich ein Büro mit einem, der Schuldner jagt; Connecticut Avenue, ein paar Blocks nördlich vom Dupont Circle – kennen Sie Washington?«

Sie nickte.

»Also, das Büro befindet sich über einem griechischen Restaurant, und das gehört Nicks Onkel. Nick ißt da umsonst.

Der Onkel besitzt auch das ganze Gebäude und verlangt von VOMIT keine Miete. Ein paar besonders mürbe Mitglieder, Sympathisanten, hin und wieder sogar ein oder zwei Groupies tauchen meistens am Samstagnachmittag da auf – jammern und zetern und räumen auf und helfen mit der Post und so was.«

Altford nickte wieder, abrupt diesmal, um anzudeuten, daß sie nun alles wußte, was sie je über VOMIT würde wissen wollen. »Und wie sind Sie zum Opfer von Verrat durch einen militärischen Nachrichtendienst geworden?« sagte sie.

»Ich habe einen Vorgesetzten geschlagen, und man hat mir gestattet, zum Wohl der Truppe meinen Abschied zu nehmen.«

»Wie hoch war der Vorgesetzte?«

»Ein Colonel.«

»Und Sie waren was?«

»Major.«

»Wie hart haben Sie ihn geschlagen?«

»Ich hab ihm die Scheiße aus dem Leib geprügelt.«

»Warum?«

»Müssen Sie einen Grund wissen?«

»Ja, Sir, glaub ich schon.«

»Er hat mich belogen.«

»All das war wo?«

»In El Salvador.«

»Wann?«

»Neunzehnhundertneunundachtzig.«

Ein Schweigen folgte; Millicent Altford beendete es, ehe es einem von beiden unangenehm werden konnte. »Sie sagen, Sie waren auch in Vietnam. Sie sehen gar nicht alt genug aus.«

»Von siebzig bis fünfundsiebzig.«

»Bis zum bitteren Ende, wie?«

Er nickte.

»Ich hatte gedacht, ihr Jungs wärt dreiundsiebzig alle nach Hause gegangen.«

»Ein paar sind geblieben.«

»Bis fünfundsiebzig?«

Er nickte wieder.

»Wohin sind Sie dann gegangen?« fragte sie.

»Erst eine Weile zurück in die Staaten, dann vier Jahre Deutschland, wieder die Staaten, dann Tegucigalpa und von da nach El Salvador.«

»Warum dahin? Ich meine, warum gerade Sie?«

»Ich red mir gern ein, es wär wegen herausragender Führungseigenschaften gewesen. Tatsächlich deshalb, weil ich Spanisch kann.«

»Wo haben Sie das gelernt – in El Paso?«

»Von meiner Mutter. Sie hieß Sandoval. Beatriz Sandoval.«

»Wie lang waren Sie drin, insgesamt?«

»Neunzehn Jahre.«

»Keine Pension?«

»Null.«

»Wo haben Sie zuletzt gearbeitet?«

»Bis Weihnachten als Verkäufer in einem Waffenladen in Sheridan, Wyoming.«

»Was ist passiert – die Wirtschaftskrise?«

»Unüberbrückbare Meinungsverschiedenheiten mit dem Management.«

Altford grinste, stellte ihre leere Bierflasche auf den blonden Kaffeetisch und rutschte auf der blauen Couch herum, bis sie, immer noch im Schneidersitz, Partain ins Gesicht sehen konnte.

»Wollen Sie für mich arbeiten?«

»Kommt drauf an, vor was oder wem Sie sich verstecken.«

»Little Rock.«

Weil sie irgendeine Reaktion zu erwarten oder sogar zu brauchen schien, sagte Partain: »Im Ernst?« Und: »Warum?«

»Zum Teil, weil die richtig dankbar sind für die zwei Komma sechs Millionen, die ich für die Partei zusammengebracht habe. Aber dafür hatte ich ja angeheuert. Wofür die wirklich *echt* dankbar sind, das sind die zweihundertvierundfünfzigtausend, die ich für *die beiden* zusammengepackt hab, knappe drei Tage nach den Vorwahlen in New Hampshire. Merken Sie sich das *nach*. Und um das hinzukriegen, mußte ich zweihundertvierundfünfzig gute, persönliche Freunde dazu überreden, daß sie mir Barschecks über tausend pro Nase auf die Little-Rock-Kampagne ausstellen. Und verlassen Sie sich drauf, den Batzen hab ich nie persönlich überreicht.«

»Warum dann das ganze Versteckspiel?«

»Weil Little Rock mir was Gutes tun will, und was Gutes bedeutet bei denen Botschafter in Togo oder derlei, und für so etwas bin ich einfach nicht gebaut. Aber ich wollte deren Gefühle nicht verletzen, deshalb bin ich todkrank hier untergekrochen und bleibe krank, bis alles abgeflaut ist und die nicht mehr dran denken, was, nehm ich an, noch drei Tage dauern wird – vielleicht vier.«

»Das ist also Ihr Geschäft: Spenden auftreiben?«

»Ich bin Regenmacher, und zwar ein guter. In ungeraden Jahren geh ich manchmal wieder zu den Fettsteißen, die ich angebaggert hab, und versuch die mit ein paar soliden Typen zusammenzubringen, die ich kenne – solche, die dicke Knete noch ein bißchen dicker machen können. Wenn's klappt, krieg ich ein paar Prozente ab, und die Fettsteiße sind so dankbar, daß sie fast glücklich sind, mich zu sehen, wenn ich das nächste Mal vorbeikomm, um an ihren Geldbäumen zu rütteln.«

»Kommen wir zur Sache«, sagte Partain. »Was wollen Sie von mir?«

»Eins Komma zwei Millionen an Politgeldern sind verschwunden. Sicher geklaut. Vielleicht unterschlagen. Die will ich wiederhaben.«

»Ich wüßte nicht mal, wo ich anfangen soll.«

»Ja, aber ich«, sagte sie. »Bloß, während ich die Postkutsche lenke, brauch ich einen, der mit der Flinte neben mir auf dem Bock sitzt.«

Partain grinste. »Ich glaub, das könnte ich hinkriegen.«

3. Kapitel

Als er den Wilshire Boulevard erreicht hatte, fuhr Partain in Millicent Altfords schwarzem Lexus Coupé nach Westen, bis er zu dem Apartmentgebäude kam, das entweder den Namen eines gescheiterten britischen Premiers oder den des ersten Gartens der Welt trug.

Das Eden bestand aus 25 Etagen mit Eigentumswohnungen auf der Südseite des Wilshire, um die zwölf Blocks östlich der University of California. Es hatte getönte Scheiben und eine hellbraune Stukkaturfassade, deren Farbe ganz präzise Jennifer hieß, nach der späten Augustbräune einer 19jährigen Schönheit, die der Architekt einmal am Broad Beach von Malibu kennengelernt hatte.

Um 19.56 Uhr bog Partain über die Gegenfahrbahn links ab in eine geschwungene Auffahrt und hielt vor dem Eingang des Eden. Ein uniformierter Türhüter erschien auf der Fahrerseite, öffnete die Tür und sagte: »Lassen Sie einfach den Schlüssel stecken, Mr. Partain; ich kümmere mich um den Wagen.«

Partain dankte ihm, griff nach der Kaffernbüffeltasche und stieg aus. Der Türhüter gab ihm einen elektronischen Türschlüssel in Form einer Plastikkarte mit Löchern.

»Das bringt Sie durch die Haustür und in Nummer fünfzehnvierzig, die Wohnung von Ms. Altford«, sagte er. »Wenn Sie den Wagen wieder brauchen, drücken Sie einfach das Sternchen an Ihrem Telefon und fragen Sie nach Jack.«

»Sie sind Jack?«

»Ich bin Jack.«

Die elektronische Schließkarte funktionierte glatt, und die Tür von Nr. 1540 öffnete sich zu einer kleinen Diele, gerade groß genug für ein Wandtischchen aus knotiger Ulme, das die Post, die Schlüssel und sogar eine lange Einkaufsliste tragen konnte. Es blieb noch Platz für einen Beistellstuhl mit leierförmiger Lehne, der aussah, als ob niemand je darauf gesessen hätte.

Den großen Spiegel über dem Tisch umgab ein vergoldeter Zierrahmen, und Spiegel und Rahmen sah man ihr Alter an, das Partain auf mindestens zweihundert Jahre schätzte. Eine Tür gegenüber dem Spiegel führte vermutlich zu einem Garderobenschrank. Der Dielenboden war bedeckt von großen schwarzen und weißen Vierecken; seine Lederabsätze teilten ihm mit, daß es sich um Marmor handelte.

Noch ein paar Schritte, und er stand in einem riesigen Wohnraum, der einen Steinway-Stutzflügel aufzuweisen hatte und eine richtige Bar mit vielen Flaschen und sechs Hockern, die bequem aussahen. Es gab mehr als genug Sofas und Sessel, einige mit Leder, einige mit Stoff bezogen. Es gab auch reichlich, vielleicht sogar zu viele Tische und Lampen. Der Boden, Eichenparkett, war teilweise verborgen unter ältlichen Teppichen, gewoben in Ländern, die damals Persien und Mesopotamien geheißen hatten. An den Wänden hingen einige große Bilder, lauter gegenständliche Ölgemälde von Malern, deren Namen Partain, wie er fand, kennen müßte, die ihm aber nicht einfielen.

Jenseits von alldem war die Wand aus Glas mit Blick nach Westen auf die Lichter von Westwood, Brentwood und Santa Monica und dahinter auf die Schwärze des Ozeans. Partain befand, es sei ein Raum, in dem man für $1000 ein Glas Wein, eine oder zwei Garnelen und die Gelegenheit kriegen konnte, mit jemandem zu plaudern, der Bürgermeister, Kongreßabgeordneter, Senator, Gouverneur werden wollte – vielleicht sogar Präsident.

Partain, der seit 1972 bei keiner Präsidentschaftswahl die Briefwahl versäumt hatte, fragte sich eben, ob er je wieder wählen würde, als die Frauenstimme hinter ihm sagte: »Keine Bewegung, sonst schieße ich.«

Partain ignorierte die Drohung und wirbelte gegen den Uhrzeigersinn herum, den rechten Arm ausgestreckt, um der alten Kaffernbüffeltasche mehr Wucht zu geben. Er ließ los und sah, wie sie den Bauch der Frau rammte. Nach einem explosiven *Uff* taumelte sie rückwärts in einen Sessel, hielt sich dabei irgendwie an der Tasche fest.

Nach sechs oder sieben tiefen Atemzügen, wobei sie ihn die ganze Zeit angestarrt hatte, grinste sie und sagte: »Ich hätte Sie erschossen, wenn ich eine Waffe gehabt hätte.«

»So blöd sehen Sie nicht aus.«

Sie ignorierte ihn, nahm die Tasche vom Schoß, ächzte über das Gewicht und ließ sie mit einem *Klank* auf den Boden plumpsen. »Jesses, was ist denn da drin – das Einbruchswerkzeug?«

»Vor allem Bücher und Whiskey.«

»Sie sind nicht der Einbrecher vom Dienst?«

»Nein. Sie?«

»Ich bin Jessica Carver.«

»Die frühere Jessica Altford.«

»Falsch. Ich war von Anfang an Jessica Carver, auch wenn ich ihr ähnlich sehe. Meiner Mutter.«

»Sie haben Glück, daß Sie ihr ähnlich sehen.«

»Hab ich das?« sagte sie, stand auf und ging hinter die Bar, mixte für Partain Bourbon und Wasser, wie erbeten, und goß sich ein Glas Wein ein.

Partain saß inzwischen auf einem der Schemel. Er nippte an seinem Drink und sagte dann: »Ihre Mutter hat nicht angerufen und gesagt, daß ich unterwegs bin?«

»Warum sollte sie? Sie weiß nicht mal, daß ich hier bin.«

»Da Sie Jessica Carver sind, wer ist Mr. Carver?«

»Mein Dad. Dr. Eldon Carver. Er ist neunundsechzig gestorben.«

»Woran?«

»Schmerzen und eine Überdosis Morphium, sorgsam selbst verabreicht. Er hatte Bauchspeicheldrüsenkrebs, inoperabel, und wollte nicht mehr. Hat ihm keiner übelgenommen, sicher nicht Millie oder ich. Er war ihr zweiter Mann.«

»Und der erste?«

»Wieso?«

»Ich weiß gern was über Leute, für die ich arbeite.«

»Also, ihr erster war Harry Montague. Sie haben anno siebenundfünfzig geheiratet und in Dallas gelebt, bis zu einem Sonntagnachmittag anno neunundfünfzig, als Harry mit seiner alten zweimotorigen Stinson aufgestiegen ist, ein paar Rollen gemacht und dann einen Aufwärts-Looping versucht hat, der nicht ganz hinkam. Ein Jahr später hat Millie meinen Vater geheiratet, und ich bin im Februar einundsechzig angekommen; das macht mich fast zweiunddreißig, falls Sie Ihren Taschenrechner nicht dabeihaben.«

»Dann kam Mr. Altford, ja?« sagte Partain.

Sie nickte und nippte wieder an ihrem Wein.

»Was war er?«

»Schleim.«

»Irgendeine besondere Art davon?«

»Die Allzwecksorte. Lawrence Demming Altford ist sexy, gerissen und sehr reich. Außerdem engagierter Lügner, Sau und erstklassiger Paranoiker. Es hat drei Jahre gedauert, bis Millie aufgegeben hat und sich scheiden ließ. Aber als sie weder Besitzaufteilung noch Alimente verlangte, hat er Privatdetektive auf sie gehetzt, um rauszukriegen, was sie wirklich vorhatte.«

»Warum hat sie seinen Namen behalten?«

Jessica Carver zuckte mit den Schultern. »Keine Lust, den schon wieder zu ändern, nehm ich an. Vielleicht hat sie auch gemeint, ›Millicent Altford‹ klingt irgendwie schick.« Sie nippte an ihrem Wein und fragte: »Was haben Sie gesagt, wie Sie heißen?«

»Hab ich nicht. Aber ich heiße Edd Partain.«

»Wie schreibt man das?«

»Edd-mit-zwei-ds P-a-r-t-a-i-n.«

»Wenn ich jetzt Millie anrufe und sie frage, ob sie je was von einem Edd-mit-zwei-ds Partain gehört hat?«

»Sollten Sie wohl besser.«

Sie stellte das Weinglas hin, nahm das Telefon unter der Bar heraus, tippte 411, fragte nach der Nummer der Klinik, wählte sie und verlangte Millicent Altfords Zimmer. Als sich dort jemand meldete, fragte sie: »Hast du je von einem Edd Partain gehört, Ma?«

Sie lauschte an die zwanzig Sekunden, starrte dabei Partain an, als ob er ein Neueinkauf wäre, den sie vielleicht zurückgeben würde. »Also, der hier ist vierzig oder einundvierzig, ungefähr einsfünfundachtzig, vielleicht siebenundsiebzig Kilo und trägt einen alten blauen Anzug, weißes Hemd, blau-rot gestreiften Schlips, der viel zu schmal ist, und schwarze Halbschuhe mit echten Schnürsenkeln.«

Sie lauschte wieder, sagte dann: »Die Haare sind echtes Schwarz mit kleinen grauen Einschüssen drin. Die Augen ganz komisch graugrün. Richtig weiße Zähne. Das Kinn ist okay, aber eben bloß ein Kinn. Und er ist schnell, so wie ne Katze schnell ist.«

Wieder lauschte sie einige Momente, sah Partain an und sagte mit Akzent auf Spanisch: »Meine Mutter wüßte gern, ob Sie bereit sind, die Wohnung, wenn nicht Ihr Bett, mit ihrer Tochter zu teilen?«

Partain erwiderte auf Spanisch: »Jedes Arrangement, das ihr gefällt, ist mir ein Vergnügen.«

»Notfalls macht er beides, Millie«, sagte Jessica Carver, hörte dann wieder zu und antwortete: »Jesses, weiß ich nicht. Bis ich Arbeit finde – wie immer.« Sie lauschte noch ein paar

Sekunden, sagte: »In Ordnung«, legte den Hörer auf und stellte das Telefon weg.

Sie wandte sich an Partain. »Können Sie kochen?«

»Natürlich. Sie?«

»Nein. Also zeig ich Ihnen zuerst Ihr Zimmer, dann können Sie mir Ihre Rühreier zeigen.«

Das Apartment hatte drei Schlafzimmer – ein riesiges und zwei normale. Partain sagte, das normale mit Blick auf Wilshire sei ausreichend. Weil es eigentlich nichts auszupakken gab, stellte er die alte Reisetasche aufs Bett und sagte Jessica Carver, ihre Rühreier wären in fünfundzwanzig oder dreißig Minuten fertig.

»Warum dauert's so lange?«

»Sie wollen doch bestimmt weiche Brötchen, oder?« sagte Partain.

Partain servierte alles zusammen – Rühreier, heiße Biskuit-Brötchen, doppeldicken, extramageren Speck und die zerschnittenen Tomaten, die kleine Goldaufkleber getragen hatten mit der Behauptung, die seien organisch gezüchtet.

Sie aßen in einer Küche, die zwar nicht groß war, aber in der buchstäblich alle Apparate standen, die ein kleines feines Restaurant brauchen würde. Sie aßen an einem alten Holztisch, Veteran aus mindestens 25 000 Frühstücken, nachgewiesen durch Flecken, Narben und bröckelnde gelbe Farbe. Sie aßen größtenteils stumm, bis Jessica Carver die letzte Scheibe Bacon nahm, die sie möglicherweise als Dessert aufgehoben hatte, sie aß und sagte: »Millie hat schon als Kind an dem Tisch gefrühstückt und mit sechzehn oder siebzehn beschlossen, den Rest ihres Lebens weiter daran zu frühstücken. Ma kann ganz schön schräg sein.«

»Sie ist in Bonham geboren, stimmt's?«

»Hat sie Ihnen das erzählt?«

»Nein.«

»Wie können Sie das dann wissen?«

»Genauso, wie ich wetten würde, daß sie mit acht oder neun nach Dallas gezogen ist.«

»Na ja, das könnten Sie geraten haben; von dem, was ich über Harry und seine Stinson gesagt hab.«

»Ich bin bloß gut bei amerikanischen Akzenten«, sagte Partain. »Der von Ihrer Mutter kommt und geht inzwischen, ist aber hübsch. Wenn man den Red River weiter nach Osten geht, klingt dagegen bald alles wie Perot.«

»Das kann zu Nervenschäden führen.« Carver musterte ihn einige Momente neugierig, fragte dann: »Sie reisen viel? Studieren Sie deshalb Akzente?«

»Ich war lange bei der Army, und das war ein Hobby.«

»Wie lange?«

»Neunzehn Jahre.«

»Als was sind Sie ausgeschieden?«

»Major.«

»West Point? Offiziersschule? Nationalgarde? Trainingscorps der Reserve?«

Partain schüttelte den Kopf. »Ich war in Vietnam bei einer Fernaufklärungseinheit, die ausradiert worden ist, bis auf mich und zwei andere – beides Kurzzeitleute. Die Army hat einen Anfall von Panik gekriegt und gemeint, sie brauchten dringend einen erfahrenen Second Lieutenant, um den Zug wieder aufzubauen – bloß gab's keine erfahrenen Second Lieutenants. Die gibt's ja nie. Deshalb haben sie mich über Nacht dazu befördert.«

»Wo haben Sie Ihr feines Spanisch gelernt?«

»Von meiner Mutter. Woher stammt Ihr Mexikanisch?«

»Größtenteils von einem Arschloch, mit dem ich ein Jahr in Guadalajara gelebt hab.«

»War aber kein mexikanisches Arschloch.«

»Schlimmer«, sagte sie. »Ein amerikanisches.«

4. Kapitel

Der Colonel und der Major General trafen sich um Mitternacht in Zimmer 517 des Mayflower Hotels in Washington. Sie trafen sich in einem Zimmer, das auf Jerome Able eingetragen war, Colonel Ralph Millweds gelegentlichen *nom-de-guerre*, den er mit einem gefälschten Führerschein aus Virginia, einer echten Visa-Karte und einer falschen Sozialversicherungsnummer belegen konnte.

Wenn weitergehende Identifizierung verlangt wurde – fast nie bei normalen geschäftlichen Transaktionen –, überlegte es sich der Colonel einfach anders und ging. Nahezu alle Hotels, Motels und Autovermietungen akzeptierten bereitwillig die Visa-Karte. Sobald die Frage der Zimmer oder Wagen geklärt war, bezahlte der Colonel sie mit Bargeld, diskret aus dem 3000-$-Päckchen (in 50- und 100-$-Scheinen) gezupft, das er immer bei sich trug.

Der 3000-$-Wulst wurde aufgefüllt aus einem permanenten Barvorrat von 100 000 $ in der Depot-Box des pseudonymen Jerome Able bei der K-Street-Filiale der Riggs National Bank. Sooft der Vorrat ergänzt werden mußte, wurde ein dikker, brauner, wachsversiegelter Umschlag mit gebrauchten Hundertern und Fünfzigern dem Colonel zugestellt, in seinem Apartment Wisconsin Avenue knapp südlich der National Cathedral. Zusteller war immer der gleiche mürrische Taxifahrer, der selten redete und nie eine Quittung verlangte.

Auf den ersten Blick schien der 49jährige Major General, Walker L. Hudson, völlig kahl zu sein. Nähere Inspektion enthüllte jedoch einen dünnen graublonden Stoppelstreifen, der vor und über einem Ohr begann, sich zum Hinterkopf hinab und über den Nacken ausbreitete, dann wieder hoch zum anderen Ohr und darüber stieg.

Der General war groß und hager, fast dürr, mit keilförmigem Kopf und seltsam kleinem dünnen Mund, der nach jeder Äußerung zu einem kurzen gehässigen Strich einschnappte. An den meterlangen Armen hingen riesige Hände, denen es gelang, selbst dann rastlos zu wirken, wenn sie entspannt waren. Der General saß ruhig auf dem einzigen bequemen Stuhl des Zimmers, während sich seine Hände mit Zigarre, Bourbon und Wasser befaßten.

Weder der Colonel noch der General trugen Uniform. Stattdessen hatten beide gedeckte Anzüge und Krawatten, weiße Hemden und schwarze Schuhe an. Die Mäntel lagen auf dem Bett. Keiner hatte einen Hut getragen. Als der General zum zweiten Mal von seinem Drink gekostet hatte, seufzte er und sagte: »Okay. Raus damit.«

»Er ist in L.A.«, sagte Colonel Millwed; er setzte sich auf das einzige Bett im Zimmer und nippte an seinem Drink.

»Und?«

»Jemand hat ihn angeheuert.«

»Wer?«

»Millicent Altford.«

»Jesses«, sagte der General. »Was will die mit Twodees?«

»Raten Sie.«

Statt zu raten, sagte der General: »Erzählen Sie von Twodees.«

»Ja, gut. Er ist jetzt seit zwei Jahren Verkäufer in einem Waffenladen namens Wanda Lou's Weaponry . . .«

»Das haben Sie doch alles von mir, zum Teufel.«

»Ja, Sir. Ich wollte bloß den Scheißhintergrund skizzieren.«

»Gehen wir mal davon aus, es ist Heiligabend in Sheridan, und da liegt überall Schnee rum, kalt und knackig und glatt. Der arme Twodees, traurig und einsam, steht ganz allein in diesem Waffenladen, und plötzlich tanzen Sie da herein. Was weiter?«

»Ich hab ihm gesagt, einiges an übler Scheiße aus unserer

gemeinsamen Zeit in El Salvador kommt im Frühjahr bei der UNO raus. Daß es aber nicht die *ganz* üble Scheiße ist. Dann hab ich ihm dringend geraten, auf Tauchstation zu gehen, und ihn ein- oder zweimal gestupst, verbal.«

»Wie hat er das aufgenommen?«

»Abgesehen von einer Spitze darüber, daß ich Colonel bin, kam er mir gleichgültig vor. Sogar passiv.«

General Hudson knurrte ungläubig. »Twodees ist alles mögliche, aber passiv gehört nicht dazu. Er ist halb Mexikaner, vielleicht sogar halb Apache. Wenn der passiv ist, dann war auch Cochise passiv.«

»Wollen Sie den Rest von meinem Weihnachtslied hören?«

»Schneller Vorlauf.«

»Nachdem ich Twodees härter gestupst hatte, hab ich seinen Boss besucht, eine schöne Witwe von neununddreißig Sommern mit Namen Alice Ann Sutterfield.«

»Jetzt langsamer.«

»Ich hab Alice Ann erzählt, wie labil Twodees ist, und ihr von den scheußlichen Verbrechen gegen die Menschlichkeit berichtet, die er in El Salvador begangen hätte. Alice Ann hat das alles irgendwie mit Nicaragua und Ollie North verwechselt, den sie immer noch für richtig nett hält. Aber nachdem ich ihr das auseinandergesetzt hatte, hat sie mich gefragt, was sie mit Twodees tun soll.«

»Und Sie haben gesagt?«

»Ich hab gesagt, um nicht nur sich selbst, sondern den Ort zu schützen, sollte sie am Weihnachtsmorgen Twodees gleich als erstes feuern und bar auszahlen. Dann hat sie gejammert, von wegen, sie kann ihn nicht feuern, das wär nicht fair, und außerdem schuldet sie ihm drei Wochen Lohn und zwei Wochen Urlaub.«

»Wieviel, insgesamt?«

»Brutto eintausendfünfhundertundachtundvierzig Dollar. Abzüglich Bundessteuern und Sozialversicherung macht das netto eintausendundzweiundzwanzig Dollar und dreißig Cents.«

»Und Einkommensteuer des Staats?«

»Gibt's in Wyoming nicht.«

»Ich glaube, da werd ich mich zur Ruhe setzen«, sagte der General. »Was dann?«

»Dann sagt sie, es ist absolut unmöglich, Heiligabend, nach Schließung der Banken, soviel Bargeld aufzutreiben. Also sage ich ihr, da dies im Prinzip die nationale Sicherheit berühre, sei auch ihre geliebte Nation dafür verantwortlich. Woraufhin . . .«

»Mein Gott, wie ich so ein beiläufiges ›woraufhin‹ liebe«, sagte der General.

»Woraufhin ich ihr zweitausend in bar gebe, sie sanft in ihr Schlafzimmer bugsiere und sie ficke, bis sie schielt.«

Der General gluckste. »Und Twodees?«

»Der hatte Weihnachten Sheridan bis Mittag verlassen.«

Der Ausdruck des Generals wechselte von belustigt zu grimmig. »*Das* gefällt mir nicht. Er macht kein Geschrei. Er verliert nicht die Beherrschung. Er prügelt Ihnen nicht mal, wie mir damals, die Scheiße aus dem Leib. Packt einfach seine Sachen und nimmt den Mittagsbus.«

»Er ist geflogen«, sagte Colonel Millwed. »Er ist nach Denver geflogen und ungefähr eine Woche lang verschwunden und dann in L.A. wieder aufgetaucht.«

»Wie haben Sie rausgekriegt, daß Altford ihn angeheuert haben könnte?«

»Unser Mann bei VOMIT.«

»Ah«, sagte der General zufrieden, leerte sein Glas, stellte es auf den Tisch und beugte sich vor, die Unterarme auf den Oberschenkeln, die Zigarre jetzt in der Rechten. »Was wir brauchen, Ralphie, ist eine direkte Verbindung zu Ms. Altford. Irgendeine Idee?«

»Vielleicht.«

»Ich will kein ›vielleicht‹, verdammt noch mal. Ich will Präzision und Hoffnung.«

»Besser, Sie wissen's noch nicht – Sir.«

»Da Unwissenheit nicht nur selig, sondern auch ein Alibi ist?«

Der Colonel nickte.

»Was sonst noch?«

»Wir kommen nun zu General Vernon Winfield. Abschlußjahrgang achtundvierzig. Auszeichnung in Korea. War zur gleichen Zeit wie Sie in Vietnam.«

»Der Deserteur.«

»Er ist nicht desertiert.«

»Aber so gut wie«, sagte der General. »Dieser Hurensohn hat gesagt, das wäre ein blödsinniger Krieg und nicht zu gewinnen. Hatte natürlich recht, hätte es aber nicht sagen sollen. Nicht zu dem Zeitpunkt. Nicht anno achtundsechzig, als das ganze Scheißland in die Luft ging. Und wem hat er's gesagt? Diesem Wichser von der Nachrichtenagentur, und *peng*, weiß es die ganze Welt. Wenn ich zurückblicke, glaub ich, das ist der Punkt, an dem wir wirklich verloren haben. Genau dann und dort.«

»Der Krieg wurde anno vierundfünfzig in Dien Bien Phu verloren.«

»Scheiße, Ralphie, da waren Sie doch noch nicht mal geboren.« Der General seufzte, sog an der Zigarre, blies Rauch gegen die Decke und sagte: »Was ist jetzt mit General Winfield?«

»Er steht Millicent Altford nahe.«

»Wie nah ist nahe?«

»Die hatten mal was miteinander, Anfang der Fünfziger, und soweit ich weiß, halten die immer noch gelegentlich Händchen – oder was man so mit fünfundsechzig tut.«

»Ich weiß nicht, wie das bei Ihnen ist, Junge«, sagte General Hudson, »aber ich beabsichtige, wenn ich fünfundsechzig bin, gutaussehende Frauen zu ficken.«

»Das machen Sie bestimmt, Sir.«

»Also, was haben wir über Winfield, abgesehen davon, daß er Vietnam verloren und VOMIT mitbegründet hat?«

»Nichts.«

»Wieder eine falsche Antwort.«

»Ich kann versuchen, irgendwas auszugraben«, sagte Colonel Millwed. »Aber wenn nichts vergraben ist, muß ich's erfinden, und das kann teuer werden.«

»Sagen Sie mir eins, Ralphie«, sagte der General. »Wollen Sie wirklich bis spätestens vierzig diesen Stern kriegen?«

Der Colonel nickte nur.

»Und wollen Sie sich mit fünfzig zur Ruhe setzen, wie ich es vorhab, mit einer netten kleinen Pension und vielleicht ein oder zwei hilfreichen Kontakten zu dem, was dann noch von unserem militärisch-industriellen Komplex übrig ist?«

»Dieser Gedanke ist mir schon mal gekommen.«

»Dann achten Sie am besten sehr gut auf Ihre Befehle, Colonel. Eins: Sie bleiben vorläufig auf Dienstreise. Zwei: Sie beschaffen uns eine Sauerei zu Vernon Winfield, auch wenn Sie besagte Sauerei fabrizieren müssen. Drei: Alsdann zwingen Sie Winfield, seinen Draht zu Millicent Altford zu nutzen, um uns über Twodees auf dem laufenden zu halten. Und vier: Sie werden zu gegebener Zeit Twodees beseitigen.«

»Warum?«

»Warum was?«

»Warum ihn bisher jetzt beseitigen? Voriges Jahr war er für uns eine viel größere Bedrohung als jetzt.«

»Es ist Ihnen bisher offenbar noch nicht aufgefallen, Colonel, daß wir in ungefähr zwei Wochen eine neue Regierung haben werden. Diese neue Regierung wird sich spätestens in einem Jahr politisch tief in der Scheiße wiederfinden. Das ist bei neuen Regierungen immer so. Sie wird sich dann nach einer passenden Ablenkung umsehen. Was Twodees weiß und möglicherweise beweisen kann, könnte diesem neuen

Verein im Weißen Haus genau in den Kram passen für so ein Ablenkungsmanöver Marke ›kleine Hexenjagd‹. Bedauerlicherweise, Colonel, werden Sie und ich dann diejenigen auf dem Scheiterhaufen sein.«

Nach zehn Sekunden des Nachdenkens stimmte der Colonel schließlich mit einem widerwilligen Nicken zu.

»Wenn aber Twodees beseitigt ist«, fuhr der General fort, »braucht dieser neue Verein nie etwas über Sie und mich zu erfahren, beziehungsweise nur das Beste, natürlich. Und wenn die dann einen oder zwei Sündenböcke brauchen, können sie sich jemanden suchen, der größere Meriten hat.«

Nach längerem Schweigen sagte Colonel Millwed: »Ich glaube . . .« Dann unterbrach er sich und begann von vorn. »Ich glaube, ich gebe die Entsorgung von Twodees in Auftrag.«

5. Kapitel

Der Mann mit Klemmbrett und Manilaumschlag wirkte auf Edd Partain nicht wie ein Bote. Wegen der hartnäckigen Rezession in Kalifornien wußte Partain aber nicht recht, wie Boten in Los Angeles aussehen sollten.

Die wenigen, mit denen er in Sheridan zu tun gehabt hatte, waren lauter alte Männer gewesen, vor allem Veteranen aus dem Zweiten Weltkrieg, mit altem Pickup, irrem Durst und dem dringenden Bedürfnis, ihre Rentenschecks aufzubessern.

Der Mann, der an diesem Morgen um 7.19 Uhr im Eingang zum Apartment stand, schien sich jedoch eher als Gesandter denn als Bote zu betrachten. Er mochte um die 36 sein, überragte Partains 1.85 um ein halbes Dutzend Zentimeter und wog an die zehn Kilo mehr als er. Alles an ihm – das wettergegerbte gute Aussehen, die Größe, die anmaßende Haltung und die teuren Kleider – irritierte Partain und ließ ihn sich mit seinen 41 alt und vergilbt und abgenutzt-schäbig fühlen.

Partain war barfuß und trug zerschlissene Jeans und ein zerrissenes weißes T-Shirt, als er die Tür öffnete, damit das Geklingel aufhörte. Der lächelnde Bote stand dort und prangte in marineblauem Kaschmirblazer mit Goldknöpfen, matt cremefarbenem Hemd, Hose aus Kavallerietwill und, an sockenlosen Füßen, weichen Lederslippern. Inzwischen war das Lächeln aber verschwunden, und der Bote trug ein ernsthaftes, wiewohl verblüfftes Stirnrunzeln und darunter ein Sortiment sonstiger Linien und Falten, die Partain Müßiggang, Ausschweifung und zuviel Zeit am Strand zuschrieb.

»Ich glaube, ich habe mich nicht klar ausgedrückt«, sagte der Bote in freundlichem Baß.

»Doch, haben Sie«, sagte Partain. »Sie haben gesagt, sie

muß für den Umschlag unterschreiben. Ich habe gesagt, ich wecke sie nicht, will aber gern für sie unterschreiben. Sie sagen, das ist gegen die Bestimmungen. Ich werde gleich sagen: Kommen Sie später wieder.«

»Wer zum Teufel sind Sie überhaupt?«

»Der neue beste Freund der Familie.«

»Also, hören Sie, Freund, ich versuche nur, meinen Job zu erledigen, und . . .«

»Von wegen«, sagte Jessica Carver, als sie in die Diele kam. Partain wandte sich um und sah, daß sie nur ein sehr langes weißes T-Shirt trug, in dem sie offenbar geschlafen hatte.

»Er behauptet, er ist ein Bote«, sagte Partain.

»Das ist Dave«, sagte sie. »Sieht Dave wie ein Bote aus?«

»Verdammt, Jessie. Wir müssen miteinander reden.«

»Nein, müssen wir nicht«, sagte sie und wandte sich an Partain. »Der soll verschwinden.«

»Könnte Schmutz geben«, sagte er.

»Und?« sagte sie und verschwand im Wohnraum.

Partain sah ihr noch hinterher; dabei sagte er: »Tut mir leid, Dave«, und drehte sich um, als der falsche Bote mit seiner großen rechten Faust ausholte und nach Partains Herz hieb. Aber dank des Ausholens wich Partain dem Schlag mühelos aus, ging auf Nahkampf und klatschte die Unterkante seines linken Handtellers gegen Daves rechtes Auge.

Dave jaulte, ließ das Klemmbrett fallen, schlug die rechte Hand vors Auge, legte dann die linke auf die rechte, stand ungedeckt gegen weitere Beschädigung. Statt anzugreifen, legte ihm Partain sanft eine Hand auf die Schulter, schob ihn in den Wohnraum und ließ ihn in einen bequemen Armsessel gleiten.

»Sie verlieren das Auge schon nicht«, sagte Partain.

»Gehn Sie zum Teufel«, sagte Dave, beugte sich vornüber und ließ den Kopf zwischen die Knie hängen, entweder um den Schmerz zu lindern oder um nicht ohnmächtig zu werden. Jetzt bedeckte nur noch seine rechte Innenhand das wunde Auge, und er saß noch immer vornübergebeugt da, als Jessica Carver ins Wohnzimmer kam, einen Blick auf Dave warf und sagte: »Was hat er jetzt für ein Problem?«

»Kleine Meinungsverschiedenheit«, sagte Partain.

»Er hat gewonnen, wie ich sehe.«

»Find ich nicht.«

»Er ist doch drinnen, oder?« sagte sie.

Weil sich Jessica Carver im Schlafzimmer eingeschlossen hatte und absolut nichts mit Dave zu tun haben wollte, durfte Partain ihm Mull über das gequetschte Auge kleben, wo die Haut ringsum schon die künftigen Gallefarben ahnen ließ. Dann versorgte Partain den großen Mann mit einem Percodan und einem Bier, nachdem er sich vergewissert hatte, daß er per Taxi gekommen war und so auch verschwinden würde.

Nun saßen sie an der Wohnzimmerbar; Partain trank ein Frühstücksbier und lauschte dem von Alkohol und Percodan inspirierten Monolog des falschen Boten, der zugab, eigentlich David Laney zu sein, 36, Absolvent der University of California, L.A., Jahrgang '79, Examen in Politologie, obgleich er nie einen feuchten Furz auf Politik gegeben, damals aber angenommen hatte, das müßte eine gute Möglichkeit sein, Frauen kennenzulernen. Und so hatte er tatsächlich Jessie getroffen, anno '88 bei der Dukakis-Kampagne. Und wo zum Teufel steckte Jessie jetzt überhaupt?

»Sie hält ein Nickerchen«, sagte Partain.

»Tja, also, haben Sie beide – Sie wissen schon?«

»Ich arbeite für ihre Mutter.«

»Als wie?«

»Sicherheitsberater.«

»Mietbulle, wie?«

»Wenn Sie so wollen.«

»Die alte Millie ist schon ne Nummer, was? Haut jeden an. Hat's sogar mal bei mir probiert.«

»Jessicas Mutter?«

»Klar. Wer sonst? Da gab's diesen Typ, der wollte Gouverneur werden – Van de Wasauchimmer. Millie hat ihre Show abgezogen und mich angehauen, ob ich nen Tausender für seinen Wahlkampf beisteuern will. Also, ehrlich, mein ganzes Einkommen stammt aus diesem Treuhandfonds, der fast nichts abwirft, deshalb hab ich ihr gesagt, ich tu, was ich kann, und hab ihr nen Scheck über fünfundzwanzig Dollar geschickt. Da war sie so stinkig, daß sie monatelang nicht mehr mit mir geredet hat.«

»Ein Treuhandfonds muß wohl bisweilen mehr Bürde denn Trost sein«, sagte Partain.

»Wissen Sie was, Sie haben recht«, sagte Laney. »Alle meinen, man wälzt sich in der Knete, aber zwei Millionen sind längst nicht mehr das, was sie mal waren. Mein Fonds wird in ner Bank in Boston verwaltet, von so n paar Typen mit Korsett und Hosenträger, die immer noch meinen, für sechs Prozent müßten die Leute bei ihnen Schlange stehen.«

Partain befand, es sei an der Zeit, Laney fortzuschicken. »Soll ich Ihnen ein Taxi rufen?«

»Ja, danke, aber eine Frage vorher.« Er faßte sich ans rechte Auge. »Wie schlimm wird das Veilchen?«

»Schlimm genug.«

»Ich weiß immer noch nicht, wieso Sie mein Auge nehmen mußten.«

»Das war eine Bitte um Ihre Aufmerksamkeit. Wenn ich wirklich hätte Schaden anrichten wollen, wäre das Auge rausgeploppt und auf dem Boden rumgerollt. Aber Sie haben gewissermaßen Schwein. Wenn ich einen meiner richtig finsteren Schübe gehabt hätte, hätt ich Ihnen vielleicht das Nasenbein ins Gehirn gerammt, und dann würden wir jetzt nicht hier sitzen und Bier trinken.«

»Was für Schübe?«

»Hat in Vietnam angefangen«, sagte Partain; dabei fragte er sich, wohin die Ausschmückerei führen würde. »Wenn mir was querkommt, reißt mich das schon mal zu Gewalttätigkeit hin. Wenn Sie zum Beispiel noch mal versuchen würden, Jessica zu behelligen, könnt ich zum Berserker werden und Ihnen die Nase abbeißen.«

Laneys rechte Hand hob sich zur Nase, als er sagte: »Sie wollen mich doch bloß verarschen, oder?«

»Will ich das?«

Laney musterte Partain einige Momente aufmerksam mit seinem guten Auge, dann nickte er, als ob er zu einem Schluß gekommen sei. »Ich hab schon so Typen wie Sie getroffen. Oft genug. Leute, die behaupten, sie essen Eidechsen und gebratene rote Ameisen zum Frühstück, und lauter so Scheiß. Von denen hab ich ne Menge in Mexiko getroffen.«

»In Guadalajara?«

»Da und in La Paz und anderswo. Typen, die nicht arbeiten, nie gearbeitet haben, aber immer neue Wagen und Geld und Weiber haben. Überhaupt hab ich so einen getroffen, grad eh ich hier raufgeflogen bin. Der hat Jessie gesucht, aber die war schon weg. Der Typ wollte, daß Jessie ihrer Mutter was ausrichtet.«

»Hat der nen Namen?« sagte Partain.

»Typen wie der haben so viele Namen wie Weiber. Suchen Sie sich's aus. Aber der von gestern hieß angeblich Sid Solo.«

»Sollte Ms. Altford Mr. Solo kennen?«

Laney wollte den Kopf schütteln, überlegte es sich anders und sagte lieber: »Nee. Der war bloß der Laufbursche. Jemand hat ihm vielleicht nen Hunderter oder zwei gegeben und gesagt, er soll Jessie suchen und ihr was sagen.«

»Was soll er ihr sagen?«

Laney verzog das Gesicht. »Sagen Sie es ihr – Millie mein ich?«

»Natürlich.«

»Okay«, sagte Laney. »Sid Solo sagt, Jessie soll ihrer Mutter ausrichten, sie soll die Jagd abblasen. Das war's, und fragen Sie mich nicht, was das bedeutet.«

Partain lächelte. »Ich hab Sie falsch eingeschätzt, Dave, und ich entschuldige mich dafür.«

»Wofür?«

»Sie sind ja doch ein richtiger Bote.«

6. Kapitel

Im Frühjahr 1971 wurde ein Reporter des inzwischen verstorbenen ›Washington Star‹ aus dem Schlaf gerissen, von einem Anruf und einer harschen tiefen Stimme; sie klang, schrieb der Reporter später, »wie die erste furchtbare Posaune des Jüngsten Gerichts«.

Die Stimme gehörte Emory Kite, Privatdetektiv und Schuldeneintreiber, der den Reporter aufforderte, ein paar überfällige Ratenzahlungen für seinen Wagen zu leisten oder sich auf nicht näher präzisierte Konsequenzen einzustellen; diese würden, wie der Reporter sich ausmalte, »mit der Streckbank beginnen, mit Daumenschrauben weitergehen und gnädig enden mit einer Variante der asiatischen Bastonade«.

Der Reporter lieh sich Geld von seiner Credit Union, zahlte und besuchte ein paar Tage später Emory Kite an dessen gemietetem Schreibtisch im Büro eines Scheidungsanwalts im dritten Stock des alten Bond Building, Ecke 14th und New York Avenue, N. W. Er fand dort »einen kleinen Mann, etwas größer als ein großer Jockey, mit den Augen eines amüsierten Henkers, dem Gesicht des jungen Mr. Punch, und Alleineigentümer dessen, was wie die Amtsstimme der Hölle klingt«.

Der gezeichnete Artikel – fast ein Viertel einer Innenseite – stand unter dieser dreispaltigen Überschrift:

Sollen Ihre Schuldner schnell zahlen?
Versuchen Sie's mit der Amtsstimme der Hölle

Der Text gab nur knappe Auskünfte über Kite und notierte, daß er 1961 mit 19 Anniston, Alabama, auf das vage Versprechen hin verlassen hatte, daß jemand ihm einen Job als Liftführer im Capitol besorgen würde. Er erreichte Washington mit einem Anzug, einem High-School-Zeugnis und seiner Schreckensstimme, die er angeblich mit 13 bekommen hatte, als man ihm eine Halsentzündung mit einem Hausmittel behandelte, das nach Terpentin schmeckte.

Kite kriegte seinen Liftjob nicht, fand aber Arbeit bei einer Schuldenagentur, die darauf spezialisiert war, Bundesbedienstete zu scheuchen, die mit Kreditraten im Rückstand waren. Seine Stimme machte ihn bald zum Star der Agentur, und nach fünfeinhalb Jahren besorgte sich Kite eine Lizenz als Privatdetektiv. Bald darauf verließ er die Agentur und machte sich selbständig, wie er sagte.

Da es nur um ein kleines Feature ging, sah der Reporter des ›Washington Star‹ keinen Grund, tiefer zu schürfen, und drei Monate später verließ er die Zeitung, um an der University of Nebraska in Lincoln Journalistik zu unterrichten. Aber auf ein bloßes Gefühl hin schürfte einer der Leser der Story tiefer und entdeckte etwas, was er später als »reichhaltige und scheußliche Goldader« bezeichnete.

Der Tiefschürfer war ein junger Army-Major, frisch aus Vietnam zurück. Seine Aufgabe im Pentagon war die Entwicklung einer neuen, besseren Methode, Vietnamkriegsdeserteure aufzuspüren, die meisten von ihnen Wehrpflichtige. Der Major hatte seine Vorgesetzten dazu gebracht, ein kleines Pilotprogramm zu finanzieren, das zivilen Kopfgeldjägern 200 $ für jeden aufgefundenen Deserteur zahlen sollte. Bei Emory Kites erstem und einzigem Besuch im Pentagon hatte er Major Walker L. Hudson gefragt, ob er für die 200 $ »die Jungs bloß finden soll oder finden und herbringen, auch wenn sie nicht wollen«.

»Sie finden, wir holen«, sagte Major Hudson.

Kite begann seine Jagd mit einer von der Army gelieferten Liste der Namen und letzten bekannten Adressen von hundert

Deserteuren. Innerhalb einer Woche hatte er telefonisch 73 von ihnen aufgetrieben und allein mit seiner Höllenstimme 64 von den 73 dazu gebracht, stillzusitzen, bis ein Bundesmarshal oder die Militärpolizei sie holen kam.

22 Jahre später blickte der 51jährige Emory Kite mit seinen noch immer amüsierten blauen Augen von einem Big Mac auf und fragte: »Wieso müssen wir uns hier jottwedeh in Silver Spring treffen und Hamburger essen, wo wir doch auch was Anständiges bei Zeibert haben könnten?«

»Weil ich niemanden kenne, der um Viertel vor drei bei McDonald's Mittag essen würde, vor allem nicht bei McDonald's in Silver Spring.«

Anschließend biß Colonel Ralph Millwed zum zweiten und letzten Mal in seinen Viertelpfünder und legte ihn zurück aufs Tablett, um ihn nie wieder anzufassen.

»Und wie geht's General Hudson so?« fragte Kite, den Mund voll Hamburger und Pommes.

Millwed schaute weg. »Gut.«

»Ich hab ihn schon lang nicht mehr gesehn.«

»Drei Jahre, sieben Monate und dreizehn Tage«, sagte Millwed; noch immer sah er sich im fast leeren Restaurant um. Er tat dies, bis er annahm, Kite habe sein Kauen mit offenem Mund beendet. Als er ihn anschaute, sah er Kites Hand über dem weggelegten Viertelpfünder schweben. »Essen Sie das noch?« fragte Kite.

»Nein.«

»Dann kann ich es ja nehmen«, sagte Kite, schnappte sich den Rest, nahm einen großen Bissen und sagte: »Ich und der General, wir haben uns ja mal richtig gut verstanden, wissen Sie.«

Der Colonel blickte wieder weg und sagte: »Das bereden wir wirklich jedesmal.«

»Ich will bloß, daß Sie ihm sagen, ich hab Verständnis dafür«, sagte Kite. »Ein Zwei-Sterne-General kann ja nicht mit so was wie mir rumschmusen; am Ende bleibt ein bißchen Scheiße an ihm kleben. Weiß ich doch. Ich wette, wenn Sie mal General werden, Ralphie, heuern Sie sich nen handzahmen Major an, der mit mir essen geht – wahrscheinlich draußen im Roy Rogers von Hyattsville.«

»Hyattsville klingt wirklich vielversprechend«, sagte der Colonel.

Mit dem Strohhalm schlürfte Kite den Rest seiner Cola auf, schob das Tablett weg, stützte die Ellenbogen auf den Tisch und beugte sich vor. »Um was geht's?«

»Sie sollen jemanden für uns suchen.«

»Wie die drei, die ich schon für Sie gefunden hab? Der eine in Montana, der andere am Arsch der Welt in Texas und der mit dem albernen Namen irgendwo in Wyoming? Twodees. Der alte Edd-mit-zwei-ds Partain.«

Kite legte den Kopf schief und musterte Millwed. Der Colonel fand, in dieser Haltung sah der Detektiv aus wie ein erträglich intelligenter Rattenterrier.

»Sie und der General«, sagte Kite gerade. »Sie beide müssen sich ja wirklich nen Riesenhaufen Feinde gemacht haben, da unten in Mittelamerika und wo immer Sie sonst noch waren.«

»Wir haben uns genau die richtigen Feinde gemacht, Emory«, sagte Millwed. »Das ist genauso wichtig wie die richtigen Freunde. Der General und ich betrachten Sie als Freund – wenn auch als teuren Freund.«

»So teuer bin ich gar nicht. Eigentlich bin ich sogar ziemlich billig gewesen.«

Der Colonel langte in eine Tasche seiner Tweedjacke und holte einen kleinen Zettel heraus. Nach einem Blick darauf sagte er: »Seit Januar neunzehnhundertneunzig haben Sie an Honoraren und Spesen zweihunderteinunddreißigtausenddreihundertdreiundsiebzig Dollar kassiert. Alles in bar. Und alles, nehm ich an, unversteuert.«

Der Colonel nahm ein altes Zippo aus der Tasche und zündete den Zettel an. Er schaute sich nach einem Aschenbecher um, fand aber keinen und ließ den brennenden Wisch in seinen Kaffee fallen. Kite sah zu, wie das Papier brannte und dann sank, und sagte: »Wenn ihr Jungs findet, daß ich zu teuer bin, sucht euch doch jemand anders.«

»Gefällt mir, wie Sie versuchen, den Gekränkten zu spielen«, sagte Millwed. »Erinnert mich immer an nen sensiblen Skorpion.«

»Der General und ich, wir haben uns immer so veräppelt«, sagte Kite. »Als er noch kein General war.«

»Meinen Sie, ich will Sie veräppeln?«

»Hoff ich doch stark, Ralphie«, sagte Kite mit seinem dünnen, breiten Lächeln und fragte: »Und wen soll ich diesmal suchen?«

»Einen, der Partain erledigt.«

Kite nickte verständnisvoll; die Winkel seines breiten Munds verzogen sich zu abwärtsgerichteten Haken. »Wann?«

»Wir sagen Bescheid.«

»Wieviel wollen Sie ausgeben?«

»Was ist der augenblickliche Tarif?«

»Der augenblickliche Tarif«, sagte Kite gedehnt. »Tja, ich hab heut früh die Preisliste nicht kontrolliert, deshalb kann ich Ihnen keine genaue Zahl sagen. Aber das ist fast, als ob Sie fragten, was kostet ein Haus? Wissen Sie, Ralphie, wenn Sie einen anheuern, der in dem Geschäft ist, um das es Ihnen geht, haben Sie es mit Durchgeknallten zu tun. Kann fünfzigtausend sein, fünftausend oder fünfhundert. Oder der Preis kann davon abhängen, ob's regnet oder die Sonne scheint. Verstehen Sie, was ich meine?«

»Sie meinen, für den richtigen Preis machen Sie es selbst.«

Kites Brauen bildeten zwei überraschte Bögen über den blauen Augen, die kühl und amüsiert blieben. »Ist mir nie in den Sinn gekommen.«

»Denken Sie drüber nach«, sagte der Colonel. »Sie haben zwei Minuten.«

»Ihr Kumpel Twodees, was?«

Der Colonel nickte.

»Rechnet er damit?«

»Nein.«

»Sie wollen natürlich, daß das sauber erledigt wird. Ich meine, Sie wollen keine Amateurarbeit. Sie wollen, daß das ein Profi macht, der auftaucht und wieder verschwindet, aber nicht so schnell, daß er nicht hinter sich aufräumen kann.«

»Sie haben's voll getroffen, Emory«, sagte Colonel Millwed.

»Kann sein.«

»Wieviel?«

»Fünfzigtausend – plus Spesen«, sagte Kite. »Hälfte vorab, Hälfte, wenn's erledigt ist. Ohne Feilschen.«

Der Colonel starrte ihn an; schließlich fragte er: »Was gibt's bei VOMIT?«

»Das Übliche.«

»Das übliche Was?«

»Das übliche ›Lieber Gott, kuck mal, was die da schon wieder angerichtet haben‹.«

»Hat Partain noch mal den Griechen angerufen – Patrokis?«

»Nein.«

»Sind Sie sicher?«

»Ich bin von neun bis sechs da, sechs Tage pro Woche, ich sitz praktisch auf Nicks Schoß. Er ist von neun bis neun da, sieben Tage pro Woche. Was sonntags da passiert, weiß ich natürlich nicht. Aber soweit ich weiß, hat Nick mit Ihrem Freund Twodees nur zweimal gesprochen, seit dem ersten Weihnachtstag.«

»Waren Sie an Weihnachten da?«

»Klar. Ist einer meiner besten Tage. Vielleicht sogar der

allerbeste. Rufen Sie am Weihnachtsmorgen an, so gegen sieben oder acht, und sagen dem Typ, Sie sind unterwegs, um den Pickup zu holen oder den Fernseher oder den Video oder vielleicht sogar Herd und Kühlschrank, dann geht dem wirklich der Arsch auf Grundeis. Der rückt dann nicht bloß mit der Knete raus, der bietet sogar an, sie Ihnen zu bringen.« Kite lächelt den Colonel an. »Twodees arbeitet jetzt für die, oder? Draußen in L.A.? Millicent Altford?«

»Kann sein.«

»Wollen Sie ihn deshalb aus dem Weg haben?«

»Nein.«

»Alte Rechnungen, was?«

»Das Warum brauchen Sie wirklich nicht zu wissen, Emory. Nur das Wer.«

»Und das Wieviel?«

»Der Preis ist okay.«

»Dann bleibt nur noch das Wann, oder?«

Der Colonel stand auf. »Ich geb Ihnen Bescheid.«

7. Kapitel

Millicent Altford starrte den roten Teppich ihres Eckzimmers fast eine Minute lang an, ehe sie sagte: »›Sid Solo sagt, Jessie soll ihrer Mutter ausrichten, sie soll die Jagd abblasen.‹«

Es hatte so monoton geklungen wie bei vielen Leuten, wenn sie zitieren oder laut lesen. Nun blickte Altford zu Edd Partain auf und fragte mit ihrer normalen Stimme: »Warum richtet Jessie mir das nicht aus?«

»Weil sie nicht mit Dave reden wollte. Deshalb hat er es mir gesagt, nach ein bißchen Percodan und Bier.«

»Wozu hat er Percodan gebraucht – das kleine Handgemenge?«

Partain nickte.

»Sind Sie auf Percodan?«

»Vor drei Monaten hatte ich eine Wurzelbehandlung. Der Zahnarzt hat mir ein Rezept über zwölf Percodan gegeben. Zehn sind noch übrig.«

Altford nickte beifällig zu Partains Enthaltsamkeit, dann fragte sie: »Könnten Sie mir bitte meine Tasche drüben vom Bett geben?«

Nach seinem Sechs-Minuten-Report hatte Partain sich noch nicht gesetzt; er ging zum Bett und nahm die große, alte, braune Coach-Schultertasche. Er reichte sie der sitzenden Altford; sie holte eine Brieftasche heraus, zählte zwanzig 100-$-Noten ab, gab sie Partain und sagte: »Zwei Wochen im voraus.«

Er nickte, faltete das Geld, ohne nachzuzählen, steckte die Scheine in seine linke Außentasche, knöpfte sie sorgfältig zu und sagte dann: »Was ist mit Spesen?«

»Ich will Quittungen für alles, wofür man Quittungen kriegt. Für Dinge, für die keiner Quittungen ausstellt, will ich ein Wort oder zwei als Begründung, so was wie ›Bestechung, fünfhundert Dollar‹. In Ordnung?«

Partain nickte abermals, aber Altford hatte längst wieder die Musterung des roten Teppichs aufgenommen. Erst jetzt registrierte er, daß sie diesmal einen anderen Hausmantel trug, mit Gürtel und hell cremefarben; er bedeckte sie vom Hals bis zu den Knöcheln. Partain hielt es für Kaschmir und hoffte sogar, daß er recht hätte.

Nach fast vierzig Sekunden äußerster Konzentration runzelte Altford die Stirn, als hätte sie gerade eine schwierige Entscheidung gefällt, blickte wieder zu Partain auf und fragte, immer noch mit gerunzelter Stirn: »Mögen Sie Tamales?«

»Sehr.«

»Warum gehen Sie dann nicht nach unten, holen den Wagen, und wir treffen uns in zehn Minuten am Eingang und fahren nach Santa Paula und essen Tamales zu Mittag? Waren Sie je in Santa Paula?«

»Nicht daß ich wüßte«, sagte Partain.

Es war ein kühler, bedeckter Tag. Die Temperatur mochte bei 16° oder 17° liegen, und Altford hatte einen dicken dunkelgrauen Rollkragenpullover angezogen, eine maßgeschneiderte blaßgraue Flanellhose und blaue Segeltuchschuhe an bloßen Füßen. Partain stand neben der Beifahrertür des Lexus Coupé, ganz wie er gestanden hätte, wenn Altford ein Major und er ein Lieutenant wäre. Partain trug seinen blauen Anzug, ein frisches weißes Hemd und seinen Zweitschlips. Er öffnete die Beifahrertür, aber Altford schüttelte den Kopf. »Ich fahre«, sagte sie, ging vorn um den Wagen herum und glitt hinters Steuer.

Sie fuhr schnell und souverän, nahm Olympic bis über Lincoln Boulevard hinaus, dann den Santa Monica Freeway, hinab in den McClure-Tunnel und auf der anderen Seite den

Pacific Coast Highway, der auch State Highway 1 ist und mit wenigen Lücken bis zur Grenze von Oregon verläuft.

»Wir machen den weiten pittoresken Umweg«, sagte sie.

Partain nickte, und sie fuhren schweigend weiter, bis zu einer roten Ampel am Sunset Boulevard. »Machen Sie sich was aus Politik?« fragte sie.

»Ich geh gern wählen.«

»Warum?«

»Wahrscheinlich weil ich in der Army nie irgendwas wählen konnte. Bloß um ein bißchen Stunk zu machen, hab ich schon mal gesagt, Offiziere und Unteroffiziere sollten gewählt werden. Fast alle anderen waren der Meinung, das würde zu Anarchie führen. Wenn ich sie dann gebeten hab, Anarchie zu definieren, sind sie meistens mit einer ziemlich guten Definition von Demokratie angekommen.«

»Wobei haben Sie abgestimmt – Präsidentschaftswahlen?«

»Jedesmal.«

»Wann haben Sie damit angefangen?«

»Zweiundsiebzig.«

»Für wen?«

»Nixon. Ford. Zweimal Reagan. Und beide Malc Bush.«

»Darf ich fragen, warum?«

»Ich hab gedacht, damit stimme ich gegen einen Militärputsch.«

Sie starrte ihn an, so lange, bis der Wagen hinter ihnen hupte. Sie wechselte mit dem rechten Fuß von der Bremse zum Gas, und der Lexus schoß davon. »Das ist doch nicht Ihr Ernst«, sagte sie.

»Bisher hat's doch keinen Putsch gegeben, oder?« sagte Partain. »Jedenfalls keinen Militärputsch.«

Gleich hinter Oxnard, wo State Highway 1 und U.S. 101 kurze Zeit identisch sind, sagte Partain: »Erzählen Sie mir von den verschwundenen eins Komma zwei Millionen und warum Sie nicht zur Polizei gehen und sie als gestohlen oder unterschlagen melden wollen.«

Altford lenkte den Wagen auf die äußerste linke Spur und zog ihn auf 73 Meilen pro Stunde hoch, ehe sie sagte: »Wissen Sie, wie Politik funktioniert?«

»Ich weiß, wie das in der Army funktioniert. Sie tun Leuten einen Gefallen, die dann, weil sie noch mehr Gefallen erwarten, Ihnen ein paar Gefallen tun. Manche nennen das Politik. Andere nennen es Arschkriechen. Aber so funktioniert's in der Army.«

»Und überall sonst auch«, sagte sie. »Mit dem Unterschied, daß man in von Wahlen bestimmter Politik Versprechungen macht, um gewählt zu werden. Und wenn Sie erst gewählt sind, versprechen Sie noch mehr, um wiedergewählt zu werden. Aber Versprechen sind nicht billig – vor allem, wenn Sie ins Fernsehen müssen, um mehr zu versprechen als der Gegenkandidat. Der ganze Politprozeß braucht Gott weiß wieviel Geld, und das ist, wie ich Ihnen schon gesagt habe, der Punkt, an dem ich ins Spiel komme.«

Sie sah ihn an, als erwarte sie von ihm irgendeinen Widerspruch. Statt dessen nickte Partain mehrmals – weise, wie er hoffte.

»Ich glaube, ich erzähl Ihnen wohl am besten etwas über das feuchte Geld«, sagte sie mit einem leisen Seufzer.

»Ist das das Geld, das gewaschen wurde, aber irgendwer hat danach das Fönen vergessen?«

»Nicht vergessen. Die haben einfach angenommen, ich könnte es in der Sonne trocknen lassen. Sobald feuchtes Geld getrocknet ist, ist es ganz einfach Geld. Die verschwundenen eins Komma zwei Millionen waren in der Sonne getrocknet. Von mir.«

»Aber noch immer ein klein bißchen feucht?«

»Nicht so, daß man's merken würde. Jedenfalls ergab das eine verfügbare Eingreifreserve für Notfälle.«

»Zum Beispiel?«

Sie dachte darüber nach, dann sagte sie: »Ich gebe Ihnen mal ein gereinigtes Beispiel.«

»Gut.«

»Eine sechzehnjährige Botin im US-Senat will an die Öffentlichkeit gehen, mit der Behauptung, ein siebenundvierzigjähriger Senator wäre der Vater ihres ungeborenen Kindes. Der Senator wird diskret befragt und gibt zu, daß er mit dem Mädchen ein- oder zweimal geschlafen hat, vielleicht sogar dreimal oder, nach längerem Grübeln, ein halbes dutzendmal.«

»Wer befragt ihn?«

»Ein Mittelsmann oder Zwischenträger, der makellos diskret und außerdem keinesfalls pleite ist.«

»Reich, wie?«

»Ungefähr.«

»Tut der Mittelsmann so was oft?«

»Oft genug«, sagte sie. »Jedenfalls, zwei Wochen oder zehn Tage vor den Novemberwahlen besucht der Mittelsmann das Mädchen, um herauszukriegen, wie sie den Preis für ihr Schweigen einschätzt.«

»Wie schwanger ist sie?«

»Im zweiten Monat.«

»Was ist mit ihren Eltern?«

»Die hocken zu Hause in Idaho. Sie ist in Washington und glaubt außerdem, die Eltern würden, wenn sie etwas wüßten, ein Scheibchen abhaben wollen von dem, was sie kriegt.«

»Wieviel will sie haben?«

»Sie sagt dem Mittelsmann, ihr Schweigen ist mindestens hunderttausend wert. Sie feilschen, und der Mittler kriegt den Preis auf fünfundsiebzig runter. *Dann* kommt er zu mir mit seinem Problem, nämlich Geld.«

»Und Sie beschließen, ob die Wiederwahl eines Senators,

der sechzehnjährige Mädchen fickt, fünfundsiebzigtausend wert ist?«

»Genau.«

»Warum holt man sich das Geld nicht von dem Senator?«

»Erstens würde er behaupten, er hat es nicht, und zweitens: Wenn er es hätte, wäre er zu geizig, sich davon zu trennen. Er wird es statt dessen drauf ankommen lassen und sagen, das Mädchen lügt. Wenn das nicht funktioniert, wird er sagen, er ist nicht der einzige Senator, den sie gefickt hat.«

»Klingt wie ein Edelmann«, sagte Partain.

»Bloß Durchschnitt. Deshalb bitte ich den Mittler, sich zu vergewissern, ob das Mädchen wirklich schwanger und der Senator wirklich der Vater ist. Er macht das, und beide sind es. Ich frage ihn, ob die Wahrscheinlichkeit besteht, daß das Mädchen das Geld annimmt und dann doch alles auspackt. Er glaubt das nicht und ist fast sicher, daß sie eine Abtreibung machen und den Rest vom Geld auf den Kopf hauen wird. Weil ich seiner Urteilskraft vertraue, gebe ich ihm die fünfundsiebzigtausend.«

»Wieviel kriegt er davon – der Mittler?«

»Null.«

»Altruismus scheint ja epidemisch geworden zu sein.«

»Ist mir noch nicht aufgefallen«, sagte sie. »Jedenfalls, das Mädchen verschwindet nach der Zahlung, und der Senator fragt nie nach, was aus ihr geworden ist.«

»Und bei der Gelegenheit sagen Sie ihm, was er Ihnen schuldet?«

Sie wandte den Kopf und sah ihn mit offensichtlichem Erstaunen an, konzentrierte sich dann schnell wieder aufs Fahren. »Wenn wir ihm erzählen würden, wir hätten fünfundsiebzigtausend in das Mädchen gesteckt, würde er uns auslachen und sagen, wir wären Trottel, die sich von einer kleinen Schwindlerin reinlegen lassen.«

Partain dachte darüber nach, erwog die schräge Logik und

fragte dann: »Wer gibt Ihnen das Okay dafür, daß Sie so viel Geld rausrücken?«

»Keiner.«

»Warum nicht?«

»Weil keiner sich die Hände schmutzig machen will.«

»Sind Sie je reingefallen?«

»Zweimal.«

»Wo kommt das Geld her?«

»Das wollen Sie gar nicht wissen.«

»Okay. Dann: Wo bewahren Sie es auf – die eins Komma zwei Millionen? Unter der Matratze? In einer Blechdose? Bankschließfach?«

»In einem Safe in meinem Schlafzimmerschrank unter einem Haufen Koffer.«

»Guter Safe?«

»Der beste Diebold, der zu kaufen war.«

»Gestern haben Sie gesagt, es könnte unterschlagen worden sein.«

»Da ich diejenige bin, der es anvertraut ist«, sagte sie, »muß ich Hauptverdächtige sein. Es gibt nur noch einen, der weiß, wo ich es aufbewahrt habe, aber er kennt die Kombination nicht. Trotzdem: Da er wußte, wo der Safe ist, macht ihn das zum Verdächtigen – obwohl ich noch immer am meisten verdächtig bin.«

»Ihr Mit-Treuhänder und der Mittler und Ihr alter Freund und der General, der Sie mit VOMIT zusammengebracht hat, das ist alles ein und derselbe, ja?«

»Ich dachte, das hätte ich deutlich gemacht.«

»Haben Sie, aber ich wollte ganz sicher sein. Eine andere Frage: Führen Sie Buch, und wenn ja, wann machen Sie Bilanz?«

»Immer am ersten Februar.«

»Dann bleiben Ihnen ungefähr drei Wochen.«

Sie sagte nichts, und sie fuhren schweigend weiter, bis

Partain sagte: »Wann haben Sie festgestellt, daß das Geld weg ist?«

»Am vierten November – am Tag nach der Wahl. Die meisten Zahlungen waren reingekommen, und ich wollte sehen, wieviel wir ausgegeben und wie gut wir abgeschnitten hatten.« Sie machte eine Pause. »Ich habe den Safe geöffnet und dann drei Stunden mit Schock dagesessen. Schließlich hab ich mich aufgerappelt, es gab aber keinen, den ich anrufen konnte.«

»Nicht mal den Ex-Brigadier?«

»Den schon gar nicht.«

»Wenn Sie am ersten Februar wem auch immer gegenüber Rechenschaft ablegen müssen«, sagte Partain, »was passiert dann, wenn Sie berichten, daß eins Komma zwei Millionen, die nicht in den Büchern auftauchen, im November verschwunden sind, daß es Ihnen aber nicht besonders sinnvoll erschienen ist, deshalb wen auch immer zu behelligen, bis jetzt?«

»Das wird nicht geschehen«, sagte sie.

»Warum nicht?«

»Weil ich am siebten Dezember, Pearl-Harbor-Tag, die kompletten eins Komma zwei Millionen ersetzt habe«, sagte Altford, als sie US 101 verließ und State Highway 33 nahm, der nach Ojai geht und dort zum State 150 wird, der über die Berge hinab nach Santa Paula führt.

8. Kapitel

Das Restaurant Acropolis an der Connecticut Avenue nahm das Erdgeschoß in einem 66 Jahre alten, grauen Steinbau ein, der kaum zehn Meter breit war. Im Gebäude gab es keinen Aufzug, aber der pensionierte Brigadier General ging die drei Treppen hinauf und atmete, oben angekommen, nicht schwerer, als ob er eben einmal schnell um den nahen Dupont Circle gewandert wäre.

Auf dem obersten Absatz blieb er stehen, um seinen 17 Jahre alten Kamelhaarmantel auszuziehen und ihn sorgsam über den linken Arm zu drapieren, der im Ärmel eines 14 Jahre alten Tweedanzugs steckte, dessen Schneider vor 2 Jahren mit 83 in London gestorben war.

Nachdem er sich vergewissert hatte, daß seine blau-braun gestreifte Krawatte ordentlich im Kragen des weißen Hemds saß, nahm der General den alten hellbraunen Borsalino – mit dem neuen, grobgerippten, dunkelbraunen Band – ab und hielt ihn in der Linken. Die rechte Hand benutzte er, um die Tür zu öffnen, deren obere Hälfte größtenteils aus undurchsichtigem Milchglas bestand. Mit sauberen schwarzen Lettern waren zwei Mitteilungen auf das Glas gemalt. Die obere lautete:

VICTIMS OF MILITARY INTELLIGENCE TREACHERY
(V. O. M. I. T.)
TRETEN SIE EIN!

Die zweite:

EMORY KITE
ERMITTLUNGEN

Hinter der Tür gab es keinen Empfangsbereich; rechts lag ein abgeteiltes 6,5 × 4 m großes Büro mit 1,80 m hohen Plastikwänden, das obere Drittel größtenteils Fensterglas. Die Wände umschlossen drei verriegelte graue Aktenschränke aus Stahl, einen grauen Metallschreibtisch, eine Telefonkonsole, einen PC, ein Faxgerät, einen Kopierer und Emory Kite, Privatdetektiv mit Lizenz, der mit seinem Drehstuhl herumwirbelte, um Vernon Winfield zuzuwinken und ihn mit seiner Baßstimme zu begrüßen: »Hey, General, wie geht's?«

Winfield hielt inne, nickte dem kleinen Detektiv förmlich zu und sagte: »Danke, sehr gut, Mr. Kite.« Dann wandte sich Winfield dem Nervenzentrum von VOMIT zu, einem massiven, 73 Jahre alten, goldgelben Eichenschreibtisch unmittelbar neben zwei Fenstern oberhalb der Connecticut Avenue. Die Tischfläche war fast begraben unter Stapeln in- und ausländischer Zeitungen, Magazine und Regierungsbulletins – alle sahen aufgedunsen, durchblättert, gründlich gelesen aus.

Hinterm Schreibtisch und an der Südwand des Gebäudes standen 9 m überfüllter Bücherregale aus lackierter Kiefer, bis zur 4,20 m hohen Decke, bis zum Gang. Näher am Tisch gab es einen PC, ein Faxgerät, einen kleinen Xerox-Kopierer und einen sehr alten, sehr großen, weit offenen Safe mit Flanschen, vor so langer Zeit an den Boden geschraubt, daß die Schraubenköpfe mattrot gerostet waren.

Besetzt oder eher angefüllt war der goldene Eichendrehstuhl vor dem Tisch von Nicholas Patrokis, einem großen Mann mit Halbglatze, in den Vierzigern, der einen gewaltigen Schnauzbart und im linken Ohr einen Goldring trug, groß wie ein Trauring. Patrokis' Augen waren so schwarz, wie Menschenaugen überhaupt nur werden können, und über ihnen wuchsen dunkle Hecken fast zusammen über der zum Schnurrbart weisenden Hakennase.

Eine weiße Narbe wie ein Blitzstrahl begann oben neben dem linken Ohr, schien Mund und Kinn zu spalten und endete ein paar Zentimeter unter dem rechten Ohrläppchen. Eine Frau hatte ihm irgendwann gesagt, mit der Narbe sehe er aus wie der Pirat einer Illustration von N. C. Wyeth in einem ihrer Kinderbücher. Patrokis mochte diesen Vergleich so sehr, daß er an Tagen, die ihm zu heiß oder zu kalt vorkamen, ein rotes Halstuch nach Piratenart um seine Halbglatze gewickelt trug.

Über den Tisch gebeugt, den Telefonhörer ans linke Ohr gepreßt, lauschte Patrokis gerade und kritzelte Notizen auf einen grauen Stenoblock. Als der General näher trat, wandte er sich um, den Hörer noch immer am Ohr, und deutete mit einem Kuli auf den hölzernen Lehnstuhl, dessen Sitz von einem fußhohen Stapel ›Economist‹ belegt war. Patrokis benutzte den abgetragenen Joggingschuh am linken Fuß, um die Magazine zu Boden zu stoßen, widmete sich dann wieder dem Zuhören und Notieren.

General Winfield ließ sich auf dem Lehnstuhl nieder und schaute sich um, mit der neutralen Miene eines Menschen, der alles über die Kunst des Wartens weiß. Von seinem Platz neben dem Tisch hatte er einen guten Blick über das gesamte dritte Stockwerk und begann automatisch mit einer Inventur.

Etwa zwei Drittel der dritten Etage waren dem vorbehalten, was Patrokis gern das Auditorium nannte: eine offene Fläche, von den beiden Büros getrennt durch ein Geländer ähnlich dem in Gerichtssälen. Dahinter standen fünfzig metallene Klappstühle in fünf Zehnerreihen. Einige Stühle waren grau, einige braun, einige schwarz, und alle waren alt.

Jenseits der Stühle, am Hinterende des Raums, stand ein langer goldener Eichentisch parallel zur Rückwand, darauf ein zur Wand gedrehtes Rednerpult. Um den Tisch weitere fünfzehn Klappstühle für Vorstandsberatungen, Podiumsdiskussionen und all jene, die an Samstagnachmittagen vorbeikamen, um aufzuräumen und mit der Post zu helfen.

Vor der blanken Backsteinwand ruhte eine Kaffeemaschine (fünf Gallonen) auf einem Stahlfaß (fünfzig Gallonen). Neben der Maschine gab es drei Gallonenbüchsen Yuban-Kaffee, sechs kleine Dosen Pet-Milch und einen Zehnpfünder-Pappsack mit C&H-Zucker. Sechs Kartons Styroporbecher lagen unter dem Tisch.

An den Wänden gab es keine Poster, keine Slogans, keine Fotos. Die einzige Dekoration war eine riesige amerikanische Flagge; sie stand kopf, das traditionelle Notsignal. Der General fand die umgedrehte Flagge pubertär und brachte die Sache bei jeder Vorstandssitzung zur Sprache. Aber sein Antrag, die Flagge korrekt anzubringen, wurde immer mit 7 zu 6 abgelehnt.

Der General saß, wie er fast immer saß, nicht ganz in Habacht-Haltung, die Knie fast zusammen, die Hände auf den Oberschenkeln, den Mantel auf den Knien gefaltet, den Hut auf dem Mantel, den Rücken durchgedrückt, ohne die Lehne zu berühren. Winfield hatte rastlose leuchtendblaue Augen, die entfernte Dinge noch scharf sahen, aber zum Lesen eine Brille brauchten. Sie überflogen den großen Raum und bemerkten alle Veränderungen – sogar ein nicht weit entfernt liegendes Exemplar von ›El País‹ per Luftpost aus Madrid zugestellt. Er schloß, Patrokis habe die Zeitung wohl neuerdings abonniert.

Irgendwann ruhte der Blick des Generals auf Emory Kites Hinterkopf. Er stellte fest, daß der Privatdetektiv Kopfhörer trug, während er in seinen Computer tippte. Winfield mochte Kite nicht und hatte dagegen gestimmt, ihm Büroraum zu vermieten. Aber die 1100 $ Monatsmiete, die Kite für ein Büro im dritten Stock ohne Aufzug zu zahlen bereit war, kamen für die Organisation als ein derartiges Himmelsgeschenk, daß der General seinen Einwand zurückgezogen hatte.

Als Kite eine Pause machte, um sich zu rekeln, beide Hände hoch über dem Kopf, blickte der General wieder zur umgedrehten Flagge. Kite wandte sich um 180 Grad, registrierte, daß der General wie gebannt dorthin starrte, und nutzte die Gelegenheit, um ihn auf Anzeichen von Ausschweifung oder Senilität hin zu untersuchen. Er fand lediglich Flächen und Winkel, die ein entschlossenes Kinn bildeten, eine überscharfe Nase, einen ziemlich strengen Mund, eine kluge hohe Stirn, einen straffen Hals und viel dichtes weißes Haar, weder kurz noch lang, das eng am schmalen Kopf lag und aussah, als habe man es bei der Geburt links gescheitelt.

Kite fragte sich gerade, wie viele Männer wohl noch richtige Hüte trugen, als Patrokis schließlich sein Telefongespräch beendete, sich dem General zuwandte und fragte: »Haben Sie eine Idee, wo wir fünftausend Dollar in bar auftreiben könnten?«

Als Patrokis' kratziger Bariton durch Kites Kopfhörer kam, wandte er sich schnell wieder seinem Computer zu, schaltete einen versteckten Minirecorder ein und begann langsam zu tippen: »Jetzt ist für alle guten Männer die Stunde, ihrer Partei zu Hilfe zu eilen«; er tippte dies wieder und wieder, während er das Gespräch zwischen den beiden Gründern von Victims of Military Intelligence Treachery gleichzeitig aufnahm und belauschte.

Es dauerte einen Moment oder zwei, bis General Winfield Patrokis' Frage mit einem Seufzer und einer Gegenfrage beantwortete: »Fünftausend wofür?«

»Ein ehemaliger Captain der Armee von El Salvador, illegal im Land, hockt irgendwo an der Columbia Road und behauptet, er hat Fakten, Daten und Namen über Geld aus Langley, das neunzehnhundertneunundachtzig abhanden gekommen ist.«

»Was bedeutet bei ihm ›abhanden gekommen‹?«

»Daß das Geld von Langley an US-Army-Berater gegangen ist, die davon nur die Hälfte an Offiziere der Salvador-Armee weitergegeben haben.«

»Die Hälfte von wieviel?«

»Zwei Komma vier Millionen Dollar.«

»Wie viele Leute von uns stecken drin?«

»Nur zwei. Ein Captain und ein Colonel.«

»Keine Namen, natürlich.«

»Für fünftausend kriegen wir Namen«, sagte Patrokis.

»Was meinen Sie?« fragte der General, dann seufzte er wieder, als ob er die Antwort schon wüßte.

Patrokis hob die Schultern. »Wenn ich fünftausend hätte, würde ich kaufen. Aber es ist drei Jahre her, daß ich zuletzt soviel Bargeld auf einem Haufen gesehen hab.«

»Wieviel ist auf dem Konto von VOMIT?«

»Sechzehnhundertirgendwas, grade genug fürs Porto für den Rundbrief.«

»Haben Sie genug Papier? Umschläge?«

»Papier und Umschläge hab ich.«

Der General zog sein Scheckbuch heraus und fragte: »Bar, natürlich?«

»Natürlich«, sagte Patrokis und reichte ihm seinen Kuli.

Während er den Scheck ausstellte, fragte Winfield: »Haben Sie schon gegessen?«

»Es ist Viertel vor drei. Natürlich hab ich gegessen.«

»Na ja, ich nicht«, sagte Winfield, signierte, riß den Scheck ab und steckte ihn in eine Tasche. »Wenn Sie eine Krawatte haben, gehen wir ins Madison, wo ich zweifellos etwas zu essen bekomme. Sie können ja ein Dessert bestellen oder zuhören.«

»Man braucht keine Krawatte, um ins Madison zu kommen«, sagte Patrokis.

»Das ist doch nicht der Punkt, oder?«

Patrokis starrte den General eine Sekunde oder zwei an, dann öffnete er eine Schreibtischschublade, schloß sie, öffnete eine zweite und sagte: »Irgendwo muß hier ein Schlips sein.«

Als sie gegangen waren, spulte Emory Kite die aufgenommene Unterhaltung zurück, hörte sie ab, spulte wieder zurück und benutzte einen Fußschalter zum Starten und Stoppen, während er auf seinem PC eine wörtliche Niederschrift machte. Als er fertig war, las er den Text noch einmal und fügte eine kleine Korrektur ein.

Dann stand er auf, druckte den Text aus, ging zum Faxgerät, schaltete es ein und schickte die anderthalb Seiten zweizeilig geschriebenen Dialogs an eine Faxnummer, die auf den Namen Jerome Able eingetragen war, das liebste Alias von den dreien, die Colonel Ralph Waldo Millwed benutzte.

Nach dem »Übertragung OK«-Signal ging Kite wieder zu seinem Drehsessel, setzte sich, lehnte sich zurück, faltete die Hände über seinem kleinen, noch immer harten Bauch und wartete darauf, daß das Telefon klingelte; er war sicher, daß er nicht lange würde warten müssen.

9. Kapitel

Während General Winfield und Patrokis zu ihrem späten Mittagessen und Dessert aufbrachen, entdeckte Edd Partain, daß Santa Paula, ein kleiner Bauernort mit starkem mexikanischen Einschlag, gerade groß genug und alt genug war, um mit einem historischen Viertel aufwarten zu können.

Er sollte auch entdecken, daß die Tamales im El Charrito noch besser waren, als Millicent Altford versprochen hatte. Er bestellte das Tellergericht Tamales und aß drei der Monster, plus alles an Reis, aufgebackenen Bohnen und Salat, was dazugehörte. Altford aß nur einen halben Tamal und fast den ganzen Salat, ließ aber Reis und Bohnen links liegen.

Nach dem Essen lehnte sich Partain in der Nische zurück, musterte Altford einige Momente und fragte dann: »Sie haben diese verschwundenen eins Komma zwei Millionen wirklich mit eigenem Geld ersetzt?«

»Meinen Sie, ich lüge?«

Er schüttelte den Kopf. »Fällt mir nur schwer, mich mit der Vorstellung anzufreunden, daß jemand die Menge Geld rumliegen hat.«

»Es hat nicht einfach so herumgelegen. Das war alles steuerbegünstigtes Geld für den Ruhestand. Ich habe einen Sparplan auszahlen lassen. Sechs Papiere mit jährlichen Rentenzahlungen liquidiert. Einen Geldmarktfonds aufgelöst, der aber sowieso nicht viel an Zinsen gebracht hat. Und ich habe mir all meine Rentenfonds auszahlen lassen.« Altford schüttelte leicht den Kopf, als beklage sie den Tod eines flüchtigen, aber alten Bekannten. Des Briefträgers vielleicht, dachte Partain.

»Ich wußte, daß die Steuer zuschlagen würde«, fuhr sie fort. »Ich hatte aber keine Ahnung, was für grausige Abzüge für die vorzeitige Auszahlung anfallen würden.«

»Wieviel?« fragte Partain.

»Um die siebenundfünfzig Prozent, Staats- und Bundessteuern eingeschlossen.«

»Dann müssen Sie was – um die zwei Komma sieben oder acht Millionen flüssiggemacht haben, um bei eins Komma zwei auszukommen?«

»Nah dran«, sagte sie.

»Wie haben Sie das gemacht? Ich meine, wie haben Sie das zu richtigem Bargeld gemacht?«

»Ich habe alles in mein normales Girokonto gesteckt«, sagte sie. »Dann habe ich mir beglaubigte Bankschecks ausstellen lassen, fünf Stück zu je ungefähr zweihundertvierzigtausend Dollar. Mit denen habe ich Girokonten bei Banken in Santa Monica, Pasadena, West Hollywood, Culver City und Malibu eröffnet. Die sechs Wochen danach habe ich von all diesen Konten unregelmäßig Bargeld abgehoben, ungleiche Beträge, immer um die achttausendfünfhundert bis neuntausendfünfhundert Dollar. Nach sechs Wochen, so Mitte Dezember, hatte ich die eins Komma zwei Millionen in bar. Und weil alle Abhebungen unter zehntausend waren, mußte keine der Banken sie ans Finanzamt oder Schatzamt melden – oder wo immer das gemeldet wird.«

»Wer hat Ihnen ausgerechnet, was Sie an Steuern zahlen mußten?«

Altford starrte ihn an, kalt. »Wieso meinen Sie, ich brauchte jemand, um das auszurechnen?«

»Ich würde jemand brauchen.«

»Ich bin zur Quelle gegangen«, sagte sie. »Zum Steuerbüro am Olympic, gleich westlich von Sepulveda, und da habe ich mit einer sehr gerissenen Frau geredet. Ich habe ihr gesagt, ich müßte alles flüssigmachen und genau wissen, wieviel ich dem Bund und dem Staat schulde. Sie war so schockiert – na ja, jedenfalls überrascht –, daß ich nicht gekommen war, um ihr eins vorzuschwindeln, daß wir uns dann hingesetzt und alles in ein paar Stunden ausgerechnet haben. Sie hat sogar eine Möglichkeit gefunden, mir an die zweiunddreißigtausend zu ersparen.«

»Wo sind die ersetzten eins Komma zwei Millionen jetzt?« sagte Partain. »Hoffentlich nicht wieder in Ihrem Safe.«

»Nein.«

»Wo?«

»Hier.«

»In Santa Paula?«

Sie nickte. »Wollen Sie es sehen?«

Partain überlegte, ob er wollte oder vielleicht nicht. »Ich weiß nicht. Legen Sie Wert darauf?«

»Ich brauche einen Zeugen, für alle Fälle.«

»Was für Fälle?«

»Für den Fall, daß mir etwas zustößt.«

Partain übernahm die Essensrechnung. »Dann los.«

Als sie zur Bank an der Main Street fuhren, bemerkte Partain, daß ein Schild am Haupteingang des Gebäudes einer Zeitung von Santa Paula hing: »Geschlossen«. Auf der Main Street selbst standen mindestens neun Läden leer. Ein paar optimistische Unternehmer hatten andere Läden gemietet, um ihr Glück zu versuchen und gebrauchte Möbel, Bücher, Armeebekleidung und Handlesen zu verkaufen.

Außerdem bemerkte Partain, daß zwei Banken auf der Main Street entweder in Konkurs gegangen oder umgezogen waren, während die unabhängige Farmers & Mechanics Bank noch arbeitete. Sie war 1909 gegründet worden, und Partain beschloß, daß die einfache Granitfassade und sechs dicke runde Steinsäulen merkwürdig beruhigend wirkten. Er war sich fast sicher, daß sie viel mit dem Überleben der Bank zu tun hatten.

Die Schließfächer befanden sich im Keller der Bank. Millicent Altford und eine junge Frau, zweite Kassiererin, steckten je einen Schlüssel in die beiden Schlösser des Fachs. Als die junge Frau gegangen war, zog Altford an einer großen Stahldose mit Klapplid. Sie hatte sie halb hervorgezerrt, sah dann Partain an und sagte: »Könnten Sie?«

»Klar«, sagte er, zog die Stahldose ganz heraus und trug sie zu einer halbvermauerten, hüfthohen Theke. Er schätzte das Gewicht der Kiste selbst auf etwa acht Kilo, aber jetzt enthielt sie etwas, das sie insgesamt an die fünfzehn Kilo wiegen ließ. Da es einmal zu seinen Aufgaben gehört hatte zu wissen, wieviel Banknoten der USA wogen, überraschte Partain das Gewicht keineswegs. Er war auch nicht überrascht, als Altford das Lid der Dose anhob und ihm das zeigte, was er für 240 umwickelte Päckchen von je fünfzig 100-$-Noten hielt.

»Okay«, sagte er. »Ich hab's gesehn.«

»Wollen Sie nachzählen?«

»Nein.«

Als sie das Lid wieder verschlossen hatte, sagte Partain: »Wer weiß sonst noch davon?«

»Niemand.«

»Ihre Tochter?«

Sie schüttelte den Kopf.

Partain nahm die Kiste und schob sie wieder ins Fach. »Was ist mit Ihrem Freund und Co-Treuhänder, dem General?«

»Ich hoffe bei Gott, daß er nichts weiß«, sagte Altford, als sie den Schlüssel im Schließfachschloß drehte.

Der General kassierte den Scheck über 5000 $ bei seiner Bank und übergab Patrokis das Geld. Dann fuhren sie im Wagen des Generals zum Madison, wo er das Fahrzeug dem Portier überließ. Im Coffee Shop des Madison bestellte Winfield einen Croque-Monsieur und einen Teller Kartoffel-und-Porree-Suppe. Patrokis verlangte und erhielt Hot Fudge Sundae.

»Und was hört man so von der Küste?« fragte Patrokis, nachdem er den letzten Rest von seinem Löffel geleckt hatte.

»Major Partain scheint genau das zu sein, was gebraucht wurde.«

»Er ist kein Major mehr.«

»Ja, also, ich habe das ein bißchen überprüft, und soweit es mich betrifft, ist er noch immer Major Partain.«

»Aber er ist kein Schnüffler, kein Privatdetektiv.«

»Den wollte sie auch nicht«, sagte der General. »Sie hat jemanden gesucht, der ihr den Rücken hütet.«

»Darin ist er gut«, sagte Patrokis; nach einer Pause fragte er: »Sie haben ihn wirklich überprüft?«

»Ich habe ein paar oberflächliche Erkundigungen eingezogen«, sagte Winfield, nahm den letzten Bissen seines Schinken-Käse-Sandwichs, kaute, schluckte und sagte: »Sie beide haben sich in Vietnam getroffen.« Es war keine Frage.

»Er hat mich aus einem Loch gezogen.«

»Tatsächlich? Welche Sorte Loch?«

»Ein mentales.«

»Ah«, sagte der General; er schaute auf seine Uhr. »Wann sollen wir diesen Captain aus Salvador treffen?«

»Halb fünf.«

»Dann sollten wir uns auf den Weg machen.«

Der Madison-Portier pfiff den neuen roten BMW Cabrio des Generals herbei und wurde mit 10 $ Trinkgeld belohnt. Als sie im Wagen saßen und auf der M Street nach Westen fuhren, Richtung Connecticut Avenue, sagte Patrokis: »Sie haben ihm nen Zehner gegeben.«

»Nein, habe ich nicht.«

»Ich hab's doch gesehen.«

»Der Dollar ist heute noch dreiundzwanzig Prozent dessen wert, was er neunzehnhundertfünfundsechzig war. Tatsächlich habe ich ihm also zwei Dollar dreißig gegeben. Neunzehnhundertfünfundsechzig hätte ich ihm wahrscheinlich zwei oder nach heutigem Geld acht Dollar neunundachtzig gegeben. Statt zu großzügig war ich also in Wahrheit ziemlich geizig.«

»Lieber Gott, ich hasse Pfennigfuchser«, sagte Patrokis.

Ecke Connecticut und Columbia Road bog der General rechts ab und fuhr, bis er einen Parkplatz fand, von dem aus Mintwood Place zu Fuß gut erreichbar war. Er übergab seinen Wagen einem jungen Guatemalteken mit einer seltsamen Art Melone, die drei Nummern zu klein schien.

Die Adresse am Mintwood Place war eines der typischen dreigeschossigen Reihenhäuser aus Ziegeln, das zu kleinen Apartments umgebaut worden war. Das Apartment des salvadoranischen Captains war 321, ganz hinten im obersten Stock.

Patrokis mußte zweimal an die Tür klopfen, ehe eine Männerstimme von innen auf spanisch fragte, wer da sei.

»El Greco y un amigo«, sagte Patrokis.

Die Tür öffnete sich gerade weit genug, daß ein dunkelbraunes Auge sie mustern konnte. Dann wurde sie weit genug geöffnet, daß sie sich ins Apartment drücken konnten. Der salvadoranische Captain war noch keine 30 und nicht sehr groß, höchstens 1,65 m, hielt sich aber noch immer militärisch gerade, sogar in T-Shirt, Jeans und Turnschuhen, was ja letztlich, wie der General befand, die derzeitige Zivilistenuniform war.

Der Captain forderte sie nicht auf, sich zu setzen, und schien verlegen wegen seiner Unhöflichkeit. Er blickte jedenfalls so verlegen, daß Patrokis abermals auf Spanisch fragte: »Was ist los, Freund?«

»Ich fürchte, es hat ein Mißverständnis gegeben«, antwortete der Captain auf Spanisch.

Der General fragte ebenfalls auf Spanisch: »Welche Art Mißverständnis, bitte?«

Der Captain starrte ihn an und sagte: »Sie heißen?«
»Winfield.«
»Er ist der General, den ich erwähnt habe«, sagte Patrokis.
Der Captain stand stramm und blieb so stehen, auch als Winfield gesagt hatte: »Ich bin im Ruhestand.«
»Ich bedaure, aber was wir beredet hatten, ist nicht mehr möglich«, sagte der Captain zu Patrokis.
Patrokis nickte und nahm die Rolle – 5000 $ in Hundertern – aus einer Tasche. Nun hielt sie ein Gummi zusammen, an dem Patrokis beiläufig zupfte. Der Captain starrte auf das Geld.
»Sind Sie sicher?« fragte Patrokis.
»Ich bin sicher.«
»Darf ich fragen, warum?«
»Es ist nicht möglich«, sagte der Captain wieder.
»Aber warum ist es nicht möglich?«
»Wenn eine Sache nicht möglich ist, dann ist sie unmöglich.«
»Vielleicht genügt das Geld nicht?« fragte General Winfield.
»Es ist keine Frage des Geldes.«
»Wir brauchen diese zwei Namen«, sagte Patrokis. »Wir zahlen fünftausend Dollar für die Namen.«
»Es gibt keine Namen«, sagte der Captain.
»Heute morgen gab es sie.«
»Heute morgen habe ich mich geirrt.«
»Sie sehen nicht aus wie einer, der sich irrt«, sagte der General.
Der Captain sagte nichts und blickte zur Seite.
»Kommen Sie«, sagte Patrokis auf Englisch und wandte sich zur Tür.
»Wenn Sie es sich anders überlegen«, sagte der General, »rufen Sie bitte meinen Freund an.«
»Ich werde es mir nicht anders überlegen, Sir.«

Der General nickte verstehend und schaute sich im Raum um, bemerkte den neuen Fernseher und die alte Couch. Er registrierte auch das Bild der Muttergottes und den Eßtisch darunter. Hinter dem Tisch lag eine kleine Küche. Links der Couch war eine verschlossene Tür, die vermutlich zu Bad und Schlafzimmer führte. Auf dem Boden lag ein 250 × 300 cm großer Teppich unbestimmten Alters und unbestimmter Farbe. Es gab zwei Stehlampen, eine neben der alten Couch, die andere neben einem abgenutzten Sessel, der noch älter schien als die Couch.

Winfield lächelte den Captain an. »Goodbye, Captain.«

»Goodbye, Sir.«

»Rufen Sie mich an«, sagte Patrokis auf Spanisch, öffnete die Tür und wartete auf eine Antwort des Captains. Als keine kam, ging Patrokis hinaus, gefolgt vom General.

Der Captain stand noch immer fast stramm, starrte auf die Tür, die sich eben erst geschlossen hatte. Die Schlafzimmertür hinter ihm ging auf, und eine junge Frau kam heraus, gefolgt von Emory Kite, der einen zu langen schwarzen Mantel trug, ein Lächeln und in der Rechten eine .25er Halbautomatik mit selbstgebautem Schalldämpfer, der fast so lang war wie die Waffe selbst.

»Hat er dir etwas getan?« fragte der Captain die junge Frau, die sich an ihn drängte.

»Er hat mir nichts getan« sagte sie und vergrub ihr Gesicht an seiner Schulter.

»Sie waren beide perfekt«, sagte Emory Kite in mildem, besänftigendem Englisch. »Sie beide waren absolut perfekt, und ich kann nur hoffen, Sie wissen, wieviel mir das bedeutet.«

Kite hob die gedämpfte Halbautomatik und schoß dem jungen Captain in den Hinterkopf, trippelte dann um die gestürzte Leiche und schoß der jungen Frau in die linke Schläfe, ehe sie schreien, protestieren oder flehen konnte.

10. Kapitel

Claudia Ransaw, Sergeant im Morddezernat der Metropolitan Police, war diejenige, die Nick Patrokis anrief, um ihn zu fragen, ob er möglicherweise an der Ermordung eines ehemaligen salvadoranischen Armee-Captains und seiner Frau interessiert sei. Ransaw, Mitglied Nr. 46 von VOMIT, war First Lieutenant in einer Einheit des Erkennungsdiensts der Army gewesen, bis 1981, als sie in aller Stille mitteilte, sie sei Lesbierin, und ebenso in aller Stille aus dem Dienst entfernt wurde. »Vor unehrenhaftem Abschied hat mich nur mein schwarzer Arsch gerettet«, hatte sie Patrokis einmal gesagt.

Als Ransaw ihn kurz nach 18 Uhr anrief, fragte sie zunächst, ob VOMIT noch immer »in dieser ganzen üblen Scheiße da unten in Mittelamerika rumschnüffelt«?

General Winfield hatte sich eben erhoben, um zu gehen. Patrokis winkte ihn zurück in den Lehnstuhl und antwortete: »Klar. Wieso?«

»Weil, wir haben hier nen toten Salvadoraner, früher Captain der Armee, namens José Trigueros Chacón, neunundzwanzig. Und außerdem eine Señora Trigueros, sechsundzwanzig, genauso tot. Keine Pässe, nichts an Ausweisen außer ein paar von seinen alten Armeepapieren und ihrem Zivilkram mit einer Adresse in San Salvador.«

»Wo ist das passiert?« sagte Patrokis.

»Drüben am Mintwood Place, an der Columbia Road.«

»Wie sieht's aus?«

»Profiarbeit. Deshalb ruf ich ja an. Je ein Schuß. Ganz kleine Waffe, höchstens fünfundzwanziger, vielleicht sogar zweiundzwanziger. Keiner hat was gesehen. Keiner hat was gehört. Er hat's in den Hinterkopf gekriegt. Sie in die linke Schläfe. Haben da seit ner Woche gewohnt, ungefähr, aber der Verwalter ist nicht da, deshalb kann ich nicht mal das genau feststellen.«

»Haben Sie den Vornamen der Frau?«

»Rosa Alicia«, sagte Sergeant Ransaw. »Wenn Sie irgendwas darüber rauskriegen, rufen Sie mich an, hören Sie?«

»Mach ich«, sagte Patrokis, hängte den Hörer ein, wandte sich dem General zu und sagte: »Das war Detective Ransaw.«

»Dachte ich mir«, sagte Winfield.

»Sie sagt, unser Captain und eine Frau – Ransaw meint, es war seine – sind erschossen worden, kurz nachdem wir gegangen waren.«

»Wer hat sie gefunden?«

»Hab ich nicht gefragt.«

»Sehr umsichtig«, sagte der General und stand auf; sein Gesicht war jetzt so fahl, daß ein Fremder hätte meinen können, er sei fast ohnmächtig, aber Patrokis wußte, daß er wütend war.

Winfield zog ein kleines Adreßbuch hervor, schlug jemanden nach und sagte: »Kann ich telefonieren? Ich muß ein paar Fragen stellen, die ich schon längst hätte stellen sollen.«

Das kleine, eingeschossige Haus lag im 3200er-Block an der Nordseite des Volta Place gleich neben der Wisconsin Avenue in Georgetown. Da Winfield über zwanzig Minuten gebraucht hatte, um einen Parkplatz zu finden, war es fast 19.15 Uhr, als er mit dem rechten Daumen die Klingel drückte. In der linken Hand hielt er eine braune Papiertüte mit einer Flasche J&B-Whisky.

Die Tür öffnete sich, so weit die kurze Kette reichte, und eine große, schlanke, hübsche Frau Mitte Dreißig starrte ihn mit großen grauen Augen an, die wie in Trauer wirkten. Ehe Winfield etwas sagen konnte, sagte die Frau: »Ich soll dir von ihm ausrichten, er hat sich's anders überlegt. Er sagt, er will dich nicht sehen.«

»Wie geht's dir so, Shawnee?« sagte Winfield.

»Beschissen. Und selbst?«

»War schon schlechter. Darf ich reinkommen?«

»Er will dich nicht sehen.«

»Vielleicht kann ich ihn überreden.«

Sie zuckte mit den Schultern, schloß die Tür lange genug, um die Kette auszuhaken, öffnete sie wieder. Winfield trat in eine sehr kleine, nicht ganz quadratische Diele, deren einzige Dekorationen, abgesehen von der hübschen Frau in alten Jeans und einem weißen Herrenhemd, ein brauner, metallener Hutständer, der wie Regierungseigentum aussah, und ein Farbfoto mit Widmung von Ronald Reagan waren. Winfield erinnerte sich an den Wortlaut der Widmung: »Für Hank Viar, mit Dankbarkeit und Bewunderung.«

Winfield nahm den Hut ab, reichte der Frau, die er Shawnee nannte, die Papiertüte mit dem Schnaps, zog den Kamelhaarmantel aus und hängte ihn und den Borsalino an den entliehenen oder gestohlenen Hutständer. Unmittelbar dahinter war die schmale steile Treppe; er erinnerte sich, daß sie zu zwei Schlafzimmern und einem Bad führte. Aus irgendeinem Grund – Alter, wie er annahm – sah die Treppe steiler aus, als er sie beim letzten Mal, vor sieben Jahren, empfunden hatte.

Winfield wandte sich wieder der Frau zu, die Arm und Hand mit der Schnapstüte an ihrer linken Seite herabhängen ließ, fast als ob sie sie vergessen hätte. »Wie geht's – uh – deinem Mann, Shawnee?« fragte Winfield, der sich an das Gesicht, wenn auch nicht an den Namen eines großen jungen Mannes mit merkwürdig sanften Zügen und einer Masse dunklen Kraushaars erinnerte.

»Er hat Aids gekriegt und ist gestorben«, sagte sie.

Statt etwas über Kummer und Mitleid zu sagen, legte Winfield seine rechte Hand leicht auf ihre linke Schulter. Sie blickte hinab auf die Hand mit einem Ausdruck, der wie

Überraschung wirkte, dann auf zu Winfield. »Er meint, ich hätte es jetzt«, sagte sie.

»Hank?«

Sie nickte. »Er glaubt, Aids ist Teil von einem besonderen Fluch Gottes über die Eltern bestimmter Rumtreiber. Der Rest des Fluchs besteht daraus, daß diese Rumtreiber ewig im Haus ihrer Eltern wohnen bleiben. Deshalb laß ich mich jeden Monat testen, und die Ergebnisse sind immer negativ. Aber er sagt, die Testergebnisse sehen aus wie Fälschungen, und läßt mich immer nur eine Tasse, ein Glas, einen Teller und einen Satz Messergabellöffel benutzen. Inzwischen ist er wirklich ziemlich durchgeknallt.«

Sie schüttelte jäh zweimal den Kopf, als ob sie ihn von etwas freimachen wollte. Die Bewegungen ließen ihr langes kastanienrotes Haar wirbeln. Winfield tätschelte ihr die Schulter und zog die Hand zurück, eben als sie sagte: »Ach zum Teufel mit Daddy. Wart ihm Wohnzimmer; ich sag ihm, daß du nicht gehen willst, ehe er runterkommt.«

»Er ist nicht bettlägerig, oder?«

»Nein, aber er hockt oft lange oben im vorderen Schlafzimmer und beobachtet die Straße. Ich weiß nicht, mit wem er da rechnet. Vielleicht eine Delegation von den Kurden, die er vor Jahren mit über den Tisch gezogen hat.«

Sie gab ihm die Tüte mit dem Whisky zurück und ging langsam die Treppe hinauf. Der General betrachtete sie einen Moment, wandte sich dann ab und ging zum Wohnzimmer; dabei fragte er sich, ob es wohl noch immer mit den Reliquien und Überbleibseln der letzten vier Jahrzehnte vollgestopft sein würde.

11. Kapitel

Das Wohnzimmer enthielt fünf Erinnerungsstücke an schlichte skandinavische Moderne der 60er. Reichlich Chrom, Glas und Leder vertraten die 70er, und die 80er machten sich bemerkbar durch drei biegsame Stehlampen, die über Sesseln schwebten, als ob sie gleich niederstoßen wollten. Das einzige Artefakt aus den 90ern war ein neuer Sony-Fernseher mit 70er Schirm. Auf dem nahen Recorder lagen vier grellverpackte Leihkassetten, lauter Pornographie. Winfield las die Titel, als Henry Viar ins Zimmer kam und sagte: »Willst du Eis?«

»Eigentlich nicht«, sagte Winfield und drehte sich um; er musterte Viar – die ganzen 190 Zentimeter –, der nicht einmal mehr 70 Kilo zu wiegen schien. Er sah, daß Viar mehr als nur Gewicht verloren hatte. Er hatte auch einen großen Teil seines Haars verloren, und der Verlust ließ das überlange Gesicht noch länger wirken. Trotzdem blieb es ein herbes, verschlossenes Gesicht, die Sorte, die zu einem paßt, der kaum noch ausgeht, Essen und Trinken meistens per Telefon bestellt und mit denen, die es liefern, nur in einsilbigen Wörtern redet.

»Du siehst scheußlich aus«, sagte Winfield.

»Ich weiß, wie ich aussehe«, sagte Viar. »Das heißt aber nicht, daß es mir nicht scheißegal wäre.« Er wies mit dem großen Kinn auf die Tüte mit Scotch auf einem Kaffeetisch aus Chrom und Glas. »Machst du das irgendwann auf?«

Winfield nahm die Flasche aus der Tüte, den Verschluß von der Flasche und fragte: »Sollen wir Gläser benutzen?«

»Willst du etwa auch Eis?«

»Hast du schon gefragt, und ich hab nein gesagt. Aber ich hätte gern etwas Wasser.«

Viar wandte sich um, eilte durchs Eßzimmer in die Küche. Sekunden später kehrte er zurück, mit einer Glaskaraffe voll

Wasser in einer Hand und zwei ungleichen Whiskygläsern in der anderen. Er stellte alles ab und sah aufmerksam zu, wie der General beide Gläser großzügig eingoß und eines mit Wasser ergänzte.

»Sollen wir trinken oder bloß nippen?« sagte Viar.

Winfield goß noch mindestens eine Unze ins Glas seines Gastgebers. Der große Mann bückte sich, nahm es, trank fast die Hälfte des unverdünnten Scotchs, schien schmatzen zu wollen, zündete sich statt dessen eine filterlose Pall Mall mit einem Küchenstreichholz an. Dann ließ er sich in einen Sessel sinken (Baujahr etwa 1967, schätzte Winfield), legte die Füße auf die Ottomane und sagte: »Keine Vorträge.«

»Keine Vorträge«, bestätigte Winfield, setzte sich auf eine katzenfüßige Couch, die Schonbezüge brauchte, und fuhr in seiner Inspektion von Viar fort. Er registrierte das verschlissene blaue Button-down-Hemd, die Chinos und die braunen Slipper. Hose und Hemd, weder sauber noch schmutzig, sahen aus, als ob Viar darin geschlafen hätte. Die Slipper wirkten teuer, aber ungepflegt.

Winfields Inspektion schien Viar zu amüsieren; er lächelte und sagte: »Manchmal zieh ich mich überhaupt nicht an – hock bloß den ganzen Tag in Unterwäsche rum. Widerlich, was?«

Statt zuzustimmen oder zu widersprechen, sagte der General: »Reden wir über neunzehnhundertneunundachtzig.«

»Warum nicht neunzehnhundertachtundsechzig? Das war auch ein prima Jahr.«

»Ich ziehe neunundachtzig vor.«

»Und wenn ich sage, fick dich doch ins Knie?«

»Dann versuch ich's mit Erpressung.«

»Dieselbe alte Panama-Scheiße? Das bringt nichts.«

»Bringt dich vielleicht nicht nach Leavenworth in den Knast, Hank, beendet aber ganz bestimmt deine Pension.«

Viar dachte einen Moment nach, lächelte dann säuerlich

und sagte: »Ich hab mich gefragt, wieso ihr, du und dein Knalltütenverein, das nicht schon längst benutzt habt. Den Panama-Kram. Dann bin ich drauf gekommen. Wegen Shawnee. Du willst nichts tun, was Violets Tochter weh tun würde.«

»Sie ist auch dein Kind.«

»Du hattest immer was für Violet übrig, oder?« sagte Viar, dann grinste er schäbig und fragte: »Hat sie dich rangelassen?«

Der General stand auf; er fühlte sich lächerlich und dabei entschlossen. »Willst du weiter deine Pension kriegen oder nicht?«

»Setz dich, verdammt.«

Der General ließ sich wieder auf der Couch nieder, nahm seinen Drink, nippte daran, stellte ihn wieder ab, musterte Viar ein paar Sekunden und sagte: »Ende neunzehnhundertneunundachtzig, November, warst du in El Salvador.«

»Und?«

»Was hast du da gemacht?«

»Ich war Verbindungsmann der Agency zum salvadoranischen Geheimdienst – dem DNI oder, auf Englisch, National Intelligence Directorate. In Wirklichkeit bin ich dem Ende einer langen und ehrenhaften Laufbahn entgegengeschlurft; meine letzte Rolle war alternder Geldbriefträger im mittleren Dienst.«

»Gab es in den ersten beiden Novemberwochen eine fette Auszahlung?«

Viar lächelte. »Also darum geht's.«

»Darum geht's«, sagte Winfield. »Und, gab es?«

»Vielleicht.«

»Wer hat das Geld gekriegt?«

»Wie gesagt, ich war bloß Verbindungsmann zum Geheimdienst von Salvador.«

»Wer hat das Geld gekriegt, Hank?«

»Am Schluß hat's das beschissene Atlacatl-Bataillon gekriegt, wer sonst?«

»Du hast das Geld US-Militärberatern gegeben, die es ans Atlacatl-Bataillon weitergegeben haben?«

Viar nickte nur und trank mehr Whisky.

»Wieviel?« fragte der General.

»Das Bataillon wollte fünf Millionen, aber wir haben ihnen nicht ganz die Hälfte gegeben, also ungefähr das, was sie erwartet hatten. Zwei Komma vier Millionen Dollar.«

»War das zu der Zeit eine große, mittlere oder kleine Summe?«

»Na ja, Washington hatte schon an die vier Milliarden in die Scheiße da gesteckt, also war das kein dickes Geld – außer für die, die es unter sich geteilt haben.«

»Wic sah die Übergabe aus?«

»Genauer bitte«, sagte Viar und trank seinen restlichen Whisky.

»Worin war das Geld verpackt?«

»Ein riesengroßer, alter, grauer Postsack der Deutschen Bundespost. Richtiges Ungetüm. Versiegelt.«

»Wie versiegelt?«

»Mit nem Viertelzolldraht und nem dicken Klumpen Lötzinn. Das eigentliche Siegel war ein in das Lötzinn gedrückter Stahlstich von Mickymaus. Kleiner Scherz einer großzügigen Nation.«

Winfield nahm die Scotchflasche, ging zu Viar und goß ihm etwa eine weitere Unze ein. Als er wieder auf der Couch saß, fragte er: »Warum ein deutscher Postsack?«

»Weil, wenn der von nem Lkw runterfällt, können wir es den Krauts in die Schuhe schieben.« Viar lächelte flüchtig. »Noch so ein Scherz. Der Sack war einfach richtig. Das ist alles.«

»Wo hast du das Geld übernommen?«

»In der Botschaft. Wohin hätte Langley das sonst liefern sollen?«

»Und dann?«

»Dann bin ich zu unseren Army-Jungs gegangen, den Beratern, die das den Atlacatl-Offizieren aushändigen sollten.«

»Wer waren unsere Army-Jungs?«

»Ein Colonel und ein Captain.«

»Du hast ihnen das Geld gegeben?«

Viar nickte.

»Was dann?«

»Dann haben wir es zu dritt gezählt.«

»Und danach?«

»Danach holen sie einen Major rein – n Typ, der gut Spanisch spricht –, der die Übergabe machen soll. Sie sagen ihm, was er zu tun hat, und er sagt, fein. Dann fragt er, wieviel in dem Sack ist, und sie sagen, zwei Komma vier Millionen. Er sagt, schön, zählen wir's. Der Colonel sagt, das ist alles schon gezählt. Nicht in meiner Anwesenheit, sagt der Major, dann verlangt er mit allem Respekt, im Interesse von Fairness und Redlichkeit, wie er sagt, daß wir die ganze Knete noch mal zählen. Das machen wir dann. Alle vier zusammen.«

»Was dann?«

»Dann stecken wir es wieder in den deutschen Postsack und versiegeln alles wieder mit Draht, Lötzinn und Mickymaus. Dann sehen wir zu, wie der Colonel es für die Nacht in seinen großen Safe steckt – alles in Gegenwart von Major Thomas dem Ungläubigen.«

»Weiter«, sagte Winfield.

»Am nächsten Morgen machen der Colonel und der Captain den Safe auf und händigen dem Major den Sack aus; er prüft das Siegel, dann bringt er das Geld seinem Kontaktmann, einem jungen Captain vom Atlacatl-Bataillon.«

»Weißt du, welches Datum das war?«

»Der sechste November.«

»Weiter.«

»Also, der Atlacatl-Captain bringt seinem Colonel den Sack. Zusammen machen sie ihn auf. Und was wohl? Das halbe Geld – eins Komma zwei Millionen futsch. Aber damit der Sack sich richtig anfühlt und wiegt, hat jemand ne Menge sorgfältig zugeschnittene Päckchen Zeitungspapier reingesteckt, alle fein mit Gummi umwickelt. Natürlich geht der Colonel an die Decke und kreischt und brüllt den Captain an, das ist ein ziemlich kleiner Kerl. Dann haut und trampelt der Colonel ne Weile auf ihm rum, bis er müde wird und den Namen von diesem amerikanischen Stück Scheiße wissen will, von dem der Captain das Geld gekriegt hat. Der Captain nennt unseren amerikanischen Major.«

»Was ist dann passiert?«

»Dann hab ich Besuch von nem Freund beim DNI gekriegt . . .«

»Deren Geheimjungs.«

»Genau. Und der ist wirklich stinkig. Der kleine Salvador-Captain ist bei ihm, ziemlich schlimm zugerichtet, und mein Freund verlangt Name, Rang und Dienstnummer aller darin verwickelten Nordamerikaner. Also nenn ich die Namen. Dann ruf ich den amerikanischen Colonel an und sag ihm, ich will sofort ein Treffen mit ihm, dem Major und dem Captain. Ich sag aber nicht, warum.«

»O welche Umsicht und Tücke«, sagte der General.

Viar nickte in fröhlicher Zustimmung. »Bloß um meinen Arsch abzusichern.« Er machte eine Pause, zündete eine weitere Zigarette an und trank wieder Whisky, ehe er fortfuhr. »Also, wie ich ankomm, sind alle drei da – der Colonel, der Major und der Captain. Dann liefer ich denen einen, wie ich finde, vorbildlich knappen Faktenbericht darüber, wie die Hälfte vom Geld geklaut worden ist. Dann lehn ich mich zurück und warte.«

»Wer ist als erster explodiert?« sagte Winfield.

»Der Colonel. Er schiebt alles auf den Major, bezichtigt ihn, das Geld gestohlen zu haben, und wirft ihm Wörter an den Kopf, gegen die Babyficker ne Liebkosung wär. Der

Major sitzt bloß da und hört zu, bis dem Colonel die Luft ausgeht. Dann streitet er es ab. Kein Geschrei. Kein Gebrüll. Bloß dieses kalte schlichte Leugnen. Der Colonel fällt wieder über ihn her. Der Major läßt sich das ungefähr zwei Minuten lang bieten, vielleicht sogar länger, dann schlägt er dreimal zu und bringt den Colonel fast um.«

Viar trank noch ein wenig Whisky, ein beinahe nachdenkliches Nippen, und sagte: »Ich hab direkt dabeigesessen, und wenn ich geblinzelt hätte, hätt ich's verpaßt. So verdammt schnell war er.«

»Was ist mit ihm passiert – dem Major?«

»Was glaubst du denn? Die haben ihn festgenommen und ins Wachlokal gesteckt – oder was da als Wachlokal galt. War eher so was wie n kleines Motel mit Fenstergittern und Eisentüren. Die Anklage war ›Tätlicher Angriff auf einen Vorgesetzten‹. Da hab ich dann ein bißchen rumgeschnüffelt und ihn danach besucht. Den Major.«

»Warum?« sagte Winfield. »Sicher nicht, um ihm Trost und Beistand zu spenden.«

Viar starrte in sein halbleeres Glas. »Ist dir je aufgefallen, daß Mickymaus nur drei Finger hat?«

»Das erstemal, als ich fünf war. Vielleicht sechs.«

Viar blickte zu Winfield auf. »Also, das Mickymaus-Siegel auf dem Postsack, den wir vier in den Safe vom Colonel gesteckt haben, hatte drei Finger an jeder Hand. Aber die Mickymaus auf dem Siegel des Sacks, den der kleine Captain seinem Colonel ausgehändigt hat, hatte vier Finger. An jeder Hand.«

»Woher weißt du das?«

»Mein Kumpel in Salvadors DNI hat irgendwie den Postsack und das gebrochene Siegel an Land gezogen. Ich hab die vier Finger gesehen. Er natürlich nicht, und ich hab keinen Anlaß gehabt, es zu erwähnen.«

»Du hast aber gesagt, der amerikanische Major hat das Siegel geprüft, als er die Übergabe übernommen hat.«

»Er hat's geprüft, um sicher zu sein, daß es nicht gebrochen ist. Er hat keine Finger gezählt. Wer würde das auch?«

»Du.«

»Ja, aber das ist mein Job. Oder war's.«

»Dann war es eine absichtliche plumpe Fälschung, die notfalls dem Major in die Schuhe geschoben werden konnte?«

»Nh-hn«, sagte Viar. »Also, ich hab mich zuerst an die Zentrale gewandt und die drüber brüten lassen. Nachdem die sich wieder bei mir gemeldet haben, bin ich zum Major gegangen und sag ihm, seine amerikanischen Landsleute, der Colonel und der Captain, haben ihm zu wenig Wechselgeld rausgegeben.«

»Hast du das in Ausführung eines Befehls gemacht?«

»Meine Befehle lauteten, alles glattzubügeln.«

»Aha.«

»Ich sag dem Major, daß man ihn absichtlich provoziert hat, seinen Vorgesetzten zu schlagen. Ich sag ihm auch, genau darauf haben der Colonel und der Captain sich verlassen. Dann frag ich ihn, ob ihm die Vier-Finger-Maus auf dem Siegel aufgefallen ist, bevor er den Postsack dem Salvador-Captain übergeben hat.«

»Und seine Antwort?«

»Er schließt vielleicht fünfzehn oder zwanzig Sekunden die Augen, macht sie dann wieder auf. Das war seine Antwort. Dann sag ich ihm, der beste Deal, den er rausholen kann, ist den Dienst quittieren und die Army vergessen. Zum Schluß sag ich ihm noch, Langley schickt dem Atlacatl-Bataillon noch mal eins Komma zwei Millionen als Ersatz für das geklaute Geld, und daß die ganze Affäre damit vergessen ist – sogar die Tatsache, daß er seinem Vorgesetzten die Scheiße aus dem Leib geprügelt hat.«

»Sein Kommentar – falls er einen gegeben hat?«

»Kein Wort.«

»Was dann?«

»Sie haben ihn den Dienst quittieren lassen.«

»War das alles?«

»Fast – abgesehen von dem kleinen Salvador-Captain; der kommt heimlich zu mir und sagt, er denkt ans Desertieren, weil seine Vorgesetzten überzeugt sind, er hat was von dem gestohlenen Geld abgekriegt und keinen von ihnen beteiligt. Von mir will er die Namen von Colonel und Captain.«

»Hast du ihm die Namen gegeben?«

»Was meinst du?«

»Du hast ihm die Namen gegeben«, sagte der General.

Viar lächelte. »Ich hab ihm aber auch geraten, dem inzwischen Ex-Major einen Höflichkeitsbesuch abzustatten.«

»Wo war der?«

»Wie er den Dienst quittiert, lassen sie ihn aus dem Wachlokal raus und bringen ihn in San Salvador in so nem Läuseschuppen unter, wo er auf seinen Rückflug in die Staaten wartet. Da haben sich der amerikanische Ex-Major und der salvadoranische Fast-Ex-Captain getroffen und geredet. Und sofort danach hat der Major mich angerufen.«

»Warum?«

»Um mir zu sagen, daß ich da einen losen Faden rumflattern hab in Form eines kleinen Captains, der sich um jeden Preis rächen will. Der Ex-Major rät mir, den kleinen Captain außer Landes zu schaffen, ehe er jemand umbringt.«

»Hast du das gemacht?«

»Klar. Keine große Sache. Ich hab den Captain und seine Frau nach Mexico City fliegen lassen; da haben ein paar von unsern Jungs sie in Empfang genommen, ihnen ein paar Dollar gegeben und zum Abschied gewinkt. Als ich sicher bin, daß sie wirklich fort sind, besuch ich den Colonel und den Captain und erzähl ihnen, was ich gemacht hab.«

»Wie haben sie reagiert?«

»Na ja, sie konnten mir ja nicht grade sagen, sie wären

dankbar, oder? Also haben sie bloß gesagt, es wäre eine kluge Entscheidung.«

»Diese Amerikaner, Colonel und Captain«, sagte Winfield; dann machte er eine Pause, als müsse er überlegen, was als nächstes käme. »Sie haben nur drei Jahre gebraucht.«

»Wozu?«

»Damit Walker Laney Hudson vom Colonel zum Major General wird und Ralph Waldo Millwed vom Captain zum Colonel. Beide haben nicht im Golf gedient, was ihre schnelle Beförderung sehr merkwürdig aussehen läßt.«

»Tja, darüber weißt du bestimmt mehr als ich.«

»Das glaube ich nicht«, sagte Winfield. »Jedenfalls weiß ich, daß in der Vergangenheit gewisse hohe Offiziere jene haben befördern lassen, die ihnen schaden oder sie in Verlegenheit bringen konnten. Manche nennen das ›die Reihen schließen‹. Andere halten es für Erpressung. Was Hudson und Millwed angeht, habe ich eine Theorie über ihre jähen Beförderungen. Magst du sie hören?«

»Solang es eine Theorie und kein Vortrag ist«, sagte Viar.

Der General nickte und lächelte beschwichtigend. »Nehmen wir an, es gibt da diesen aufmüpfigen Priester, den wir loswerden wollen . . .«

»Wer ist wir?« fragte Viar.

»Wer weiß?«

»Ah ja.«

»Jedenfalls ist dieser Priester Rektor der Mittelamerikanischen Universität, die im Ruf steht, Sympathie für die Sache der salvadoranischen Rebellen zu empfinden, die sich, wie du weißt, die Nationale Befreiungsfront Farabundo Martí nennen, oder FMLN.«

»Es ist ja doch ein Vortrag«, sagte Viar.

»Sei langmütig mit mir«, sagte der General. »Am sechzehnten November neunzehnhundertneunundachtzig wird unser aufmüpfiger Priester, Ignacio Ellacuria, erschossen, zusammen mit fünf weiteren Priestern, ihrer Köchin und deren Tochter. Klingt fast wie der Titel eines französischen Films, oder? *Sechs Priester, ihre Köchin und deren Tochter.*«

»Ich geh nicht in französische Filme; ich finde, genau wie deine Vorträge kommen sie nie zum Ende.«

»Geduld«, sagte der General. »Ich will nur noch ein paar Punkte erwähnen und eine oder zwei Fragen stellen. Aus verschiedenen Quellen habe ich erfahren, daß ein CIA-Mann um acht Uhr am nächsten Morgen am Schauplatz der Priestermorde war. Ich muß wissen, ob du dieser CIA-Mann warst.«

»Das war ein Latino«, sagte Viar. »Seh ich aus wie ein Latino?«

Der General musterte ihn kurz, als ob er darüber befinden müßte, dann sagte er: »Zurück zu den jähen Beförderungen von General Hudson und Colonel Millwed. Heute ist es ziemlich weit bekannt, daß ein Kommando des Atlacatl-Bataillons die Priester und die beiden Frauen ermordet hat. Aber kaum eine Woche oder zehn Tage vor diesen Morden hast du, im Auftrag der CIA, dem damaligen Colonel Hudson und dem damaligen Captain Millwed zwei Millionen vierhunderttausend Dollar anvertraut, die sie eben diesem Bataillon übergeben sollten. Meine Frage: War das der Preis, den das Bataillon für den Kopf unseres aufmüpfigen Priesters verlangt hat?«

»Wie soll ich das wissen? Ich war bloß der Geldbote.«

»Als dann aber die Hälfte des Geldes gestohlen wurde, schob man die Schuld an diesem Diebstahl einem glücklosen Major der US Army in die Schuhe. Und fast unmittelbar danach wurde weiteres CIA-Geld dem Bataillon übermittelt. Danach fanden die Morde an den Priestern und den unglücklichen Frauen offenbar fahrplanmäßig statt. Inzwischen ist jemand, oder sind mehrere Personen, um eins Komma zwei Millionen reicher.« Der General sah sich langsam im Wohnzimmer um. »Es scheint, Hank, daß du keine dieser Personen bist.«

»Leider nicht.«

»Nach den Morden steigt Colonel Hudson schnell – sehr, sehr schnell – zum Major General auf, und Captain Millwed bringt es zum Colonel, wobei er den Rang eines Lieutenant Colonel überspringt. Nun frage ich mich zwangsläufig, ob ihr Schweigen über die Morde mit ihrem meteorischen Aufstieg in den Rängen erkauft wurde, und mit den eins Komma zwei Millionen, die sie stehlen durften, falls man sie nicht gar dazu ermuntert hat?«

»Bin ich überfragt«, sagte Viar.

»Der Name des unseligen Major. War der zufällig Partain?«

»Edd-mit-zwei-ds Partain.«

»Irgendeine Ahnung, wo er jetzt steckt?«

»Null.«

»Bedauerlich«, sagte der General; er stand auf. »Tja, ich danke dir sehr für deine Zeit und Geduld.«

»Weshalb bist du wirklich gekommen?« sagte Viar; er stand nicht auf. »Das hast du doch alles schon gewußt, bevor du gekommen bist.«

»Einiges, aber nicht alles«, sagte der General. »Du hast ein paar Punkte bestätigt und einige interessante, sogar amüsante, Details genannt, die allem Wahrscheinlichkeit verleihen. Der Sack der Deutschen Bundespost, zum Beispiel, und das Siegel mit der vierfingrigen Mickymaus. Hat mir wirklich gefallen.«

Viar blieb immer noch sitzen; er grinste den General von unten an. »Dann hast du bestimmt nichts dagegen, wenn ich General Hudson anruf und ihm sage, daß du hier warst und rumgeschnüffelt hast?«

»Etwas dagegen?« sagte Winfield. »Lieber Himmel, Hank, das war doch der ganze Zweck meines Besuchs.«

12. Kapitel

Um 21.23 Uhr Östlicher Standardzeit schloß General Winfield (er trug seinen Borsalino und den Kamelhaarmantel, den Kragen hochgeschlagen gegen die 2° Kälte) die Vordertür des kleinen Hauses am Volta Place und machte sich auf den Weg zu seinem Wagen. Fünf Minuten später, um 18.28 Uhr Pazifischer Standardzeit, bremste Edd Partain den Lexus Coupé in der geschwungenen Auffahrt des Eden am Wilshire Boulevard.

Jack, der Türhüter, tauchte auf, als Partain aus dem Wagen stieg, wobei er den Schlüssel im Zündschloß ließ. »Er war noch mal da«, sagte Jack, als Partain mit der Hüfte die nicht ganz geschlossene Tür zugeschoben hatte, um das aufdringliche Du-hast-den-Schlüssel-steckenlassen-Dingdong zum Schweigen zu bringen.

»Wer?«

»Der falsche Bote von heut früh. Nur ist er diesmal ganz aufgegangen in seiner neuen Rolle als David Laney, feuchtfröhlicher Lebenskünstler.«

Partain musterte den Türhüter einen Moment, bemerkte die fast zu regelmäßigen, noch jungen Züge, die leichte Bräune und die interessierten graublauen Augen. »Sie sind Schauspieler?« sagte er.

»Von abends fünf bis morgens eins bin ich Jack, beflissener Türhüter. Die übrige Zeit bin ich Jack Thomson, ohne das übliche ›p‹, Gelegenheitsschauspieler.« Dann lächelte er – ein schräges, sorgsam mehrdeutiges Lächeln, das wunderbare Zähne enthüllte. »Das sollte man aber nicht sehen.«

»Das liegt vor allem an der Stimme«, sagte Partain. »Keine Spur von irgendeinem Akzent.«

»Tja, also, was ich gerade rede, ist mein Standardamerikanisch. Wenn es gewünscht wird, bringe ich auch tiefen Süden, Unterwelt von Jersey, West-Texas, Minnesota mit einem Hauch Skandinavien, brauchbares Cajun und fast ausdrucksloses Omaha, wo sich jetzt wegen der ganzen Weißbrotstimmen eine Menge dieser Direktwahl-Servicefirmen niederlassen.«

»Kriegen Sie viel zu tun?«

Thomson schüttelte den Kopf. »Hin und wieder mal Off-Sprecher für ne Fernsehwerbung und ein paar Radio-Spots. Angeblich seh ich für Filme zu sehr wie zweite Hauptrolle aus. Deshalb hatte ich fast gehofft, Laney wäre ausreichend bedröhnt, um mir eine zu langen und mir vielleicht die Nase zu brechen als kleinen, aber auffälligen Makel.«

»Woher wissen Sie, daß Laney den Botenjungen gespielt hat?«

»Von Tom vom Tagdienst. Bei Schichtwechsel tauschen wir das bißchen Klatsch aus, was angefallen ist. Meistens gibt's nicht viel zu bereden. Aber Laney und sein falscher Botenauftritt waren schon ganz gut.«

»Wie breit war er heut nachmittag?«

»Die Aussprache war gut, aber die Augen sind ganz schön rumgetanzt. Außerdem hatte er ein nettes Veilchen unterm rechten. Aber kein Getorkel. Kein blödes Lächeln. Muß aber ungefähr nen Liter Zeugs gegurgelt haben.«

»Ich nehme an, er wollte wieder hoch zum Altford-Apartment.«

»Hat drauf bestanden. Ich hab Jessie Carver angerufen, vom externen Telefon aus, und sie hat gesagt, nein, weder jetzt noch jemals. Aber da war Laney schon durch den Eingang, in den Lift und unterwegs nach oben.«

»Ich dachte, die Türen wären immer zu«, sagte Partain.

»Sind sie auch, aber er hatte die Schließkarte von jemand. Ich hab seinen Lift zwischen den Etagen gestoppt, den andern genommen, ihn rausgeholt und bin mit ihm sechs

Treppen runter. Irgendwie ist er über meinen Fuß gestolpert und die letzten paar Stufen gefallen; war aber sofort wieder auf den Beinen, wie getitscht, und hat versprochen, er kommt wieder, wenn ich freihabe.«

»Haben Sie ihm die Schließkarte weggenommen?« fragte Partain.

»Gehört nicht zu meinen Aufgaben.«

»Sie machen um eins Schluß, ja?«

Der Türhüter nickte, mit einem dünnen Lächeln.

»Dann warte ich auf ihn«, sagte Partain.

Das dünne Lächeln war noch immer da, als Jack Thomson sagte: »Das hab ich mir gedacht.«

Jessica Carver nahm sich eine zweite Portion Corned beef Hash aus der alten Eisenpfanne, die Partain auf den Erbtisch in der Küche gestellt hatte. Links neben der Pfanne stand eine gelbe Keramikschüssel mit gemischtem Salat aus Tomaten, zweierlei Blattsalat und dünngeschnittener Süßzwiebel, angeblich aus Vidalia, Georgia. Die Sauce war die einzige, die Partain verwendete: neun Zehntel Olivenöl, ein Zehntel Rotweinessig, in Essig gequollenes Salz, frisch gemahlener schwarzer Pfeffer und mehr Knoblauch, als die meisten Leute mochten. Jessica Carver nahm auch vom Salat nach.

Sie aßen schweigend, bis Carver fertig war, sich auf dem Stuhl zurücklehnte und sagte: »Sie kochen wirklich gern?«

»Nein.«

»Warum dann die Mühe?«

»Weil's billiger ist, als essen zu gehen.«

»Ihre Bettelknaben-Nummer, ist das Armut oder Geiz?«

»Ein bißchen was von beiden.«

»Womit haben Sie sich bei der Army die Zeit vertrieben, wenn kein Dienst war?«

»Ich hab viel gelesen.«

»Was?«

»Europäische Geschichte. Beim Ersten Weltkrieg hab ich immer aufgehört.«

»Warum?«

»Weil ich schon wußte, wie das 1945 ausgehen würde.«

»Das war das Ende vom Zweiten, nicht vom Ersten.«

»Ah ja?« sagte Partain und lächelte, um der Antwort die Schärfe zu nehmen. Er lächelte noch immer ein wenig, als er sagte: »Erzählen Sie mal von sich und Dave Laney.«

»Hab ich Ihnen doch schon gesagt. Er ist ein Arschloch, mit dem ich in Mexiko zusammengelebt hab.«

»Wo haben Sie ihn kennengelernt?«

»Himmel, wie ich diese Frage hasse«, sagte sie. »›Wo habt ihr zwei euch kennengelernt?‹ Als ob da jeder eine witzige Antwort erwartet – wie im Film. Deshalb hab ich ne Weile was Entsprechendes gesagt – ›Der Zimmerkellner im Biltmore hat mich ihm auf dem Tablett präsentiert‹.«

»Dave sagt, Sie haben sich bei der Dukakis-Kampagne achtundachtzig getroffen.«

»Da hat er gelogen. Wir haben uns im November einundneunzig kennengelernt, bei einem Hochzeitsempfang in Beverly Hills, zu dem meine Mutter mich geschleppt hat. Ich weiß nicht, wieso Dave da war; er schien weder die Braut noch den Bräutigam zu kennen. Millie ist durchs Lokal gestreift wie ein Kojote. Ich hab in einer Ecke gestanden und den Gratis-Dom-Pérignon getrunken; ich hatte was an, was ich bei Nordstrom im Valley von der Stange gekauft hatte, für sechsundneunzig Dollar; sah aber aus wie für neunhundertsechzig. Das ist der Grund, weshalb Dave mich angemacht hat. Er hat gedacht, ich seh nach Geld aus.«

»Tun Sie auch«, sagte Partain.

»In der Stadt hier kann doch fast jede, die aus der Sonne bleibt, noch keine vierzig ist und keine Probleme mit dem Gewicht hat, nach Geld aussehn. Männer können einem so was irgendwie nicht vormachen. Daß sie Geld hätten, mein ich. Dave kann's jedenfalls nicht.«

»Wieso?«

»Nehmen Sie bloß die Kleider, die er trägt. Er sieht aus wie ein richtiger Freilufttyp, der am Rodeo Drive zu Carroll & Co geht und sagt: ›Ich will was haben, das nach Knete aussieht.‹ Und das verkaufen sie ihm dann: Zeug, in dem er aussieht wie einer, der reich aussehen will, es aber nicht ist.«

»Was ist Dave denn – mittelreich?«

Sie musterte ihn eine oder zwei Sekunden, setzte ein kleines, überlegenes Lächeln auf und sagte: »Er hat Ihnen von seinen Treuhandfonds erzählt, ja?«

»So nebenbei.«

»Die zwei Fonds, je eine Million, die von scheintoten alten Bankern in Boston verwaltet werden?«

Partain nickte.

»Also, es sind keine zwei Fonds zu einer Million. Es ist ein Hunderttausend-Dollar-Fonds bei der Bank of America, die Daves Geld nicht gerade ihre ganze Aufmerksamkeit widmet. Die haben das in irgend so ein Lombardkonto gesteckt, lieber Himmel. Als wir runter nach Mexiko sind, hat das um die vier oder fünf Prozent abgeworfen. Ich weiß nicht mehr genau. Als er zurückgekommen ist, war es unter drei Prozent. Der Hauptgrund, warum ich zurückgekommen bin, ist, daß ich Dave satt hatte. Der andere Grund ist, ich hatte kein Geld mehr.«

»Wo kommt es her?« sagte Partain. »Ihr Geld.«

»Sie stellen wirklich diskrete Fragen.«

»Ich sehe keinen Grund für Diskretion.«

»Also, vielleicht schockiert Sie das, aber außer beim Essen bin ich fast genauso geizig wie Sie. Was Essen angeht, das will ich weder kaufen noch vorbereiten noch kochen noch hinterher spülen. Und ich weiß zwar, ich kann bei Vons für vielleicht drei achtundneunzig einen Gummiadler gebraten kriegen, aber ich bezahl lieber zweiunddreißig bei Chez Delano für das *poulet à la Memphis.*«

»Das ist alles keine Antwort auf meine Frage.«

»Wo mein Geld herkommt. Okay. Ich verdiene gut und spar einiges davon. Das einzige, was mir mehr Spaß macht als Geld sparen, ist Sex. Wenn ich arbeite, geht das Geld *so* weg: An die achtundvierzig Prozent für Sozialversicherung, Staats- und Bundessteuern. Wenn man mal über fünfundfünfzigtausend kommt, ist das mit der Sozialversicherung nicht mehr so wild. Insgesamt zahl ich an die dreiundvierzig Prozent Steuern. Ich lebe von vierzig Prozent von dem, was ich mit nach Hause nehm, und den Rest spar ich. Keine Aktien. Keine Obligationen. Keine Investmentfonds. Bloß ein ganz normales Sparkonto bei einer Bank, die zu groß ist, um pleite zu gehen, und immer noch mit diesen kleinen Sparbüchern hantiert und jede Einzahlung und die Groschenzinsen einträgt.«

»Sie müssen zu den Spitzenverdienern gehören.«

»Fast ganz oben.«

»Als was?«

»Ich mach Werbetexte. Fernsehen, Radio und Print. Frei. Ich mach sogar Plakate. Einmal hatte ich drei gleichzeitig drüben auf dem Sunset Strip – Riesendinger. Was so richtig ins Auge geht.«

»Dann sind Sie gut, wie?«

»Die Beste.«

»Da man ziemlich gerissen sein muß, um irgendwas zu verkaufen, versteh ich nicht ganz . . .«

Sie unterbrach. »Die Sache mit mir und Dave Laney.«

Partain nickte.

»Sex«, sagte sie. »Da ist er wahnsinnig gut.«

Partain nickte erneut; es sollte bedeuten: ›Das erklärt alles‹, aber offenbar interpretierte sie es als: ›Bitte weiter.‹

»Was Sie sich immer noch fragen«, sagte Carver. »Wenn die so schlau und gerissen ist, wieso hat sie dann nicht gleich gesehen, was für eine Ratte Dave Laney ist. Die traurige Antwort ist: Ich hab's gesehn, gleich im ersten Moment, sobald er den Mund aufgemacht und mit seinen Treuhandfonds angefangen hat. Leute mit Treuhandfonds reden nicht darüber. Und Leute aus feinen alten kalifornischen Familien protzen nicht damit, wie alt und fein sie sind, nachdem sie einem eben erst von den Fonds erzählt haben. Die Laneys – das ist jetzt Daves Version –, sind entweder achtzehnhundertneunundvierzig oder fünfzig um Kap Hoorn gesegelt und haben ihr erstes Vermögen an den Schürfern verdient. Danach hat dann jede Generation mit irgendwas noch ein Vermögen gemacht – Grundstücke, Öl, Versicherungen, Landwirtschaft, Kriege. Das letzte große Laney-Vermögen stammt aus Immobilien in den späten Siebzigern und frühen Achtzigern. Dave sagt, sie sind da ausgestiegen, weil sie ihn kommen gesehen haben. Den Crash.«

»Wäre interessanter, wenn sie's nicht gesehen hätten«, sagte Partain.

Sie nickte. »Jedenfalls haben die Laneys all diese wunderbaren Wirtschaftskunststücke gemacht, wenn sie nicht gerade ihrem Land gedient haben, in jedem Krieg seit dem zwischen den Staaten, wie Dave ihn nennt, in dem ein paar Laneys für die Konföderation gekämpft haben und ein paar andere für die Union. Das hat er mir alles erzählt, als wir uns gerade zehn Minuten kannten. Na ja, vielleicht fünfzehn. Als Zugabe hat er sogar noch einen Onkel erwähnt, der vor kurzem zum General der Army befördert worden wäre.«

»In welchem Jahr war das?« sagte Partain.

»Als wir uns kennengelernt haben? Einundneunzig.«

»Wer ist der General?«

»General Laney, nehm ich an. Je von ihm gehört?«

Partains Antwort ließ auf sich warten, und als sie kam, war sie eine Frage. »Hat Ihre Mutter einen *Who's Who?«*

»Jede Ausgabe seit neunzehnhundertzweiundfünfzig.«

»Wo?«

»In ihrem Studio.«

»Sehen wir mal nach.«

Sie konnten unter *L* keinen General namens Laney finden, aber Partain fand einen unter *H.* Es war Major General Walker Laney Hudson, USA, geboren am 19. Mai 1943 in Pasadena, Abschluß Militärakademie 1964.

Nachdem sie den dicken roten Band L–Z zugeklappt und ins Regal zurückgestellt hatte, sagte Jessica Carver: »Sie kennen den, oder – diesen General Walker Laney Hudson?«

»Wir sind uns mal begegnet«, sagte Partain.

13. Kapitel

Am Kartentisch aßen sie Salat und *spanakopita*, die griechische Spinat-und-Käse-Pastete, Spezialität aus dem Erdgeschoß-Restaurant des Onkels. Zum Nachtisch gab es ein viel zu schweres *baklava*, das General Winfield höflich ablehnte. Nick Patrokis aß beide Portionen, wickelte dann Papierservietten, Plastikteller und Plastikbesteck in die ›Washington Post‹, die als Tischtuch gedient hatte, und stopfte alles in einen großen braunen Mülleimer aus Plastik. Der General klappte den Kartentisch zusammen und räumte ihn weg.

Es war kurz nach 21 Uhr, als sie zum goldenen Eichenschreibtisch umzogen, um griechischen Kaffee zu trinken, den Patrokis aus einer Thermoskanne in kleine Tassen goß. Nachdem er die erste geleert hatte, goß Patrokis sich eine zweite ein und sagte: »Klingt ganz so, als ob ihm wer ins Gehirn gefickt hätte.«

Der General zuckte ein wenig zusammen, schüttelte dann den Kopf. »Sie müssen begreifen, daß Henry Viar einfach alles egal geworden ist. Er verbringt die meiste Zeit oben im Schlafzimmer, schlürft Whisky, raucht Pall Mall, beobachtet die Straße und träumt, wie ich annehme, vom fernen Gestade des Landes Hätteseinkönnen.«

»Ich bin ein- oder zweimal dahin gesegelt«, sagte Patrokis, »aber immer so schnell wie möglich wieder zurückgekommen.«

»Das tun wir fast alle. Aber Viar hält sich noch immer für den ultimativen Realisten. Kennen Sie den Begriff *toughminded?* Der war in der Kennedy-Zeit populär.«

»Ist er immer noch.«

»Also, damals hat Viar immer gesagt, das sei der unbewußte Euphemismus der Kennedy-Leute für ›hoffnungslos romantisch‹. Die einzigen wirklich realistischen *tough-minded* Leute, sagte er, die er je getroffen hat, waren Zuhälter, Doppelagenten und Golfhustler.«

»Klingt, als ob ihr beide gute Freunde wärt.«

»Wir haben uns gut gekannt, vielleicht zu gut, aber Freunde waren wir nie. Und dabei habe ich ihn mit seiner Frau bekannt gemacht, wissen Sie. Mit Violet.«

»Wußte ich nicht.«

»Ein Fehler, den ich noch immer bereue. Sie war jung und ganz gut betucht. Er war jung und furchtbar ehrgeizig. Für sie war es Liebe. Für ihn war es ein Stückchen Karriere. Jahre später hat sie mich besucht. Das war, kurz nachdem ich meinen Abschied genommen hatte, anno achtundsechzig. Sie kennen mein Wohnzimmer.«

Es war keine Frage, aber Patrokis nickte trotzdem.

»Sie saß auf der einen Seite des Kamins und ich auf der anderen. Ich habe Kaffee gemacht und zunächst die üblichen Umgangsgeräusche abgesondert. Sie gab keine Antwort. Nichts. Also haben wir da ungefähr eine Stunde lang schweigend gesessen, bis sie aufgestanden ist und gesagt hat: ›Danke, Vernon, du warst mir ein großer Trost.‹ Dann ist sie heimgefahren und hat sich erschossen. Ihre Tochter, Shawnee, damals acht oder neun, kam aus der Schule und hat die Leiche gefunden.«

»Tut mir leid.«

Winfield nickte, und es begann ein Schweigen, das Patrokis schließlich mit einem erzwungenen Husten beendete, dem eine Frage folgte. »Was meinen Sie, in welche Richtung wird Viar neigen?«

Winfield dachte nach. »Er wird seine Optionen prüfen, mit Hilfe von noch ein paar Drinks, und dann die wählen, die ihm nach seiner Meinung am wenigsten schadet.« Er schaute auf seine Uhr. »Das bedeutet, daß er inzwischen General Hudson angerufen und ausgiebig über meinen Besuch berichtet haben wird.«

»Und Hudson?«

»Der hat Colonel Millwed angerufen, und sie werden sich in einem Zimmer im Mayflower getroffen haben oder gerade jetzt treffen.«

Patrokis griff nach seinem Rolodex, suchte eine Nummer und rief sie an. Als jemand abnahm, sagte er: »Das Zimmer von Mr. Jerome Able, bitte.«

Er lauschte, während die Zentrale des Mayflower-Hotels das Zimmer anklingelte, schließlich aufgab, sagte, da sei offenbar niemand, und ihn fragte, ob er eine Nachricht hinterlassen wolle. Patrokis sagte, er werde es später wieder versuchen, dankte der Frau und legte auf.

Winfield erhob sich und griff nach Hut und Mantel. »Sie hatten doch nicht ernsthaft erwartet, daß die antworten?«

»Nein, ich will nur, daß sie sich fragen, wer zum Teufel Jerome Able anruft.«

»Der Geist des Odysseus rastet nimmer. Na gut, ich geh nach Hause und zu Bett. Ich rate Ihnen, das auch zu tun.«

Patrokis sah sich im großen leeren Hauptquartier von VOMIT um und hob die Schultern. »Ich bin schon zu Hause.«

Ihr Zimmer im Mayflower-Hotel war ganz wie das Zimmer vorher, nur lag dieses im dritten Stock statt im vierten. Ihre Mäntel lagen wieder auf dem Bett. Colonel Ralph Millwed saß auf der Kante. General Walker Hudson und sein Rang hatten wieder den einzigen bequemen Stuhl des Raums besetzt. Beide hatten nichts trinken wollen, und der General hatte sich eben eine Zigarre angezündet, ohne sich dafür zu entschuldigen.

Er blies den Rauch nach links, weg von Millwed, ehe er sagte: »Dieser Anruf«, machte sich aber nicht die Mühe, den Satz zu beenden.

»Könnte einfach ein Irrtum gewesen sein. Irgendein Gast, der ein anderes Zimmer direkt anwählen wollte, hat vielleicht eine Drei statt einer Vier gewählt.« Millwed klang nicht überzeugt.

»Tja, wenn Jerome Able klug ist, räumt er sein Schließfach bei der Riggs-Bank aus, annulliert seine Visa-Karte und tritt dem Corps der Verschwundenen bei.«

»Able verschwindet morgen«, sagte der Colonel, »ersetzt von Gordon C. Beale.«

»Wofür steht das C?«

»Collin«, sagte Millwed; dann fragte er: »Wie klang er, als er angerufen hat – Hank Viar?«

»Neutral. Aber er wurde neutral geboren und wird so bleiben, solange er auf unserer Soldliste steht für – ich weiß nicht mehr wieviel.«

»Zweitausend pro Monat. Bar.«

»Viar behauptet, er hätte Winfield nichts gesagt, was der alte Drecksack nicht schon wußte. Und bestimmt nichts, was Twodees ihm nicht erzählen kann, wenn er's nicht schon getan hat.«

»Viar trinkt zuviel«, sagte Millwed.

»Ach. Wirklich? Aber das wußten wir doch, oder, als wir ihn unter unsere Fittiche genommen und ihm gerade genug Geld angeboten haben, daß er sich Schnaps und Glückspillen leisten kann? Wir sind jetzt seine Nachschubverbindung, und die wird Hank Viar nie riskieren, betrunken oder nüchtern.«

»Ich traue keinem Säufer«, sagte Millwed. »Vor allem keinem alten Säufer. Je näher sie dem Ende kommen, desto mehr fangen sie an, über Erlösung nachzudenken.«

»Das ist der religiöse Säufer«, sagte der General. »Aber der felsenfest atheistische Säufer glaubt genauso fromm an die Große Vergessenheit wie der christliche Säufer ans Große Jenseits.«

»Dafür sind Sie natürlich zuständig, aber da Sie schon vom

Leben nach dem Tod angefangen haben – wie bald stellt Twodees fest, ob es eines gibt?«

»Je eher desto besser«, sagte der General. »Wieviel hat uns Emory Kite für den Captain und seine Frau abverlangt?«

»Fünfzigtausend für die beiden, plus fünfundzwanzig für gute Eilarbeit.«

»Haben Sie ihn bezahlt?«

»Noch nicht.«

»Bezahlen Sie, und dann setzen Sie ihn auf Twodees an.«

»Er wird versuchen, den Preis zu verdoppeln.«

»Feilschen Sie nicht mit ihm«, sagte der General.

»Das ist Wucher.«

Der General gluckste. Nach einem Moment lächelte Millwed und sagte: »Wie hätten Sie's denn eigentlich gern?«

Der General musterte seine Zigarre, steckte sie wieder in den Mund, paffte mehrfach, nahm einen großen Mundvoll Rauch und blies vier feiste Rauchringe an die Decke. Er sah zu, wie die Ringe sich auflösten, wandte sich dem Colonel zu und sagte: »Zahlen Sie Emory einen Vorschuß für Twodees. Wenn er ihn erledigt hat und den Rest haben will, werden wir uns überlegen müssen, was wir mit Emory selbst machen.«

»Und Ihr Neffe«, sagte Millwed, »drüben in L.A.?«

Der General runzelte die Stirn, schaute hoch zur Decke und seufzte.

14. Kapitel

Millicent Altford erwachte nach Mitternacht in ihrem Klinikzimmer; ein Doktor beugte sich über sie. Sie wußte, daß er Doktor war: die Chirurgenmaske, die Hemdjacke und die Haarkappe, alle blaßblau, und die farblosen Chirurgenhandschuhe, die er an Händen trug, die ein dickes Kissen eine halbe Armlänge über ihr Gesicht hielten.

Das Kissen löschte den medizinischen Grad aus und ließ Altford kreischen, wenn es auch eher brüllen als kreischen war. Sie schrie weiter, während sie zweimal linksum rollte und vom Bett fiel. Auf dem Boden angekommen, die Augen fest zugedrückt, schrie Altford weiter und fluchte sogar so laut, daß sie den falschen Arzt nicht hinausgehen hörte. Sie kreischte und fluchte weiter, bis jemand sie ohrfeigte. Altford verstummte, öffnete die Augen und sah Liz Ball, die Nachtschwester, die neben ihr kniete und den halb besorgten, halb verärgerten Gesichtsausdruck trug, den man bei der Schwesternausbildung lernt.

»Haben Sie mich geschlagen?« fragte Altford, obwohl sie die Antwort kannte.

»Ja, verdammt«, sagte Ball. »Sie hatten einen Albtraum und haben geflucht wie nur was. Kommen Sie. Zurück ins Bett.«

»Bin ich aus dem Bett gefallen?«

»Gefallen oder gesprungen, jedenfalls sind Sie auf dem Boden.«

»Vielleicht holen Sie besser diesen großen Doktor, zum Helfen«, sagte Altford, nicht stolz auf ihre Gerissenheit, sondern unfähig, sich etwas Besseres auszudenken.

»Welcher große Doktor?«

»Also, vielleicht war das ja bloß ein Pfleger – ziemlich großer Typ, der einfach so reingekuckt hat.«

»Weiß oder schwarz?«

»Weiß.«

»Auf dieser Etage haben wir keine weißen Pfleger«, sagte Ball. »In Wirklichkeit haben wir überhaupt keinen Pfleger hier. Es ist gerade Schichtwechsel, ein Pfleger ist gegangen, der andere hat sich verspätet. Und zu dieser Nachtzeit haben wir ganz bestimmt keine Ärzte hier oben, egal ob groß oder klein, weiß oder schwarz. Kommen Sie, ich helf Ihnen wieder ins Bett.«

Mit Hilfe der kräftigen Schwester stand Altford langsam und vorsichtig auf, um sich zu vergewissern, daß nichts verrenkt oder gebrochen war. Als sie wieder im Bett lag, fragte die Schwester, ob sie etwas haben wolle, um besser einschlafen zu können.

»Ich hätte gern ein großes Glas mit Eis bitte, Liz. Und wenn Sie das besorgt haben, wäre ich Ihnen sehr dankbar, wenn Sie so eine Miniflasche Gin drübergießen und einfach runterrieseln lassen könnten.«

Die Schwester verließ Altford, als diese an Kissen gelehnt im Bett saß, beide Hände um ein Glas Gin mit Eis. Altford trank zwei große Schlucke, stellte das Glas auf den Nachttisch, nahm das Telefon auf den Schoß und tippte eine Nummer; noch vor dem Ende des zweiten Klingelns meldete sich Edd Partain.

»Wie lang brauchen Sie, um herzukommen?« sagte sie.

Millicent Altford ließ diesmal Partain fahren und stellte fest, daß er sich dem Ampeltakt anpaßte und immer bei Grün oder Gelb durchkam. Sie mochte es, wie er fuhr, und auch, wie er sich ihre Geschichte vom gescheiterten Erstickungsversuch anhörte.

Als Partain sicher war, daß sie geendet oder sich jedenfalls ein wenig entspannt hatte, sagte er: »Der hat auf den Schichtwechsel gewartet.«

»Offenbar.«

»Würden Sie ihn wiedererkennen?«

»Sofort – falls er eine blaue Maske, Kittel, Haarkappe und durchsichtige Plastikhandschuhe trägt.«

»Sie sagen, er war groß. Wie groß?«

»Mindestens eins neunzig.«

»Was ist mit den Augen?«

»Sie meinen, waren das die grausamen Augen eines durchgeknallten Proktologen, der lieber töten als heilen würde?«

»Nur die Farbe.«

»Weiß ich nicht.«

»Ein Jammer«, sagte Partain.

»Würden Sie sich die Farbe merken, wenn ein Kissen Sie gleich am Atmen hindern sollte?«

»Ja, aber das ist mein Job. Oder war es. Dinge bemerken. So was wie: Wie viele Finger hat Mickymaus?«

»Fragen Sie mich das?«

Partain nickte.

»Drei«, sagte sie. »Weil es leichter und billiger ist, drei zu zeichnen als vier.«

»Dann registrieren Sie doch Dinge.«

»Ja, wenn mich nicht gerade einer umbringen will.«

Partain nickte verständnisvoll.

»In Wirklichkeit habe ich die Augen zugemacht«, sagte sie. »Ich lüge. Nach dem ersten Anblick hab ich sie zugedrückt, wie ein kleines Kind.«

»Ein Kind hätte sich nicht vom Bett gerollt«, sagte er.

»Ich glaub, ich hab auch geschrien und reichlich geflucht.«

»Noch besser«, sagte Partain; dann fragte er: »Hat er was gesagt?«

»Kein Wort.«

»Wenn er was gesagt hätte, würden Sie vielleicht seine Stimme wiedererkennen, wenn Sie sie je noch mal hören.«

»Vielleicht«, sagte Millicent Altford.

Kurz nach 1 Uhr hielt Partain den Lexus vor den Glastüren des Eden an, schaltete den Motor aus und wandte sich Altford zu. »Steigen Sie erst aus, wenn ich Ihre Tür aufmache. Ich begleite Sie hoch zu Ihrer Wohnung, geh dann wieder runter und bring den Wagen weg.«

»Meinen Sie, er versucht's noch mal?« fragte sie; sie klang eher interessiert als besorgt.

»Ich weiß nicht, was er tun wird«, sagte Partain, stieg aus, ging ums Wagenheck herum und öffnete die rechte Tür. Als Altford ausstieg, hielt ein dunkelbrauner, fensterloser Van ohne Nummernschild auf dem Wilshire Boulevard, legte den Rückwärtsgang ein und setzte schnell zurück in die betonierte Auffahrt des Eden, bis er kaum noch zehn Meter vom Lexus entfernt war. Bis dahin hatte Partain die Beifahrertür zugeworfen und Altford gezwungen, neben dem rechten Vorderrad zu knien, das zusammen mit der V-8-Maschine des Wagens ein wenig Deckung bieten würde, falls es zu einer Schießerei kam.

Aber es gab keine Schüsse. Statt dessen hörte Partain (sah es aber nicht), wie sich die Hecktür des Van öffnete, dann schloß. Zwischen Öffnen und Schließen hörte er etwas auf dem Beton landen, mit dem eigenartigen Geräusch, das etwas macht, das sich nicht gegen das Fallen wehrt. Große Mehl- oder Reissäcke wehren sich nicht, dachte Partain, und auch tote oder bewußtlose Körper nicht.

Als er hörte, wie der dunkelbraune Van davonschoß, auf dem Wilshire Boulevard nach Westen, vermutlich zu einem Freeway, stand Partain auf, lief um die Schnauze des Lexus, machte noch sieben oder acht schnelle Schritte, blieb stehen und starrte auf den Toten, der viel hellblaue Kleidung trug.

Altford, hinter dem Lexus, rief: »Was ist es?«

»Ich glaube, es ist Ihr falscher Doktor.«

Sie stand langsam auf und kam langsam zu Partain. Der Leichnam lag auf der rechten Seite, das Gesicht zur Straße. Die blaue Haarkappe war noch da, ebenso die blaue Hemdjacke, aber die Chirurgenmaske fehlte. Die eine sichtbare Hand, die linke, steckte noch immer in einem durchsichtigen Chirurgenhandschuh. Hose und Schuhe waren als einzige Kleidungsstücke nicht blau. Die Schuhe waren weiche Lederslipper, ohne Socken, und die Hose war hellbrauner Kavallerietwill, inzwischen schlimm besudelt.

»Wir wollen sichergehen«, sagte Partain, als er um die Leiche herumging.

»Wessen sicher?«

»Daß er tot ist«, sagte Partain.

»Der ist gründlich tot«, sagte sie; sie trat zu Partain, der das Gesicht des Mannes inspizierte, das Dave Laney gehörte, zuletzt wohnhaft in Guadalajara. Laneys Augen waren offen. Ebenso der Mund, aus dem neben der Zunge noch etwas anderes ragte.

Partain zog die Wagenschlüssel aus der Tasche und reichte sie Altford. »Rufen Sie die Neunhundertelf an, mit dem Autotelefon.«

Wie abwesend nahm sie die Schlüssel, starrte noch immer auf den Toten hinab. »Dave wollte mich umbringen«, sagte sie; sie gab jedem Wort die gleiche Betonung, so daß der Satz weder Anklage noch Frage war, sondern bloße Feststellung einer Tatsache.

»Gehen Sie, rufen Sie an«, sagte Partain. Altford nickte, starrte noch immer Laney an, wandte sich dann ab und eilte zum Wagen.

Partain kniete nieder, um das Ding zu entfernen, das aus Laneys Mund ragte. Es war eine Schließkarte aus Plastik; Partain war fast sicher, daß man damit den Eingang des Eden öffnen konnte und auch die Tür zu Apartment 1540, der Wohnung von Millicent Altford, ihrer Tochter und ihrem zeitweiligen Hausgenossen und Leibwächter.

15. Kapitel

Detective Sergeant Ovid Knox vom Morddezernat des L.A. Police Department hielt sich zurück; er erinnerte Partain an einige Special-Forces-Leute, die er bei der Army kennengelernt hatte. Nicht die dämlichen, die gern mit ihrer Zugehörigkeit zu einer Elite angaben, sondern die smarten Typen, die über Elitedenken spotteten, obwohl sie inbrünstig, wenn auch insgeheim, daran geglaubt hatten, seit sie vier oder auch nur drei Jahre alt gewesen waren.

Nach Millicent Altfords 911-Anruf war ein Schwarm von Detectives in Zivil, uniformierten Polizisten und Experten, die meisten von der Westside Division, schnell gekommen und langsam gegangen, unter Mitnahme des toten Dave Laney. Aber Ovid Knox war geblieben wegen, wie er sagte, ein paar nebensächlichen Punkten, die er mit Ms. Altford, ihrer Tochter und Mr. Partain klären wollte.

Knox war eher vierzig als dreißig und hatte noch eine Menge wirren, von der Sonne gebleichten Blondhaars, das gut zu seiner lässigen Art und dem trägen Lächeln paßte. Partain hielt Lächeln und Art für eine Maskierung der Verachtung, die gleich hinter einem Paar sardonisch amüsierter blauer Augen steckte.

Um 2.44 Uhr saßen sie zu viert mit Kaffee im »Satte-Knete-Salon«, wie Partain inzwischen Millicent Altfords riesiges Wohnzimmer nannte. Sie trug noch immer graue Hose und Sweater. Ihre Tochter trug ausgebeulte dunkelgrüne Shorts, ein weißes T-Shirt und senkellose weiße Joggingschuhe. Partain trug den blauen Anzug, ein weißes Hemd und den gleichen sorgsam gebundenen Schlips wie zuvor. Von den vieren wirkte Ovid Knox am gelassensten, vielleicht weil er das Gesetz war und außerdem am elegantesten in sandfarbener Wildlederjacke, schokoladenbrauner Gabardinehose, mattweißem Hemd ohne Krawatte und schlichten Slippern, deren Leder sorgfältig poliertem schwarzen Nußbaum ähnelte. Es war eine Ausstattung, deren Einzelhandelspreis Partain auf über 2000 $ schätzte. Partain schätzte aber auch, daß Knox nie mehr als 100 $ für etwas zahlte.

Die erste Frage des Detective hatte sich auf das bezogen, was er Jessica Carvers »Beziehung« zum verstorbenen David Laney nannte (»Wir haben in Mexiko ein Jahr zusammengelebt«), und auch auf Laneys vergeblichen Versuch vom vergangenen Morgen, mit ihr zu sprechen (»Mr. Partain hat Dave klargemacht, daß ich nicht mit ihm reden wollte, und da ist er gegangen«).

An diesem Punkt sagte Partain zu Knox: »Macht es Ihnen was aus, wenn ich Sie was frage?«

Wenn es Knox etwas ausmachte, war es weder an Stimme noch Miene zu merken. »Überhaupt nichts.«

»Woran ist er gestorben? Es gab keine sichtbaren Schuß- oder Stichwunden, keine Würgemale oder Spuren schwerer Schläge. Es bleibt natürlich noch jede Menge Zeug – Eispickel, heiße Injektion, Gift, sogar ein Herzanfall.«

»Vielleicht hat man ihn erstickt.«

Partain nickte und sagte: »Also, warum hab ich daran nicht gedacht?«

»Wahrscheinlich, weil große Typen wie Laney nicht leicht zu ersticken sind. Aber dafür machen wir ja Autopsien – um rauszukriegen, was unsere Kunden umgebracht hat.« Er musterte Partain kurz, dann setzte er hinzu: »Ich nehme an, Sie haben bei der Truppe einiges an Toten gesehen.«

Partain nickte.

»Wo haben Sie gedient – überall?«

»So ziemlich«, sagte Partain. »Zuerst bei der Infanterie in Vietnam, dann in den Staaten, dann Deutschland und dann Mittelamerika.«

»Immer noch Infanterie, in Mittelamerika?«

»Nachrichtendienst der Army.«

»Ist Ihre Geheimdiensterfahrung bei der Army der Grund, aus dem Ms. Altford Sie angeheuert hat – oder ziehe ich da voreilige Schlüsse?«

Millicent Altford übernahm die Antwort. »Ein alter Freund hat ihn mir empfohlen – ein General i. R.«

Knox schien nur mäßig interessiert. »Und was soll er tun, Ms. Altford?«

»Man hat mir gesagt oder mich gewarnt – inoffiziell natürlich –, daß ich für einen durch Ernennung zu besetzenden Job in der neuen Regierung in Frage komme, einen, der eine komplette FBI-Überprüfung erfordert. Ich habe Mr. Partain beauftragt, in meiner Vergangenheit herumzustochern und zu sehen, ob es da irgend etwas gibt, was jemanden beunruhigen könnte.«

Knox schaute Partain an. »Ist das das, was Sie bei der Army gemacht haben, Major?«

»Habe ich gesagt, daß ich Major war?«

»Nein, aber wir leben im Zeitalter von Fax, Telefon und Datenbanken«, sagte Knox; er lächelte entschuldigend und fragte dann: »Wie lange waren Sie dabei?«

»Neunzehn Jahre.«

»Ein Jahr länger, und Sie hätten Ihre Pension gekriegt.«

»Plus PX-Ansprüche. Statt dessen bin ich lieber ausgetreten.«

»Wo waren Sie in Mittelamerika?«

»Vor allem El Salvador.«

»War ein bißchen unangenehm da, oder?«

»Nicht für einen Beobachter – einen vorsichtigen.«

Knox nippte am Kaffee, stellte die Tasse ab und sagte, ohne die Frau anzusehen: »Wie steht's mit Ihrer Gesundheit, Ms. Altford?«

»Ganz gut.«

Knox drehte sich um und sah sie mit dem schnellen, geübten Blick an, wie ihn Polizisten und Ärzte haben. »Weshalb waren Sie in der Klinik, wenn ich fragen darf?«

»Zur Beobachtung«, sagte sie.

»Nichts Schlimmes, hoffe ich.«

»Nein.«

»Sie haben die Klinik kurz nach Mitternacht heut früh verlassen. Komische Zeit zum Auschecken, oder?«

»Ich habe nicht ausgecheckt. Ich bin einfach gegangen, weil ich die Nase voll hatte und mein Aufenthalt da mir Albträume verursacht. Deshalb habe ich Mr. Partain angerufen und gebeten, mich holen zu kommen.«

»Hatten Sie diese Nacht Besucher?«

»Nein – außer denen in meinem Albtraum.«

»Mr. Partain hat Sie in Ihrem Wagen heimgefahren – einem Lexus, stimmt das?«

Sie nickte.

»Guter Wagen?«

»Sehr gut.«

»Er ist als erster ausgestiegen, um den Wagen herumgegangen und hat Ihre Tür aufgemacht. Ist das der Moment, wo Sie den braunen Van gesehen haben – nach dem Aussteigen?«

»Ich habe den Van überhaupt nicht gesehen«, sagte sie. »Noch ehe ich wußte, wie mir geschieht, hatte Mr. Partain mich zu Boden gedrückt, auf Hände und Knie, neben dem rechten Vorderrad.«

Knox sah Partain an. »Wieso haben Sie Ärger erwartet?«

»Ein Van hält auf dem Wilshire, setzt zurück in die Auffahrt und hat hinten kein Nummernschild. Ich hab Vorsichtsmaßnahmen ergriffen – Routine; das ist alles.«

»Sie haben die Hecktür aufgehen sehen?«

»Da war ich längst unten neben Ms. Altford.«

»Dann haben Sie nicht gesehen, wer Laney rausgeworfen hat?«

»Nein.«

»Aber Sie haben ihn plumpsen hören?«

Partain nickte.

»Sie wissen, wie eine Leiche klingt, die auf Beton prallt?«

Partain nickte noch einmal.

»Was dann?«

»Dann habe ich gehört, wie die Hecktür zuklappt und der Van losfährt.«

»Nach Osten oder nach Westen?«

»Nach Westen.«

»Also Ihre Ohren, nicht die Augen, haben Ihnen gesagt, daß er nach Westen biegt?«

»Ich habe ziemlich gute Ohren.«

»Was haben Sie dann gemacht?«

»Ich bin aufgestanden, habe die Leiche gesehen und beschlossen, sie genauer anzuschauen.«

»Konnten Sie erkennen, daß es Laney war?«

»Nein. Er lag auf der Seite, das Gesicht zur Straße. Sobald wir sahen, daß es Laney war, habe ich Ms. Altford gebeten, von ihrem Wagen aus die Neunhundertelf anzurufen.«

Knox lächelte zufrieden, lehnte sich im Sessel zurück und musterte zuerst Jessica Carver, dann Partain und schließlich Millicent Altford, immer noch lächelnd. Dann hörte er auf zu lächeln und fragte: »Was glauben Sie, warum Dave als Arzt verkleidet war, Millie?«

Die Verwendung der Kurzform von Vornamen war ein Routinekniff bei Befragungen, den Partain nie gemocht hatte, vor allem nicht in Lateinamerika, wo er meistens das Gegenteil des Gewünschten bewirkte. Dennoch war er neugierig, wie Altford reagieren würde.

Sie lächelte Knox reizend an und sagte: »Keine Ahnung.«

Der Detective nickte, wandte sich an Jessica Carver, lächelte wieder ein wenig und fragte: »Wer wollte Daves Tod, Jessie?«

»Ich manchmal, und nennen Sie mich nicht Jessie. Also. Zurück zu Dave. Ich hab manchmal gewünscht, er wäre tot, weil er ein Lügner und Betrüger war, aber viel besser im Betrügen als im Lügen.«

»Warum sind Sie denn bei ihm geblieben?«

Partain beobachtete den Detective, wartete auf dessen Reaktion bei Carvers Antwort. Sie legte den Kopf ein bißchen auf eine Seite, musterte Knox einen Moment oder zwei und sagte dann: »Weil er der beste Fick in sechs Staaten war, vielleicht sogar sieben.«

Partain hörte Millicent Altfords Seufzer; er sah, wie Knox Jessica Carver kalt anstarrte, ehe er sagte: »Aber trotzdem haben Sie ihn verlassen. Warum?«

»Ich hatte kein Geld mehr.«

»Hatte Laney keins?«

»Zuerst wohl, dann nicht mehr, dann hatte er plötzlich welches, hat aber behauptet, er hätte keins, und obwohl ich wußte, daß er lügt, haben wir meins ausgegeben. Als nach Neujahr nichts mehr davon übrig war, hab ich ihm gesagt, ich würde zurück nach L.A. gehen und mir Arbeit suchen.«

»Da waren Sie in Mexiko?«

»In Guadalajara.«

»Wie hat Dave reagiert, als Sie ihm gesagt haben, daß Sie gehen?«

»Es gab einen langen lauten Streit, aber der hat nichts an meinem Entschluß geändert. Dann, am Tag bevor meine Maschine ging, ist er nach Hause gekommen und hat einen Riesenhaufen Knete aufs Bett geschmissen und mich gebeten zu bleiben.«

»Wieviel ist ein Riesenhaufen?« sagte Knox.

»Ziemlich viel.«

»Zwanzigtausend? Fünfzig?«

»Mehr.«

»Was ist dann passiert?«

»Wir haben gefeiert«, sagte sie. »Und als er eingeschlafen war, hab ich meine Sachen gepackt, ein Taxi angerufen, bin zum Flughafen gefahren und hab die erste Maschine nach L.A. genommen.«

16. Kapitel

Nachdem er auf etwas gestoßen war, was eine Geldspur sein mochte, nahm Ovid Knox' Interesse am jähen Reichtum des toten Dave Laney erheblich zu. »Wieviel Geld hat er da aufs Bett geworfen, Miss Carver?«

»Ich weiß es nicht.«

»Ach, kommen Sie. Dave ist hinüber. Das Geld liegt da so herum. Er schnarcht. Sie haben gepackt. Das Taxi ist unterwegs. Aber es bleibt genug Zeit, um schnell zu zählen. Also, wieviel war es, Miss Carver?«

»Vierundfünfzigtausend, und mir ist ›He, Sie‹ lieber als ›Miss Carver‹.«

»Wie hat Dave Sie genannt?«

»Jessie, *honey* oder *bitch* – je nach Laune.«

»Wieviel hat er Ihnen geschuldet?«

»Um die viertausend Dollar.«

»Und Sie haben nichts eingetrieben? Ich hätt's getan.«

»Vielleicht, weil Sie bestimmte Dinge nicht zu Ende denken. Angenommen, Dave hat das Geld gekriegt, um Dope zu beschaffen. Sein Ansehen wird nicht mehr leiden, wenn ich sage, daß er so was hin und wieder getan hat. Und angenommen, der Dope-Deal läuft über sechzigtausend, aber sechs davon hat Dave schon ausgegeben. Wenn ich, wie Sie es nennen, das ›eingetrieben‹ hätte, was er mir schuldet, viertausend, dann hätte er zehntausend zu wenig gehabt, und das ist ne Menge Geld in Mexiko. Und wenn Sie einem mexikanischen Dope-*jefe* so viel abknöpfen, kann Sie das den Kopf kosten. Deshalb hab ich nichts eingetrieben und nichts gestohlen von Daves Geld, wenn es seins war, was ich stark bezweifle.«

»Das war eine hübsche kleine Rede zur Selbstentlastung,

basierend auf reinen Annahmen«, sagte Knox. »Was ich will, sind Details. Egal wie banal.«

»Okay. Banale Details. Das Taxi kommt. Ein Volkswagen. Ich geb dem Jungen, der mich zum Flughafen fährt, zwölf Dollar, ungefähr zwei Drittel von dem, was er an einem normalen Tag einnimmt, wie er sagt. Als ich in L.A. ankomme, habe ich noch vierunddreißig Dollar übrig. Vierundzwanzig habe ich für ein Taxi ausgegeben. Mein Nettowert ist jetzt vier Dollar und ein paar Gequetschte, und ich wäre sehr dankbar, Mann, wenn Sie jetzt Ihren Arsch aus meinem Gesicht nehmen könnten.«

Knox' Gesicht wurde glatt. Nichts bewegte sich. Die Gesichtsfarbe blieb unverändert leichtes Braun, und Partain diagnostizierte die vollkommene Reglosigkeit als Wut, sicher nicht Verlegenheit. Der amüsierte Ausdruck in Knox' blauen Augen war gewichen oder ganz erstorben, als er sich zu Jessica Carver hinüberbeugte, und vielleicht hätte er sie angebrüllt, mit einer Drohung oder Warnung, wenn nicht Partain gesagt hätte: »Ich würde ihr gern ein paar Fragen stellen.«

Knox lehnte sich zurück; sein Gesicht entspannte sich, als die Amüsiertheit wieder in seinen Augen aufglomm. »Klar«, sagte er, »warum nicht?«

Partain nahm eine harmlose Positur ein, indem er den rechten Ellenbogen auf einen Beistelltisch aus Nußbaum stützte und das Kinn in die rechte Handfläche legte. Er wirkte nun leicht interessiert und gleichzeitig leicht gelangweilt.

»Sie haben eine Morgenmaschine aus Guadalajara genommen«, sagte er; er ließ es eher wie eine beiläufige Feststellung klingen als wie eine Frage.

Sie nickte.

»Langer Flug?«

»Etwas mehr als drei Stunden.«

»Sie sind gegen eins oder zwei in L.A. angekommen?«

Sie nickte wieder.

»Wer hatte unten Türdienst; Tom?«

»Ja.«

»Hat er Sie reingelassen?«

»Natürlich. Und angeboten, meine Tasche hochzuschleppen.«

»Haben Sie ihn gelassen?«

»Sie war schwer und ich müde.«

»Kriegt er für so was Trinkgeld?«

»Fünf Dollar – deshalb hab ich nur noch vier Dollar und Kleingeld.«

»Was dann?«

»Sie meinen, nachdem Tom gegangen ist? Also, ich hab die Tasche aufs Bett geschmissen, mir einen doppelten Wodka mit Eis eingegossen und getrunken, bis die Wanne voll war. Ich weiß nicht, wie lang ich gebadet hab. Vielleicht ne Dreiviertelstunde. Vielleicht länger. Dann hab ich ein langes, langes Nickerchen gemacht, bin wach geworden, hatte Hunger und war unterwegs in die Küche, als Sie im Wohnzimmer aufgetaucht sind und Ihre Tasche nach mir geworfen haben.«

»Was für eine Tasche?« sagte Knox.

»Ich hab Mr. Partain gesagt, keine Bewegung, sonst schieß ich. Er hat sich wie ein Kreisel gedreht und seine Ledertasche sausen lassen. Hat mich in den Magen getroffen und mir die Puste genommen.«

»Was ist mit der Waffe?« sagte Knox.

»Es gab keine Waffe«, sagte Carver. »Ich hab gelogen.«

»Was hat Partain dann gemacht?«

»Uns was zu essen gekocht«, sagte Jessica Carver.

Es war 3.32 Uhr, als Ovid Knox endlich ging, und fast 4 Uhr, als Jessica Carver aufstand, gähnte und sagte, sie gehe jetzt schlafen.

Als sie fort war, sagte Millicent Altford: »Sie haben gewartet, bis sie geht.«

»Ich muß ein paar Fragen stellen«, sagte Partain.

»Ich kann sowieso nicht schlafen, also schießen Sie los.«

»Das kann jetzt persönlich klingen, ist es aber nicht. Was ist Ihr Geburtstag?«

»Das ist kein Geheimnis. Siebzehnter Juli neunzehnhundertdreißig.«

»Kennen Sie Ihre Sozialversicherungsnummer auswendig?«

Sie spulte sie ab. »Vier-vier-acht – achtzehn – vierunddreißig – fünfundzwanzig.«

»Hundert Dollar darauf, daß die Kombination an Ihrem Safe entweder sieben siebzehn dreißig ist oder vierundvierzig acht achtzehn.«

»Wette abgelehnt«, sagte sie.

»Welche ist es?«

»Mein Geburtstag. Sieben rechts, siebzehn links, neunzehn rechts, dreißig links. Nachdem das Pferd aus dem Stall war, habe ich die Kombination geändert, mir die neuen Zahlen aber noch nicht gemerkt, weil es nicht viel Sinn hat.«

»Das Geld, das Sie mir in Santa Paula gezeigt haben«, sagte Partain.

»Was ist damit?«

»Als ich hier gesessen und Knox so nebenbei zugehört habe, bin ich darauf gekommen; was Sie mir gezeigt haben, hätte ein Vorzeige-Päckchen sein können. Hunderter oben auf Bündeln aus zugeschnittenem Zeitungspapier. Oder vielleicht sogar auch unten Geldscheine, falls Sie mich mit dem De-Luxe-Modell foppen wollten.«

»Ich habe Ihnen doch angeboten, es zu zählen.«

»Was, wenn ich sagte, morgen fahren wir noch mal hin und zählen es gemeinsam?«

»Wunderbar. Fahren wir hin. Darf ich jetzt mal fragen, worauf zum Teufel sie eigentlich hinauswollen?«

»Auf dieses ›für alle Fälle‹«, sagte er. »Das war der Grund, aus dem Sie mich mit nach Santa Paula genommen haben: für den Fall, daß Ihnen etwas zustößt; damit dann jemand Bescheid weiß über das feuchte Geld.«

»Inzwischen ist es wirklich knochentrocken.«

»Das war aber fast so, als ob Sie eine Vorahnung gehabt hätten, daß jemand versuchen würde, Sie umzubringen. Oder war es mehr als eine Vorahnung – sagen wir, eine richtig ehrliche Drohung, und Sie haben mich vor allem deswegen angeheuert?«

»Keine Vorahnung. Keine Drohung. Bloße Logik. Jemand hat eins Komma zwei Millionen Dollar gestohlen, nichtexistentes, unsichtbares Geld. Geld, das ich nicht einmal als gestohlen melden konnte. Ich glaube, der Dieb hat das gewußt. Eigentlich weiß ja bis heute niemand, daß es gestohlen wurde, außer Ihnen, mir und dem Dieb. Oder den Dieben. Deshalb fand ich, ich brauchte einen Zeugen für alle Fälle – jemanden, der sich hinter das Geld und den Dieb klemmt, falls mir irgend etwas zustößt, zum Beispiel Erstickung mit einem Kissen.«

»Haben Sie ein Testament gemacht?« sagte Partain.

»Alles fällt an Jessie.«

»Und Jessie ist pleite.«

Sie schnitt ihm eine Grimasse; allerdings war es eher ein finsterer Blick als eine Grimasse; aber dann löschte ein fröhliches Grinsen alles aus, und sie sagte: »Nett. Mist, das war ja nicht bloß nett, das war fast elegant. Jessie und Dave hocken in Guadalajara und sind pleite, ja?«

Partain nickte; er lächelte kaum.

»Dave wird eines Morgens wach, mit dem üblichen Kater, und fragt Jessie, wieviel ihre Mama wert ist, und Jessie sagt, sie weiß es nicht genau, aber vielleicht eine Million oder zwei. Darauf sagt Dave: ›Honey, warum düsen wir nicht rauf nach L.A. und bringen Mama um und sorgen dafür, daß es so aussieht, als ob jemand anderer es getan hätte?‹ Tja, Jessie denkt sich, Mamas ganzes Geld sofort erben ist eigentlich eine prima Idee. Also fliegen sie her, aber nicht zusammen, und Jessie findet Sie hier vor.«

»Ich bin nach ihr hier angekommen«, sagte Partain.

»Nebensächlich«, sagte Altford. »Inzwischen trinkt Dave sich einen an, kriegt kalte Füße und muß unbedingt mit Jessie reden. Aber Sie sind im Weg. Dann machen Sie und ich den Trip nach Santa Paula, um das unsichtbare Geld anzustaunen, während Jessie und Dave sich hinhocken und weiterhecken. Wie klingt das?«

»Schick«, sagte Partain.

»Okay. Dave besorgt sich Arztklamotten, schleicht sich nachts in mein Klinikzimmer und will mich ersticken, versaut aber den Job. Er ruft Jessie aus einer Telefonzelle an der Ecke an, und sie sagt: ›Keine Sorge, Schätzchen, bleib einfach an der Ecke stehen und warte, bis ein paar Freunde von mir mit einem braunen Van vorbeikommen und dich auflesen.‹ Dann kommt der Van tatsächlich, Dave hüpft hinein, sie kippen ihn tot in meine Auffahrt, und die arme Jessie hat immer noch einen Nettowert von vier Dollar plus Kleingeld.«

Partain grinste. »Gefällt mir – auch wenn's nicht so war.«

»Das mit Dave ist passiert. Der Teil, wo er stirbt.«

»Kommen wir noch mal zur Safekombination. Wer kennt sie noch?«

»Nur Jessie und ich.«

»Hat sie sie aufgeschrieben oder auswendig gelernt?«

Altford runzelte die Stirn, versuchte sich zu erinnern. »Sie hat's aufgeschrieben, auf irgend etwas – jetzt weiß ich's wieder, auf ihren Führerschein, damit es nicht verlorengeht.«

»Ihr Geburtstag?«

»Wer kennt schon den Geburtstag von Mama?«

»Dann hätte Dave es zufällig finden können.«

»Es wäre kein Zufall gewesen.«

»Wahrscheinlich nicht«, sagte Partain; er machte eine

Pause, dann fragte er: »Daß das Geld weg ist, haben Sie am Tag nach den Wahlen entdeckt?«

Sie nickte. »Am vierten November.«

»Wo waren Sie am Wahlabend und in der Nacht?«

»Nach zwölfjähriger Wanderung durch die Wüstenei der Politik? Ich habe gefeiert.«

»Mit einem Drink oder zwei, nehm ich an.«

»Fünf oder sechs.«

»Sind Sie spät heimgekommen?«

»Sehr spät. Gegen drei Uhr morgens.«

»Ins Bett gefallen?«

»Ich hab's noch geschafft, mich auszuziehen.«

»Dann hätte Dave an dem Nachmittag oder Abend herfliegen können, den Safe aufmachen, irgendwann nach eins, wenn Jack vom Nachtdienst aufhört, dann ist er am Vormittag, spätestens Mittag wieder in Guadalajara, bevor irgendwer merkt, daß er fort war.«

»Wo sind dann meine eins Komma zwei Millionen?«

»Wieviel sind fünf Prozent davon?« sagte Partain.

Die Zahl kam zuerst, sofort gefolgt von Zorn. »Sechzigtausend Dollar – fast genau das, was er auf Jessies Bett geworfen hat. Der Hurensohn klaut mein Geld, im Auftrag, und dann nimmt er meine Tochter aus. Was für ein Stück Scheiße.«

Partain nickte nur und sagte: »Haben Sie Jessie je eine Schließkarte für das Gebäude und die Wohnung hier gegeben?«

»Als ich eingezogen bin. Manchmal war sie ein Wochenende oder sogar einen Monat lang hier, wenn sie gerade zwischen zwei Jobs war. Aber vor drei oder vier Monaten hat sie mir geschrieben, sie hätte die Karte verloren und ich sollte doch die Schlösser auswechseln lassen oder was man so tut, wenn eine Schließkarte verlorengeht. Ich bin einfach nie dazu gekommen.«

Partain langte in seine Tasche und holte die Schließkarte

heraus, die er aus dem Mund des toten Dave Laney gezogen hatte. Altford starrte sie einen Moment an und fragte dann: »Woher haben Sie die?«

»Jemand hat sie in Daves Mund gesteckt.«

»Was soll das sein – eine Drohung? Eine Warnung? Ein Fluch?«

»Sie sollen sich den Kopf zerbrechen, was es sein soll.«

»Was ich wissen muß – wer zum Teufel hat Dave darauf angesetzt? Wer hat ihn dazu gebracht, eine Million zweihunderttausend Dollar für eine Provision von lausigen fünf Prozent zu stehlen?«

»Jemand, der das Geld haben wollte, darüber Bescheid wußte und Dave völlig in der Hand hatte.«

»Okay. Sie sind mein Sicherheitsboss. Was mach ich jetzt?«

»Verstärkung anfordern.«

»Ach, Scheiße, Partain. Wen?«

»Ihre alte Flamme, General Winfield.«

»Warum? Ich meine: warum ihn?«

»Weil er eine bedeutende Autorität in Sachen Major General Walker Hudson ist.«

»Was hat ein aktiver Army-General mit mir und meinem Geld zu tun?«

»Zum einen ist er Daves Onkel. Zum anderen ist er der Typ, dem ich unten in El Salvador die Scheiße aus dem Leib geprügelt habe.«

17. Kapitel

Das hundertjährige rote Backsteinhaus war ein kleines, eingeschossiges Ding im 400er-Block der Fourth Street, Südost, und einen schönen Spaziergang entfernt von Kongreßbibliothek, Oberstem Gerichtshof, Capitol und dem Geburtshaus von J. Edgar Hoover.

Sauber und ohne Belastung gehörte es Emory Kite, dem Privatdetektiv, der auf einer roten Plüschcouch saß, die so alt wie das Haus selbst war und 50000 $ in Hundertern zählte: auf einen Tisch mit Marmorplatte und geschnitzten Greifenbeinen, die Glaskugeln in den Klauen hielten.

Es war 7.14 Uhr; Kite trug noch immer einen viel zu langen Bademantel oder Morgenrock aus grünem Samt, in dem er nach Ansicht von Colonel Ralph Millwed aussah wie einer der unappetitlicheren Disney-Zwerge. Grumpy, beschloß der Colonel, der die sieben Namen durchging, als er zusah, wie Kite das Geld schnell, sogar professionell zählte, wobei er nach jedem zehnten Schein den rechten Zeigefinger leckte.

Als er die fünfhundertste Banknote erreicht hatte, steckte Kite die zehn Päckchen mit Banderolen wieder in die große braune Safeway-Einkaufstüte aus Papier, in der sie gekommen waren, knickte den Rand der Tüte dreimal um und sicherte ihn mit einer riesigen blauen Büroklammer aus Plastik.

Er hielt die Tüte auf dem Schoß und rutschte auf der Couch nach hinten, bis die kurzen Beine fast waagerecht unter dem grünen Gewand hervorragten. Kite tätschelte (es war fast eine Liebkosung) das Geld und sagte: »Wann?«

»Sie haben zweiundsiebzig Stunden«, sagte der Colonel.

»Nicht genug. Reicht bei weitem nicht.«

»Sehen Sie zu, daß Sie es schaffen«, sagte der Colonel.

»L.A. ist ziemlich groß, Ralphie. Ich muß mich zurechtfinden, Spuren aufnehmen, Strecken abfahren, Chancen und Risiken kalkulieren. Braucht alles seine Zeit.«

»Machen Sie's innerhalb von drei Tagen, dann kriegen Sie noch mal fünfzigtausend. Wenn's länger dauert, kriegen Sie nur das, was da im Sack ist.«

»Was ist mit Spesen?«

»Spesen kriegen Sie auf jeden Fall.«

Kite zog die Winkel seines breiten Munds herab und bildete die beiden Haken aus, die Millwed inzwischen haßte, weil sie oft bedeuteten, daß der kleine Scheißer sich gerade etwas ausgedacht hatte, was kompliziert, teuer und wahrscheinlich zu gut war, als daß man es ablehnen konnte.

»Wie hat Ihnen die Art gefallen, wie meine mexikanischen Freunde da drüben diesen Expreßauftrag erledigt haben?« sagte Kite.

»Ich wußte nicht, daß es Mexikaner waren.«

»Na ja, eigentlich Mexiamerikaner, aber wie haben sie es Ihrer Meinung nach gemacht – diese Neffensache?«

»Sie haben das gemacht, wofür sie bezahlt worden sind«, sagte der Colonel; er lächelte flüchtig, fragte dann: »Brauchen die ein Empfehlungsschreiben?«

»Nein, aber wenn ich drüben bin, dachte ich, ich könnte sie als Rückendeckung nehmen; ich zahl das aus der eigenen Tasche.«

»Emory«, sagte der Colonel; seine Stimme war nahezu tonlos, aber sehr warnend.

Kite riß die Augen in gespielter Nervosität auf. »Was?«

»Sie werden diese Sache unter keinen Umständen delegieren. Klar?«

»Wär mir nie eingefallen. Ich rede von Rückendeckung – für Notfälle. Der General will Maßarbeit, und ich mach es genau so, wie er es haben will. Peilen Sie Ihr Ziel an, hat er mir immer gesagt, und dann volles Rohr drauf. So hat er's gern, und Captain und Mrs. Mittelamerika sind ein gutes Beispiel dafür. Der Neffe vom General auch. Und dafür muß man den General bewundern, weil, ich kann mir nicht mal ausmalen, was ihn das gekostet haben muß. Ich red nicht von Geld. Ich meine, was er dabei gefühlt haben muß.«

»Er hat nichts gefühlt«, sagte der Colonel.

»Das kann ich nicht glauben, Ralphie«, sagte Kite, der offensichtlich jedes Wort glaubte. »Sein eigener Neffe.«

»General Hudson hat vor langer Zeit beschlossen, daß Bedauern und Reue unnütze Gefühle sind. Nachdem er es beschlossen hatte, hat er sie sich entfernen lassen.«

Kite gluckste. »Das gefällt mir. Aber wissen Sie, was man so sagt? Es heißt, eh er nach Vietnam gegangen ist, damals, als er Lieutenant oder Captain war, da hat er sich den Blinddarm rausnehmen lassen, obwohl der ganz in Ordnung war. Muß sich wohl gedacht haben, da unten am Arsch der Welt ne Blinddarmentzündung kriegen wär, wie Sie sagen, unnütz. Vielleicht haben die ja, wie sie ihm den Blinddarm rausgenommen haben, auch die Drüsen für Bedauern und Reue rausgeschnitten. Was meinen Sie?«

»Ich meine, Sie kommen wohl besser auf den Punkt, wenn's einen gibt.«

»Der Punkt ist Twodees.«

»Macht er Ihnen Sorge?«

»Der? Nee. Aber wenn er erledigt ist; ich nehm an, er ist der letzte – der letzte, über den ihr Jungs euch den Kopf zerbrechen müßt, jedenfalls. Dann bleiben nur ich, Sie und der General, die wissen, was mit den beiden Kids aus El Salvador, dem Neffen und Twodees, passiert ist.«

»Kommen Sie zur Sache, Emory.«

»Also, ich denk mir – und da hätt ich gern Ihren Rat zu –, aber was ich mir gedacht hab, ist, vielleicht sollte ich so was wie ne Versicherung abschließen.«

»Welche Art?« sagte der Colonel.

»Die übliche. Mir nen Anwalt suchen und dem einen von

diesen Nur-öffnen-falls-mir-was-Fieses-passiert-Briefen geben.«

Colonel Millwed beugte sich vor, stützte die Ellenbogen auf die Knie, faltete die Hände und musterte Kite mit Augen wie graues Eis, das nie tauen wird.

»Tun Sie, was Sie wollen, Emory. Aber sollte mir je etwas Schlimmes zustoßen, passiert Ihnen und General Hudson etwas genauso Schlimmes. Ich kann nur vermuten, daß General Hudson ähnliche Arrangements getroffen hat.«

Kite nickte zufrieden, mehrmals, und sagte: »Gut zu hören, Ralphie. Daß jeder von uns auf sich aufpaßt, bedeutet, daß wir alle aufeinander aufpassen. Wie die Drei Musketiere. Oder so.«

»Oder so«, stimmte der Colonel zu und lehnte sich im Sessel zurück.

Kite rutschte von der Couch und stand auf, die Geldtüte an die Brust gedrückt. »Also. Ich ruf am besten jetzt die Frau von meinem Reisebüro zu Hause an, ob sie mich in die Zehn-Uhr-Maschine nach L.A. kriegen kann. Haben Sie was dagegen, wenn ich Erster fliege?«

»Nichts.«

»Sie bleiben hier, bis ich wegen dem Flug Bescheid weiß?«

»Hatte ich eigentlich vor.«

»Ja«, sagte Kite, »hab ich mir gedacht.« Er drehte sich um und verließ das Zimmer, die Geldtüte noch immer an die Brust gedrückt; der Saum des langen grünen Samtrocks schleifte hinterher.

Colonel Millwed stand auf und wanderte durch den Raum, der das halbe Erdgeschoß einnahm und vollgestopft war mit Möbeln, Fotos, Gemälden und Souvenirs aus der Zeit zwischen 1900 und Mitte der 30er. Kein Stück davon stammte von Kite, der Haus und Inhalt von der Ururgroßnichte der Frau gekauft hatte, die 1903 als 21jährige Braut hier eingezogen war. Nachdem ihr Mann 1937 gestorben war, lebte sie bis zu ihrem Tod anno 1980 allein im Haus. Ein Jahr später verkaufte die einzige Erbin, die Ururgroßnichte, die in Oregon wohnte, alles an Kite.

Millwed hatte Kite irgendwann gefragt, ob in dem alten Kasten zu hausen nicht so ähnlich sei, wie in einem Museum zu leben. »Vielleicht«, hatte Kite gesagt. »Aber es ist mein Museum.«

Der Colonel wandte sich von der Inspektion einer Eck-Etagere ab, als Kite wieder ins Zimmer kam, in einem Raiders-Sweatshirt, ausgeblichenen Jeans, abgenutzten weißen Reeboks und mit einer blauen Dodgers-Baseballkappe auf dem großen Kopf.

»Das müßte Sie unsichtbar machen«, sagte Millwed.

»Finden Sie?« sagte Kite. »Ich hab grad ins Wetter rein gehört; drüben soll es sonnig sein, mit fünfundzwanzig Grad. Vielleicht geh ich heut nachmittag an den Strand.«

»Und Twodees?«

Kite schien über Millweds Frage nachzudenken. »Na ja, vielleicht erledige ich Twodees zuerst und geh dann an den Strand.«

18. Kapitel

General Vernon Winfield bestieg als letzter den in Deutschland hergestellten Pendelbus, der Passagiere auf dem Internationalen Flughafen Dulles zwischen Abfertigung und Maschinen beförderte. Der Bus fuhr durchaus sanft an, aber einer der stehenden Passagiere war nicht ganz darauf gefaßt und taumelte gegen den General, der einen Schritt zurücktreten mußte, auf den Fuß eines sitzenden Passagiers.

Winfield wollte sich entschuldigen und wandte sich um; zu seiner Überraschung schaute er hinab ins ebenfalls überraschte, aufblickende Gesicht von Emory Kite. Der General faßte sich als erster. »Na so was, Mr. Kite. Tut mir wirklich leid.«

»Macht nichts, General. Auch nach L.A., wie?«

»Kleiner Ferientrip. Und Sie?«

»Geschäftlich. Fliegen Sie Erster?«

Der General schüttelte den Kopf. »Leider nicht.«

»Pech«, sagte Kite. »Ich meine, sonst hätten wir mit jemand die Plätze tauschen und zusammen fliegen können.«

»Das wäre nett gewesen«, log der General, als der Bus eben nach links bog und ihm einen Vorwand lieferte, sich abzuwenden, eine Haltestange zu packen und Kite den Rest des Flugs zu meiden.

Alle Passagiere der Ersten Klasse außer Emory Kite waren fort, als General Winfield endlich vom Heck des überfüllten Economy-Teils der 747 ins Abfertigungsgebäude des Flughafens L.A. gelangt war. Er sah, daß Kite immer noch dort herumstand oder vielleicht sogar vorsätzlich lungerte. Winfield wußte nicht genau, was »vorsätzlich lungern« bedeutete; er klang aber so, als ob Kite darin gut sein müßte.

Dann sah der General das weiße Hemdbrust-Plakat mit sauberen schwarzen Marker-Buchstaben: WINFIELD. Ohne jedes Zeichen von Verlegenheit wurde die Pappe hochgehalten von einem Mann Anfang Vierzig, der einen blauen Anzug, ein weißes Hemd und eine Krawatte trug.

Winfield nahm seine Reisetasche in die linke Hand, ging zu ihm und sagte: »Major Partain?«

»›Partain‹ reicht, General.«

Der General lächelte und reichte ihm die Hand. »Hätten Sie was gegen ›Twodees‹?«

»›Twodees‹ ist in Ordnung«, sagte Partain und beendete den Händedruck, als eben Emory Kite, immer noch mit Dodgers-Kappe und Raiders-Sweatshirt, sich an Winfield heranmachte und sagte: »Soll ich Sie mit in die Stadt nehmen?«

»Danke, Mr. Kite, aber ich bin schon versorgt.«

Kite musterte Partain. »Sind Sie Fahrer? Limousine?«

Partain schüttelte den Kopf.

»Mr. Partain ist der Freund eines Freundes«, sagte der General.

Kite streckte seine Hand hin. »Emory Kite. Ich mach Ermittlungen, von Washington aus.«

Nach knappem Händedruck sagte Partain: »FBI?«

»Privat«, sagte Kite. »Sie wohnen in L.A.?«

»Ich bin in Kalifornien aufgewachsen.«

»Ja? Dann können Sie vielleicht ein gutes Hotel empfehlen.«

»Angeblich soll das Peninsula ganz gut sein.«

»Was nehmen die für n Zimmer?«

»Ich schätze um die zwei achtzig, dreihundert. So etwa.«

Kite nickte, neutral. »Klingt ganz ordentlich. Wo ist das?«

»Beverly Hills.«

Kite schien auch die Adresse zu gefallen, denn er lächelte den General an und sagte: »Wenn Sie zwischendurch ein bißchen Luft haben, rufen Sie mich doch an, für nen Drink und was zu essen. Geht auf mich.«

»Vielen Dank«, sagte Winfield. »Ich werde schauen, wie sich meine Termine entwickeln.«

»Ich bin dann im Peninsula«, sagte Kite, verabschiedete sich mit einem Lächeln, drehte sich um und ging.

Ehe Partain fragen konnte, sagte Winfield: »Er teilt sich Büroraum mit uns, bei VOMIT.«

»Sie und Nick müssen das Geld wirklich dringend brauchen.«

»Ja«, sagte der General. »Brauchen wir wirklich.«

Sie fuhren im Lexus Coupé auf der 405 nach Norden, als der General sagte: »Vielleicht könnten Sie mir ein Hotel mit etwas maßvolleren Preisen empfehlen als das Peninsula.«

»Mrs. Altford würde Sie gern bei sich unterbringen.«

»Das ist ganz reizend von ihr, aber . . .«

Partain ließ ihn nicht ausreden. »Sie meint, ihre Tochter und ich brauchen einen Anstandswauwau.«

»Ich habe im ganzen Leben nie Anstandswauwau gespielt.«

»Und ich hab nie einen gebraucht. Aber sie sagt, wenn das Argument nicht zieht, sollte ich es mit dem zweiten, zwingenderen versuchen. Das Zimmer ist kostenlos. Oder, wie sie es ausgedrückt hat, frei-gratis-umsonst.«

»Gibt es da wirklich ein Zimmer?«

»Sie kriegen das große Schlafzimmer. Es hat ein eigenes Bad. Jessica Carver und ich teilen uns ein Bad.«

»Wie geht es Jessie?«

»Sie ist pleite und sucht Arbeit. Oder denkt darüber nach, Arbeit zu suchen.«

»Wie hat sie es verkraftet, den Tod ihres – was? Freundes?«

»Versuchen Sie's mit ›Liebhaber‹«, sagte Partain. »Sie hat's gut weggesteckt. Vielleicht war sie sogar ein bißchen erleichtert.«

»Als Sie mich gestern abend spät – oder, nehme ich an, sehr früh heute morgen – angerufen haben, sagten Sie, Sie seien ziemlich sicher, daß David Laney ein Neffe von General Walker Hudson war.«

»Inzwischen bin ich absolut sicher«, sagte Partain. »Die Laneys und die Hudsons sind alte kalifornische Familien, mehrfach durch Heiraten verbunden. Daves Mutter war Ruth Ellen Hudson. Sie hat Gerald Laney geheiratet. General Walker Laney Hudson ist Ruth Ellens Bruder. General Hudson hat Laney als zweiten Vornamen gekriegt, weil sein Vater und der Vater von Gerald Laney – Daves Dad – sehr gute Freunde waren.«

»Wie haben Sie das alles herausbekommen?«

»Ich war's nicht. Ich hab Jessie vor den Computer ihrer Mutter gesetzt und von der Leine gelassen. Eine Stunde später hatte sie alles zusammen. Jessie mag so was. Sie sagt, es erinnert sie an Marktforschung.«

»Wie wurde Laney umgebracht?«

»Ich weiß nicht«, sagte Partain. »Ich habe die Leiche gesehen, als man sie gerade in Mrs. Altfords Einfahrt geworfen hatte. Die Polizei sagt, sie würden erst nach der Autopsie wissen, woran er gestorben ist.«

Der General nickte nachdenklich, wartete ein paar Momente und fragte dann: »Haben Sie je von einem jungen Captain im salvadoranischen Nachrichtendienst gehört, der Trigueros hieß?«

»José Trigueros Chacón«, sagte Partain. »Was ist mit ihm?«

»Er und seine Frau wurden gestern nachmittag in Washington erschossen. Profiarbeit, hat man mir gesagt.«

»Wer hat Ihnen das gesagt?«

»Die Polizei.«

»Warum sollten Cops Ihnen erzählen, wie Trigueros getötet wurde?«

»Weil ein Mitglied von VOMIT als Detective zuständig für die Ermittlungen ist.«

»Hat er Ihnen gesagt, warum der Captain umgebracht wurde?«

»Der Detective ist eine Sie, und sie wußte nicht, warum«, sagte Winfield. »Aber gestern, ein paar Stunden zuvor, hat der Captain uns – das heißt, eigentlich Nick – die Namen einiger Amerikaner angeboten, die mit der Ermordung dieser sechs Priester in Salvador, ihrer Köchin und deren Tochter zu tun hatten. Der Captain behauptete, er könnte die Verbindung beweisen, und er wollte fünftausend Dollar dafür.«

»Wurde aber umgebracht, bevor Sie das Geld auftreiben und den Kauf tätigen konnten.«

»So ist es nicht gewesen. Wir haben das Geld besorgt und sind dann hingefahren, um mit dem Captain zu sprechen. Nick und ich. Aber als wir ihm das Geld geben wollten, sagte er, es sei nicht mehr möglich, uns den Beweis zu verkaufen. Ich fand, er sah, nun ja, erschrocken aus. Nick fand das auch. Nicht einmal eine Stunde, nachdem wir ihn verlassen hatten, wurden Trigueros und seine Frau ermordet.«

Sie fuhren eine halbe Meile schweigend weiter, bis Partain sagte: »Tut mir leid, daß sie tot sind. Er war ein netter Kerl, wenn auch nicht besonders helle.«

Nach einem weiteren längeren Schweigen fragte Winfield: »Halten Sie es für wahrscheinlich oder denkbar, daß all das irgendwie zusammenhängt – die Ermordung von Trigueros in Washington, Laneys Ermordung hier und der Anschlag auf Millie Altfords Leben?«

»Etwas, was alles zusammenbringt?«

»Mir würde schon ein gemeinsamer roter Faden reichen.«

Eine Meile später sagte Partain: »Tja, ich zum Beispiel. Ich bin ein gemeinsamer Faden. Aber das gilt nur, wenn Sie eine Person suchen. Leblose Fäden könnten Geld sein, Habgier, Politik, Rache oder Verrat.«

»Ah, Verrat!« murmelte der General; seine Stimme war sanft und doch seltsam volltönend. »Eine der liebsten Abkürzungen der Geschichte.«

»Kommt gleich neben Mord.«

»Sie könnten recht haben, was Sie selbst angeht«, sagte der General. »Zufällig oder absichtlich kennen Sie die meisten der Spieler, zumindest flüchtig – General Hudson, natürlich; Colonel Millwed; Captain Trigueros und den ebenfalls verstorbenen David Laney und seine Geliebte, Jessica Carver – und ihre Mutter, Millicent Altford. Natürlich kennen Sie Nick Patrokis, und jetzt auch mich. Sie kennen sogar den ehemaligen CIA-Geldbriefträger in El Salvador, Henry Viar.«

»An Viar hab ich seit Monaten nicht mehr gedacht«, sagte Partain.

»Wozu auch? Aber jetzt bin ich beinahe überzeugt davon, daß Sie und der vorerwähnte Verrat die wahrscheinlichsten Fäden sind, die alles verbinden.«

»Tja, Sie könnten am Faden zupfen und abwarten, was sich da aufriffelt«, sagte Partain. »Es gibt aber eine bessere Möglichkeit, festzustellen, ob ich derjenige welche bin.«

»Und zwar?«

»Warten, bis jemand versucht, mich umzubringen.«

»Oder es schafft«, sagte der General.

19. Kapitel

Später an diesem Januarnachmittag saß Millicent Altford im Schneidersitz auf dem hohen Klinikbett; sie trug ihre rote Seidenrobe mit den kleinen goldenen Drachen und sah die Wiederholung einer Telefon-Show mit drei in Washington stationierten Reportern. Die Reporter lauschten mit kaum verhohlener Trübsal dem Anruf eines ehemaligen Master-Sergeant der Army aus Flagstaff, der von ihnen unbedingt wissen wollte, ob die Trilateral Commission soviel schlimmen Einfluß auf die neue Regierung haben würde wie auf die alte.

Altford verpaßte die Antwort der Reporter, weil Liz Ball, die Nachtschwester, ins Eckzimmer kam und fragte: »Wollen Sie mit nem sechzehnjährigen Collegeprofessor reden, der behauptet, er ist so was wie die rechte Hand von Ihrem Typ da in Little Rock?«

»Hat er sich irgendwie ausgewiesen?«

Ball hob die Schultern. »Was er mir gezeigt hat, sieht okay aus.«

»Schicken Sie ihn rein.«

Marvin Gipson war ungefähr das, was Altford erwartet hatte. Mittelgroß. Dreißig oder einunddreißig. Der sehnige Körper eines Langläufers. Brille mit Schildpattgestell vor klugen blauen Augen. Sturer Mund unter einer Klugscheißer-Nase. Knochiges Kinn über einem langen, langen Hals und jede Menge hellbraunes Haar. Verpackt war er in eine Tweedjacke, weißes Button-down-Hemd, Chinos, Krawatte, die geliehen wirkte, und billige Slipper, frisch geputzt – sie nahm an, er hatte sie sich putzen lassen, als er in Stapleton International, Denver, umsteigen mußte und Zeit totzuschlagen hatte.

Gipson lächelte sie an, mit dem perfekten Gebiß seiner Altersgruppe, und sagte: »Ich bin Marvin Gipson, Ms. Altford, und vielleicht Ihr größter Fan.«

»O vielen Dank, Marvin, und wären Sie wohl so nett, mir das Telefon da zu geben?«

Gipson reichte ihr den Apparat, und sie tippte elf Zahlen auswendig ein. Als der Anruf entgegengenommen wurde, sagte sie: »Hier ist Millie. Habt ihr Jungs mir einen Marvin Gipson hergeschickt?« Sie hörte sich die Antwort an, dann fragte sie: »Wie sieht er aus?«

Sie starrte Gipson an, sagte mehrmals »aha«, als die Beschreibung durchs Telefon kam. Gipson steckte zuerst die Hände in die Hosentaschen und spielte mit Schlüsseln. Aber nach einem Stirnrunzeln von Altford zog er die Hände wieder heraus, und nach einem Moment der Unentschlossenheit faltete er sie hinter dem Rücken. Da waren sie noch immer, als Altford sagte: »Danke, Phil, bloß um sicherzugehen«; sie legte den Hörer auf, musterte Gipson nachdenklich, glitt dann vom Bett und schwebte zum Minikühlschrank. Über die Schulter fragte sie: »Möchten Sie ein Bier, Marvin?«

»Eine Cola light, wenn Sie das haben«, sagte er.

Altford nahm eine Flasche Bier und eine Dose Cola light aus dem kleinen Kühlschrank, reichte ihm den Softdrink und sagte: »Setzen wir uns da drüben hin.«

Als sie saßen – er in einem Lehnsessel, sie auf der dunkelblauben Couch –, trank Altford Bier aus der Flasche, lehnte sich zurück und wartete, daß Gipson sagte, was zu sagen man ihm aufgetragen hatte.

Pflichtbewußt schluckte er zunächst ein wenig Cola, stellte die Büchse auf den Beistelltisch, räusperte sich, lächelte unterwürfig und sagte: »Bei Ihrer langen und vielfältigen Laufbahn habe ich mich gefragt, ob . . .«

Altford unterbrach. »Phil sagt, Sie sind Dozent in Sewanee. Was unterrichten Sie?«

»Politische Wissenschaften und Wirtschaft.«

»Haben Sie Ferien?«

»Ein Sabbatjahr. Aber der Grund, aus dem ich hier bin . . .«

»Ich weiß, warum Sie hier sind, Marvin. Sie sind hier, weil mir jemand eine Leiche in die Auffahrt gekippt hat, und das macht Little Rock Kummer. Keine Angst. Nur Kummer. Sie sind hier, um herauszubekommen, wie schlimm alles werden könnte. Wenn Sie beschließen, daß es sehr übel stinkt, fliegen Sie zurück und empfehlen, daß die meinen Namen ganz unten auf die Liste der Tapferen und Treuen setzen oder ihn vielleicht ganz streichen.«

»Vor allem sind sie um Ihre Gesundheit besorgt, Ms. Altford. Sind wir alle.«

»Blödsinn. Wenn die sich wirklich wegen meiner Gesundheit Sorgen machten, hätten sie Draper Haere hier in L.A. angerufen und gebeten, bei mir vorbeizuschauen und nachzusehen, ob ich tot bin oder Faultier spiele. Die sorgen sich also gar nicht um meine Gesundheit. Es geht um diesen Toten in meiner Auffahrt, der unten in Mexiko ein Jahr lang mit meiner Tochter gehaust hat.«

»Ein Mr. Laney, glaube ich«, sagte Gipson.

»Dave Laney.«

»Ja, also, ich nehme an, wenn an den früheren Tätigkeiten von Mr. Laney etwas wäre, das irgendwie, wissen Sie . . .«

»Ein Problem darstellen könnte?« sagte Altford.

Gipson nickte dankbar. »Genau.«

»Ich hab nicht mit Laney zusammengelebt, sondern meine Tochter. Oder ist der Fehler, den sie gemacht hat, Grund genug für Little Rock, jemanden von der Wach- und Schließgesellschaft loszuschicken?«

»Mr. Laneys Ruf macht uns ein bißchen Kummer«, sagte Gipson. »So daß wir uns fragen, ob er letztes Jahr irgendwie in Ihre Spendenbeschaffungsaktivitäten verwickelt gewesen sein kann.«

»Er hat mir einmal einen Scheck geschickt.«

Gipson beugte sich vor. »Über wieviel?«

»Fünfundzwanzig Dollar, glaube ich. Aber das war vor vier Jahren, nicht voriges Jahr.«

Gipson lehnte sich zurück, eher enttäuscht als erleichtert. »Dann hatte er mit Ihrer Spendenbeschaffung nichts zu tun?«

»Er war in Mexiko, verdammt noch mal. In Guadalajara. Wieso kommt ihr Jungs überhaupt auf den Gedanken, ich hätte ihn irgendwas anfassen lassen können – besonders Geld?«

»Das habe ich nicht gesagt, Ms. Altford.«

Sie trank wieder aus der grünen Flasche, starrte ihn lange an und sagte: »Sie meinen, er könnte meine mexikanische Geldwäscherei gewesen sein, oder?«

»Wir wissen wirklich nicht, was wir glauben sollen.«

»Dann glauben Sie mir mal folgendes: Ich hab für Little Rock einiges an Geld aufgetrieben – eine ganze Menge sogar –, und Little Rock war unwahrscheinlich dankbar und hat das auch gesagt. Nach der Wahl haben die Erwähner angefangen, meinen Namen zu erwähnen, für irgendeinen Ernennungsjob. Natürlich nichts Tolles. Vielleicht Botschafterin in Togo. Staatssekretärin im Handelsministerium. Derlei Scheißjobs. Immerhin war es irgendwie schmeichelhaft, obwohl mich keiner je gefragt hat, ob ich so etwas annehmen würde. Wenn sie gefragt hätten, hätte ich nein danke gesagt. Also, das können Sie denen sagen, wenn Sie wieder in Little Rock sind, Professor.«

Sie stellte die Bierflasche auf den Beistelltisch und stand auf. Gipson wollte sich erheben, bemerkte aber ihren grimmigen Ausdruck und beschloß, sitzen zu bleiben. Sie starrte einen Moment oder zwei auf ihn hinab, bevor sie weiterredete.

»Erstens: Sagen Sie ihnen, Millie ist an keinem Regierungsjob interessiert, also macht euch nicht die Mühe, ihr einen anzubieten. Zweitens: Sagen Sie ihnen, Millie besteht darauf, daß Little Rock aufhört, in ihren Privatangelegenheiten herumzuwühlen. Und drittens: Sagen Sie ihnen, Millie weiß noch immer alle Lagenummern auswendig.«

»Lagenummern?« sagte Gipson.

»Auf dem politischen Friedhof«, sagte sie, als ob sie es einem zurückgebliebenen Kind erklären müßte. »Wo die ihre Leichen verscharren.«

»Ach, Scheiße«, sagte Gipson; dann stand er mit einem bedauernden Seufzer auf. »Wir waren ein wenig plump, wie?«

»Durchschnittlich, ungefähr«, sagte Millicent Altford.

General Winfield stand an diesem Abend im Wohnzimmer des Apartments beinahe stramm, während der geschaßte Army-Major langsam um ihn herumging, ein mikroskopisches Stückchen Fussel von der rechten Schulter des mitternachtsblauen Anzugs pickte und es dann zur Inspektion dem General unter die Nase hielt, ehe er es wegschnippte.

»Neuer Anzug?« fragte Partain.

»Neun Jahre alt. Was ich kaufe, hält.«

Jessica Carver blickte von einer mit Werbung vollgepfropften Pariser ›Vogue‹ auf und fragte: »Wo gehst du mit Ma hin?«

»Sie hat einen Tisch in einem Laden namens Morton's reserviert«, sagte Winfield. »Ich hatte Chasen vorgeschlagen, aber sie sagte mir, das sei das Lokal, in dem die Scheintoten essen.«

»Morton ist ein bißchen laut«, sagte Jessica Carver. »Aber das Essen ist okay.«

Winfield blickte auf seine Uhr, dann auf Partain. »Muß ich irgendwas über den Wagen wissen?«

»Er fährt von selbst«, sagte Partain. »Jack, der Türhüter, bringt ihn aus der Garage hoch. Wenn Sie Fragen haben, fragen Sie ihn.«

»Das ist der Schauspieler?«

»Ja. Tom von der Tagschicht ist der Surfer.«

Winfield wandte sich an Jessica Carver. »Seid ihr zwei sicher, daß ihr nicht mitkommen wollt?«

»Um Gottes willen, Vernon«, sagte sie; »was ihr da vorhabt, ist ein heißes Date, kein Familientreffen.«

Partain eskortierte den General in die Diele, kam dann wieder ins Wohnzimmer, wo Jessica Carver vor dem großen Fenster stand und auf die Lichter hinausschaute. Ohne sich umzudrehen, sagte sie: »Was steht heute auf der Speisekarte – Salisbury-Steak?«

»Wir gehen aus«, sagte er.

»Ernsthaft? Wohin?«

»Westwood.«

»Soll ich ein Taxi rufen?«

»Wir gehen zu Fuß«, sagte Partain.

»*Zu Fuß?*« sagte sie; sie wandte sich vom Fenster um.

»Warum nicht?«

»Nie was von Drive-by-Schießereien gehört? Mißverstehen Sie mich nicht. Ich geh gern zu Fuß. Ich will aber keine langsame Zielscheibe für so nen jugendlichen Knallkopf sein.«

»Wir gehen nach Westwood und nehmen zurück ein Taxi.«

»Wer bezahlt?« sagte sie.

»Ich.«

»Das Essen *und* das Taxi?«

Partain starrte sie ausdruckslos an.

»Tut mir leid«, sagte sie. »Ich hab wohl ein Jahr zuviel mit Dave verbracht.«

Als er und Jessica Carver aus dem Vordereingang des Eden traten, bemerkte Partain die schimmernde Luft am Auspuff der schwarzen langen Lincoln-Limousine. Der Wagen parkte am Randstein auf der anderen Seite des Wilshire Boulevard, vor einem zwanzig Stockwerke hohen Apartmentgebäude, das irgendwer The Castillian genannt hatte.

Partain wandte sich an Jack, den Türhüter, und fragte: »Wie lange steht der Lincoln schon da?«

»Vielleicht ne Dreiviertelstunde. Ne Stunde.«

»Mit laufendem Motor?«

»Draußen ist es kalt.«

»Es sind doch sicher zwölf bis fünfzehn Grad.«

»Das ist kalt«, sagte Jack.

»Warum parken die nicht in der Auffahrt vom Castillian?«

»Vielleicht müssen sie lange warten, und der Faher will die Auffahrt nicht blockieren. Manche Limousinenfahrer sind so umsichtig. Einer von hundert, vielleicht.«

»Scheuchen die Cops die denn nicht weg?«

»Die Cops haben anderes zu tun. Außerdem – was, wenn der Lincoln da auf die Freundin des unabhängigen Paramount-Produzenten wartet, der so gut wie versprochen hat, das Treatment zu lesen, das der Cop für eine Fernsehserie geschrieben hat?«

»Können Sie uns ein Taxi rufen?« fragte Partain.

»Klar doch«, sagte Jack und wandte sich ab, als Jessica Carver Partain fragend anschaute.

»Wir warten drinnen«, sagte Partain und berührte Carvers linken Ellenbogen, während Jack zum Außentelefon ging. Unmittelbar bevor sie die Glastüren des Eden erreichten, blickte sich Partain um nach der Limousine und bemerkte ein heruntergelassenes Fenster hinten und das dumpfe Glitzern von Metall. Er versetzte Jessica Carver einen harten Stoß, der sie nach rechts zu Boden schleuderte. Partain ließ sich auf den Beton fallen und rollte nach links.

Dann kam der Schuß, und automatisch klassifizierte Partain die Waffe als Jagdgewehr, Kaliber .30, möglicherweise eine alte Schultz & Larsen M 65. Er versuchte sich in den Beton zu pressen, während er auf den Einschlag der zweiten

Kugel wartete – oder auf jemandes Ächzen oder Schreien. Er rechnete mit dem zweiten Schuß, hoffte aber verzweifelt auf das Geräusch der hochgejagten Maschine des Lincoln und das Kreischen der Hinterreifen, die sich beim Fluchtstart am Pflaster reiben würden.

Aber er hörte nichts; und nach einem Moment setzte er sich auf und sah zur anderen Straßenseite. Die Limousine war fort. Dann schaute er nach Jessica Carver; sie kauerte zwei Meter entfernt fast in der Karikatur der Startstellung eines Sprinters. Ihr Mund stand offen, die Augen waren aufgerissen, und das Gesicht war Partain zugewandt. Aber sie starrte etwas hinter ihm an.

Partain drehte sich um und fand Jack, den Türhüter, der mit dem Gesicht nach oben neben der äußeren Telefonzelle lag, in der vertrauten Todeshaltung einer achtlos weggeworfenen Gliederpuppe. Jacks Mund und Augen standen offen. Partain entschied, es sei entweder ein Kopfschuß gewesen, fachmännisch gezielt, oder ein Querschläger. Dann kam die Erleichterung; sie durchflutete ihn und ertränkte das kurze Gefühl von Schuld, das ihn immer überkam, wenn er der Überlebende und ein anderer gestorben war.

Die schwarze Limousine bog vom Wilshire rechts ab und nahm schließlich den Santa Monica Boulevard, um zum Freeway 405 nach Süden zu gelangen. Erst als die Limousine auf der dritten Spur mit gesetzten 59 Meilen pro Stunde nach Süden rollte, redete der Latino-Fahrer seinen rückwärtigen Passagier an.

»Du hast nicht getroffen«, sagte er; dank seines Akzents klang es wie: »Du as niss getroffen.«

»Ah ja?« sagte Emory Kite vom Rücksitz.

20. Kapitel

Sie standen vor Jack Thomson, dem toten Türhüter, bis der erste schwarzweiße Wagen kam. Sie standen nebeneinander; Partain in einer leicht bedrohlichen »Rührt-euch«-Haltung, Jessica Carver mit vor der Brust verschränkten Armen.

Eine kleine Menschenmenge war zusammengekommen und wollte wissen, ob der Typ tot wäre und ob sie ihn umgenietet hätten und ob jemand die Polizei gerufen habe. Partain beantwortete nur die letzte Frage.

Nach Ankunft des Polizeiwagens beendeten Partain und Carver ihren Postendienst, antworteten auf die Fragen eines uniformierten Sergeants und erklärten sich bereit, oben zu warten, bis die Mordabteilung mit ihnen redete, was, wie der Sergeant sie vorwarnte, so sicher wie Scheiße sei.

Sie nahmen den Aufzug zum vierzehnten Stock, ohne zu sprechen, und betraten das Apartment. Carver ging stumm in ihr Zimmer und schloß die Tür ab. Partain zog sich in die Küche zurück und begann zwei dicke Brathähnchen zu zerschneiden; sie steckten in einem Papiersack voller Lebensmittel, die General Winfield bei der Fahrt vom Flughafen her unbedingt hatte kaufen wollen.

Eine Stunde später klopfte Partain an Carvers Tür und sagte: »Das Essen ist fertig.«

»Ich will keins«, sagte sie; ihre Stimme klang durch die Tür gedämpft.

»Brathähnchen. Kartoffelpüree. Sahnesauce. Dreierlei Salat. Maisbrot.«

Nach einem Moment fragte sie: »Echtes Maisbrot?«

»Improvisiert.«

Fünf Sekunden später ging die Schlafzimmertür auf, und Jessica Carver, die Augen geschwollen und blutunterlaufen, gönnte ihm ein trauriges, müdes Lächeln und sagte: »Na denn, essen müssen wir ja wohl.«

»Steht auf dem Tisch«, sagte Partain, als es an der Tür zum Korridor läutete.

»Ich mach auf«, sagte er. »Fangen Sie schon mal an.«

Partain öffnete die Tür und war nicht überrascht, daß dort der Detective Sergeant aus dem Modejournal stand, Ovid Knox. Ehe Knox etwas sagen konnte, sagte Partain: »Haben Sie schon gegessen?«

Knox versuchte nicht, seine Überraschung zu verbergen. »Warum?«

»Weil das Essen auf dem Tisch steht. Brathähnchen. Salat. Kartoffelpüree. Sahnesauce. Maisbrot. Sie sind eingeladen. Wir essen in der Küche.«

»Wer ist wir?«

»Jessica Carver, ich und jetzt Sie. Aber wenn Sie nicht essen wollen, können Sie auch zuschauen.«

»Ich tauge nicht als Voyeur«, sagte Knox.

Sie aßen alles außer Knochen und Schnäbeln. Und weil Jessica Carver und Ovid Knox noch immer hungrig schienen, fand Partain einige Sara-Lee-Nußkuchen im Kühlschrank und servierte sie mit dem Kaffee. Carver aß zwei der *brownies*, Knox drei, Partain keinen.

Nach seinem dritten *brownie* und der letzten Tasse Kaffee schob Knox Tasse und Untertasse beiseite, stützte die Ellenbogen auf den Tisch, beugte sich ein wenig vor und sagte: »Wer hat ihn erschossen?«

»Mindestens zwei Leute in einem langen schwarzen Lincoln«, sagte Partain. »Einer ist gefahren. Der andere hat vom Rücksitz aus geschossen.«

»Beschreibungen?«

»Es war dunkel. Die Fenster waren getönt. Sie waren an die fünfzig Meter weit weg.«

»Erzählen Sie mir was über den Toten – Jack Thomson mit ohne ›p‹.«

»Er war Türhüter, die Nachtschicht, und gelegentlich Schauspieler.«

Knox wandte sich an Carver. »Seit wann kennen Sie ihn?«

»Drei Jahre. Vielleicht dreieinhalb. Er gehörte zum Inventar.«

»Er war also hier, als Ihre Mutter eingezogen ist.«

Sie nickte.

»Netter Kerl?«

»Ja, er war nett. Er hat einem Taxis besorgt, die Einkäufe hochgetragen, den Wagen waschen lassen, Arschlöchern gesagt, man wäre nicht da, auch wenn man da war. Einfach ein netter, umgänglicher Kerl. Ma hat ihm immer Trinkgeld gegeben, wenn er was erledigt hat, und zweihundert Dollar zu Weihnachten.«

»Hat er je versucht, Ihnen Dope anzudrehen?«

»Nein. Ich hab aber auch nie danach gefragt, oder?«

»Wollte er je mit Ihnen ausgehen?«

»Nein. Aber wenn, dann hätt ich vielleicht ja gesagt.«

Knox wandte sich wieder an Partain. »Was hatten Sie für einen Eindruck von ihm?«

»Er konnte Stimmen imitieren oder, genauer, Akzente. Sehr gut sogar. Hat mir auch gesagt, er wäre für Filme zu sehr der Typ zweiter Hauptdarsteller, hat aber schon mal Werbung gemacht – Radio und Fernsehen, nehm ich an. Ich hab ihn nie im Fernsehen gesehen; das kann aber daran liegen, daß er, wie er sagte, meistens nur drübergesprochen hat, und außerdem seh ich nicht viel fern.«

Wieder an Carver gewandt sagte Knox: »Er war nachts zuständig?«

Sie nickte.

»Dann hatte er keinen Dienst, als Dave Laney Ihnen diesen Morgenbesuch abgestattet hat.«

»Tom hatte Dienst. Der von der Tagschicht.«

»Kannte der arme tote Jack den armen toten Dave?«

»Klar«, sagte sie. »Ich hab hier eine Weile gehaust, eh ich mit Dave nach Mexiko gegangen bin; Dave war einer von den Ärschen, denen Jack manchmal auf meine Bitte hin gesagt hat, ich wäre nicht da. Die haben sich gekannt, ja, aber nicht näher.«

Knox stand auf, ging zur Spüle, fand ein Glas, drehte den Kalthahn auf, füllte es und trank. All dies gab Partain die Gelegenheit, Knox' Ausstattung abzuschätzen. Diesmal trug er einen braunen Zweireiher und eine Kammgarnhose, so dunkelgrün, daß sie fast schwarz schien. Das Hemd war blaßgelb mit langen dünnen Kragenspitzen. Es gab keine Krawatte, und der Kragen war zugeknöpft. Partain erinnerte sich noch an Zeiten, als nur Hinterwäldler und Dorftrottel das Hemd bis oben zugeknöpft getragen hatten. Aber für den fehlenden Schlips gab es ein dunkelgrünes Taschentuch, das aus der Brusttasche der Jacke lugte. Partain lehnte sich zurück, um die Schuhe sehen zu können, und war fast enttäuscht, festzustellen, daß es dieselben nußbaumschwarz glänzenden Slipper wie beim vorigen Mal waren.

Knox wandte sich von der Spüle ab, trank einen weiteren Schluck Leitungswasser, schaute ins Glas statt zu Partain und Carver und fragte: »Was war heute abend – von Anfang an?«

Jessica Carver gab die Antwort. »Wir wollten essen gehen. Wir wollten zu Fuß nach Westwood.«

»*Zu Fuß?*«

Sie nickte zu Partain hinüber. »Sein Vorschlag. Zu Fuß hin, Taxi zurück. Wir kamen aus der Lobby. Er hat Jack gefragt, wie lange der Lincoln schon auf der anderen Straßenseite parkt. Jack sagt, ungefähr eine Stunde oder vierzig . . .«

Knox unterbrach. »Lassen Sie ihn jetzt weitermachen, Ms. Carver.«

Jessica zuckte mit den Schultern, und Partain sagte: »Er hat gesagt, eine Dreiviertelstunde oder Stunde. Ich hab ihn gefragt, warum die Cops noch keinen Strafzettel drangehängt hätten. Er sagt, die Cops wären zu beschäftigt – und was, wenn der Lincoln auf die Freundin von einem unabhängigen Produzenten bei Paramount wartet, der so gut wie versprochen hat, das vom Cop geschriebene Treatment für eine Fernsehserie zu lesen.«

»Was ist dann passiert?«

»Ich habe Jack gebeten, uns ein Taxi zu rufen, hab Jessica am Arm genommen und vorgeschlagen, drinnen zu warten.«

»Warum haben Sie sich das mit dem Zufußgehen nach Westwood anders überlegt?«

»Weil es mir nicht gefällt, wenn Wagen vor dem Haus, in dem ich wohne, eine Stunde mit laufendem Motor parken.«

»Er parkte auf der anderen Seite – nicht vor dem Haus.«

»Das hat mich noch mehr gestört.«

Knox seufzte. »Na schön. Was dann?«

»Wir sind zur Eingangstür gegangen. Ich schaue mich um, sehe, daß beim Lincoln das Hinterfenster runtergelassen ist, und glaube, im Wagen etwas Metallisches zu sehen. Etwas, das, na ja, glitzert.«

»Glitzert?«

»Glitzert. Ich habe Jessica nach rechts gestoßen und mich fallen gelassen und nach links gerollt. Dann hab ich den Schuß gehört.«

»Und dann?«

»Hab ich auf den zweiten Schuß gewartet.«

»Sie haben gedacht, die schießen auf Sie, oder?«

»Ich wußte, die schießen auf irgendwen. Also hab ich da gelegen und gehofft, das nächste, was ich höre, wäre, wie der Lincoln abrauscht. Aber ich habe gar nichts gehört. Dann hab ich nach Jessica geschaut. Sie hockte auf Händen und Knien wie ein Sprinter im Startblock. Sie hat aber auch nach irgendwas gestarrt. Ich hab geschaut, wohin sie blickt, und sehe Jack, den toten Türhüter.«

Knox nickte nachdenklich und wandte sich an Jessica Carver: »Sie waren auf Händen und Knien?«

Sie sagte ja.

»Gesicht zur Straße?« sagte er.

»Gesicht zur Straße.«

»Was haben Sie gesehen?«

»Ich habe gesehen, daß das hintere Fenster vom Lincoln ungefähr drei Viertel unten war. Irgendwas kuckt aus dem Fenster raus – was Dunkles. Einmal ist Licht draufgefallen. Reflektiert. Dann hab ich einen roten Blitz gesehen und den Knall gehört. Ich hab zu Partain gekuckt, der versucht, Pfannkuchen zu spielen. Als ich wieder zum Lincoln sehe, fährt der schon weg – nicht schnell, nicht langsam, ganz normal.«

Knox setzte sich wieder an den alten Küchentisch. »Es sind genau zweiundvierzig Meter von der Fahrerseite der Limousine bis zu Jack dem Türhüter. Es ist dunkel, aber jede Menge künstliches Licht. Der einzige Schuß hat Jack mitten in den Hinterkopf getroffen und einiges von seinem Gehirn weggeblasen. Sie waren in der Army, Mr. Partain. Wie würden Sie diese Art Schuß nennen?«

»Expertenarbeit – falls der Schütze das getroffen hat, was er treffen wollte.«

»Soweit wir das klären konnten«, sagte Knox, »war der arme Jack kurz vor dem Außentelefon, als es ihn erwischt hat. Sie haben Ms. Carver geschubst, sich dann fallen lassen und sind zu einem Punkt etwa zweieinhalb Meter von Jack entfernt gerollt. Ms. Carver kniet um die anderthalb bis zwei Meter von Ihnen weg, schaut auf eine Limousine, einen Fahrer, einen Schützen auf dem Rücksitz und einen netten langsamen Aufbruch. Was sagt Ihnen all das?«

»Daß es Profiarbeit war.«

»Noch mal zurück«, sagte Jessica Carver. »Der Lincoln stand da mit laufendem Motor, ne Dreiviertelstunde oder Stunde. Die hätten Jack jederzeit erschießen können. Aber sie haben gewartet, bis sie Publikum hatten.« Sie schaute Partain an. »Sie und mich.«

Knox beugte sich ein paar Zentimeter mehr zu Partain hin. »Für mich ergibt das nur einen sehr schrägen Sinn, Partain. Ergibt es für Sie einen Sinn?«

»Überhaupt keinen«, sagte Partain.

21. Kapitel

Nach ihrer Forelle und seinem Lamm bei Morton's lehnten Millicent Altford und Vernon Winfield ein Dessert dankend ab, bestellten aber Espresso und Cognac. Während des Essens waren nacheinander ein Produzent, ein Regisseur, ein Agent und drei Schauspielerinnen bei ihnen stehengeblieben, um sich an der Neubesetzung des Weißen Hauses zu weiden, einen wirklich herben Bush-Witz zu erzählen, herauszufinden, wie gut Altford den neugewählten Präsidenten kannte, und zu fragen, ob sie der Regierung angehören würde.

Altford stellte allen den General vor, grinste über den Bush-Witz, behauptete, den neugewählten Präsidenten seit sieben oder acht Jahren zu kennen, und sagte, sie lege überhaupt keinen Wert darauf, nach Washington zu gehen. Bei den Vorstellungen hatte sich der General sechsmal halb erhoben, freundlich gelächelt und ansonsten den Mund gehalten.

Altford nippte an ihrem Nachtisch-Cognac und sagte: »Zwei von den Jungs haben für Bush gestimmt, der Agent für Perot, die Frauen alle für den Sieger.«

»Woher weißt du, wie sie abgestimmt haben?«

Sie lächelte. »Ich weiß es eben.«

Der General beendete seinen Cognac, musterte das Tischtuch einige Zeit, blickte dann auf und fragte: »Habe ich dir je erzählt, wie großstädtischer Politfilz es mir möglich gemacht hat, im Zweiten Weltkrieg an der Einberufung vorbeizukommen?«

Sie lächelte und schüttelte knapp den Kopf. »Nein, ich glaube nicht. Daran würde ich mich erinnern.«

Einige Sekunden vergingen, in denen der General über ihre linke Schulter in eine Vergangenheit zu spähen schien, die fast fünfzig Jahre zurücklag. »Seit ich vierzehn war«, sagte er, »ist bei mir immer der Teufel los gewesen. Muß etwas mit Hormonen und Pubertät zu tun gehabt haben, glaube ich. Ich habe mich in eine Klemme nach der anderen manövriert, und mein Vater hat mich immer mit einem einzigen Telefonanruf wieder herausgeholt. Er war Anwalt und ist an der Chicagoer Politik reich geworden. Aber das weißt du ja.«

»Du redest nicht oft über ihn.«

»Nein, wahrscheinlich nicht. Dieses Mal – das, wovon ich jetzt rede, das war eine besonders üble Sache. Es war im Frühjahr vierundvierzig, und ich stand kurz vor dem High-School-Abschluß.«

»Was für eine Sache war das?«

»Ich bin betrunken gefahren; der Wagen war Schrott, aber es ist keiner verletzt worden. Natürlich nicht zu entschuldigen, aber mein Vater hat es zurechtgebogen, und eine Woche später sagte er, er hätte alles arrangiert, damit ich nach West Point käme. Ein Senator hatte mich auf die Liste gesetzt. Für mich klang das wie eine Gefängnisstrafe, und ich habe ihm gesagt, wenn ich denn schon aufs College müßte, dann lieber nach Slippery Rock als nach West Point. Damals dachte ich, Slippery Rock sei entweder in Arkansas oder Missouri.«

»Es liegt in Pennsylvania«, sagte sie.

»Ich weiß. Damals wußte ich es aber nicht. Mein Vater sagte okay, ich könnte auch rumhängen, bis man mich einzieht, und dann könnte ich auf jedes mir genehme verdammte College gehen, nach dem Krieg, mit GI-Stipendium – falls ich überlebe.«

»Das war neunzehnhundertvierundvierzig?«

Der General nickte. »Ich war siebzehn, fast achtzehn, und mit achtzehn mußte ich mich mustern lassen. Es war außerdem ungefähr einen Monat vor dem D-Day in Europa, und damals hat man alle warmen Kadaver, die man auftreiben konnte, eingezogen und für achtzehn Wochen in Ausbildungslager für Infanterie-Auffüllungstruppen gesteckt, dann sofort weiter nach Europa oder in den Pazifik. Von den Auffüllungseinheiten sind viele in den ersten paar Tagen an der Front gefallen oder verwundet worden. Ich hielt das für eine sehr unerquickliche Aussicht, meinte aber, West Point wäre auf seine Art fast genauso schlimm. Ich hatte nicht den Wunsch, Soldat zu werden, gleich welche Sorte.«

»Nicht besonders patriotisch, was?«

»Nicht ausreichend, um für mein Land zu sterben, wenn ich es vermeiden konnte. Ich halte das noch immer für eine vernünftige Einstellung. Manchmal ist das Sterben natürlich unvermeidlich.«

»Und was hast du gemacht?«

»Ich bin zu meinem Paten gegangen, Stadtrat in Chicago, der bei all diesen Telefonaten, die mein Vater meinetwegen getätigt hatte, am anderen Ende der Leitung gewesen war. Der Ratsherr hat mich in seinem Vorzimmer warten lassen, drei Stunden lang.«

»Ich kann es ihm nicht verdenken.«

»Ich auch nicht; ich muß unerträglich gewesen sein. Als er mich schließlich in seine erlauchte Gegenwart ließ, habe ich ihm gesagt, ich wollte weder nach West Point noch eingezogen werden, und ihn gefragt, ob er irgendwelche Vorschläge hätte. Er hat nur genickt und gesagt: ›Tja, Kiddo‹ – ich paraphrasiere jetzt natürlich –, ›tja, Kiddo, du hast drei Möglichkeiten: Du kannst zur Handelsmarine gehen oder nach West Point, oder du sagst deinem Musterungsausschuß, du bist schwul. Das hat mein Neffe getan, aber der kleine Pisser ist ja wirklich schwul.‹«

»Also bist du nach West Point gegangen«, sagte sie.

»Nein, ich bin zum Rekrutierer der Handelsmarine gegangen, im Hauptpostamt. Das war ein alter Seebär von zwei- oder dreiundvierzig; er hat gesagt, er würde mich gern aufnehmen, müßte mich aber insofern warnen, als gerade Jungs von der Handelsmarine direkt zur Infanterie eingezogen würden.«

»Also ab nach West Point«, sagte sie.

Er nickte. »Dort habe ich den Krieg ausgesessen und oft an meinen Paten gedacht, den Stadtrat, der mir vernünftige Ratschläge ohne patriotisches Gewäsch gegeben hatte. Ich fühlte mich irgendwie seltsam in seiner Schuld, was genau das war, was er wollte. Ich habe sogar daran als ein Beispiel dafür gedacht, wie Politik wirklich funktioniert, nicht nur in Chicago, sondern überall. Und natürlich stimmt es – vorausgesetzt, man ist der Sohn eines reichen Mannes.«

»Dann weiter nach Korea«, sagte sie, »wo jemand es endlich geschafft hat, auf dich zu schießen, und jemand anderer dir ein DSC angehängt hat.«

»Ja, aber inzwischen war ich geistig darauf vorbereitet – auf die Wunde, nicht auf den Orden.«

»Ich habe mich oft gefragt, warum du dabeigeblieben bist«, sagte sie.

»Weil ich inzwischen mein Handwerk gelernt hatte und wirklich ganz gut darin war.«

»Hast du den Stadtrat je wiedergesehen?«

»Nein; ich habe es aber geschafft, meine Schuld bei ihm zurückzuzahlen.«

»Wie?«

»Indem ich seit neunzehnhundertachtundvierzig immer die Demokraten gewählt habe«, sagte General Winfield.

Millicent Altford fuhr, nachdem sie Morton's verlassen hatten. Sie waren erst ein paar Blocks weit gekommen, als der General in seinen Außenspiegel starrte und sagte: »Ich glaube, wir werden verfolgt.«

Sie blickte in ihren Rückspiegel und sagte: »Das wollen wir mal sehen.«

Altford begann mit einem Zickzackkurs Richtung Olympic Boulevard, bog aufs Geratewohl nach links und rechts ab. Sie fuhr sogar um ein paar Blocks im Kreis, aber der andere Wagen folgte präzis in einem Abstand von fünfzehn Metern.

»Wenn er noch immer da ist, wenn wir zur Klinik kommen, alarmiere ich die Sicherheitsleute«, sagte sie.

»Du meinst, du weckst sie?«

»Hoffentlich nicht.«

Sie erreichten die Klinik und bogen in die geschwungene Auffahrt ein. Der andere Wagen folgte, schloß auf, stoppte, schaltete die Scheinwerfer aus, und Edd Partain stieg aus. Er sah sich sorgfältig um, ehe er zur Fahrertür des Lexus kam. Altford ließ das Fenster herunter.

»Was ist los?« sagte sie.

»Der Türhüter Jack ist heute abend vor dem Eden erschossen worden. Jessica und ich haben es gesehen. Nachdem wir mit den Cops gesprochen hatten, habe ich einen Wagen gemietet und bin zu Morton's gefahren, gerade rechtzeitig, um Sie abfahren zu sehen.« Er musterte noch einmal das Klinikgelände und sagte: »Sie gehen besser rein.«

Oben in Altfords Klinikzimmer saßen sie und der General auf der blauen Couch, Partain in einem Sessel. Ihr und Winfield waren endlich die Fragen ausgegangen; ihre betrafen vor allem ihre Tochter, Winfields den Schuß selbst und die Qualitäten des Schützen.

Außerdem fragten sie sich kurz, warum jemand Jack den Türhüter würde erschießen wollen, aber das führte zu nichts, und nach kurzem Schweigen fragte Partain Winfield: »Wer außer Nick Patrokis weiß, daß Sie und ich in Los Angeles sind?«

»Niemand«, sagte der General. »Und was für eine seltsame Frage. Sie impliziert, daß Sie oder Jessica das eigentliche Ziel waren und daß der Schütze inkompetent ist.«

»Impliziert es das?« sagte Partain.

Etwas huschte über das Gesicht des Generals, entweder

Bedauern oder Inspiration. Was immer es war, ließ ihn unbehaglich dreinschauen, als er sagte: »Ich habe mich versprochen.«

»Wann?« sagte Partain.

Statt zu antworten, wandte sich der General an Millicent Altford und sagte: »Könntest du morgen, zum Mittagessen, für mich und zwei Gäste einen Tisch bekommen, in einem Lokal, in dem Filmleute verkehren?«

»Natürlich – wenn ich fragen darf, warum?«

»Ich möchte jemanden zum Essen einladen und brauche einen Köder.«

»Ist dieser jemand ein Starficker?«

»Das kann ich nur vermuten.«

»Dann ruf ich Le Dôme an«, sagte sie, stand auf, ging zum Telefon, machte den Anruf und kam zurück zur Couch. »Ein Uhr, morgen mittag. Le Dôme ist auf dem Sunset. Ihr kriegt etwas, was da als Vorzugstisch gilt.«

»Danke sehr«, sagte der General, stand auf, ging zum Telefon, wählte die Auskunft, erhielt die Nummer des Hotels Peninsula, rief dort an und sagte: »Mr. Emory Kites Zimmer, bitte.«

Als am anderen Ende abgenommen wurde, sagte Winfield: »Mr. Kite? Vernon Winfield. Tut mir leid, Sie so spät anzurufen, aber ich wüßte gern, ob Sie mich wohl morgen um eins zu einem Arbeitsessen in Le Dôme auf dem Sunset Boulevard treffen könnten?«

Der General lauschte, dann sagte er: »Ja, soweit ich weiß, essen Filmleute dort.«

Nach weiterem Zuhören sagte er: »Ich brauche Ihren beruflichen Rat hinsichtlich einer tödlichen Schießerei, bei der heute abend ein Freund von mir Zeuge war.«

Winfield lauschte gerade lang genug, daß Kite eine kurze Frage stellen konnte, dann sagte er: »Sie haben ihn heute am Flughafen gesehen.« Wieder eine Pause. »Das stimmt. Mr.

Partain. Er wird mit uns essen.« Eine letzte Pause; danach sagte der General: »Gut. Dann bis morgen, um eins.«

Als Winfield zur Couch zurückkam und zufrieden aussah, wenn nicht gar selbstgefällig, fragte Altford Partain: »Wer zum Teufel ist Mr. Kite?«

»Ein sehr kurzer Typ aus Washington; der einzige außer Ihnen und Patrokis, der weiß, daß der General und ich hier sind.«

»Was ist Kite sonst noch?« fragte sie.

»Unser Untermieter bei VOMIT«, sagte der General. »Beruflich ist er zum Detektiv gewordener Schuldnerjäger.«

Partain stützte die Ellenbogen auf die Knie, beugte sich zum General vor und sagte: »Sie haben vergessen, zu erwähnen, weshalb ich Kite wegen eines toten Türhüters konsultieren will.«

»Ich habe es nicht vergessen«, sagte Winfield. »Sie sind Millicent Altfords Sicherheitsberater und relativ neu in dem Gewerbe. Sie müssen unbedingt wissen, wer der Türhüter wirklich war – sein Hintergrund, beruflicher Werdegang, Freunde, Strafregister, falls überhaupt. Was Sie aber besonders dringend wissen wollen, ist, ob es bei Jack etwas gibt, was Ms. Altford zusätzlich in Verlegenheit bringen könnte, da sie ohnehin politisch in Verlegenheit ist wegen eines Toten, den man in ihrer Auffahrt abgeladen hat – die Leiche eines jungen Mannes, der in Mexiko mit ihrer Tochter ein romantisches Verhältnis hatte.«

»Ich glaube nicht, daß Romantik dabei eine große Rolle spielte«, sagte Altford.

»Wer bezahlt Kite, wenn er ja sagt?« fragte Partain.

»Ich«, sagte der General.

»Hat Kite eine Lizenz für Kalifornien?«

»Nicht daß ich wüßte.«

»Was, wenn er ablehnt?«

»Dann sollten wir erleichtert sein«, sagte der General.

»Und wenn er annimmt?«

»Dann«, sagte Winfield, »beginnen wir mit einer Neueinschätzung von Emory Kite.«

Ein langes Schweigen begann, das durch eine Frage von Altford an den General beendet wurde. »Du magst ihn nicht besonders, deinen Mr. Kite, oder?«

»Ist das so offensichtlich?«

Sie nickte. »Vielleicht solltest du morgen eine Verkleidung tragen.«

»Eine Verkleidung?«

»Du weißt schon«, sagte sie, »ein Lächeln.«

22. Kapitel

Es war fast Mitternacht, als Partain den gemieteten Taurus vor dem Eden anhielt und Tom sah, den Türhüter von der Tagschicht, der mit einem uniformierten Polizisten redete. Tom entschuldigte sich und kam vorn um den Wagen geeilt, als Partain die Tür öffnete und ausstieg.

Statt »Hallo« oder »Guten Abend« zu sagen, sagte Tom: »Die sagen, ihr wart da, als es passiert ist – Sie und Jessica.«

»Stimmt.«

»Jack war ein prima Kerl«, sagte Tom, zögerte zwei Sekunden und fragte dann: »Einen Taurus haben Sie gemietet, was? Wie finden Sie den?«

»Ganz nett«, sagte Partain; er gab ihm die Schlüssel. »Haben Sie Jack gut gekannt?«

»Was ich den Cops schon gesagt hab. Wir waren nicht grad Busenfreunde, sind aber gut ausgekommen. Er hatt es mit der Schauspielerei. Ich hab's mit dem Surfen. Ich arbeite am Tag. Er hat nachts gearbeitet. Auf die Weise hatte er genug Zeit fürs Vorsprechen und Auftritte, bloß daß er von beidem nicht viel gekriegt hat. Die Cops haben gefragt, wieso ich weiß, wie viele Jobs er da gekriegt hat, da hab ich die gefragt, wie viele ausgebuchte Schauspieler wohl als Hobby Nachtwächter spielen?«

»Habt ihr schon mal getauscht?« sagte Partain.

»Ja. Hin und wieder – meistens, wenn Jack wo eingeladen war, Privatvorführung oder so, wo er nasereiben und arschkriechen konnte bei Leuten, die was für ihn hätten tun können. Oder wenn's besonders hohe Flut zum Surfen gab, da haben wir auch getauscht. Jack war da richtig in Ordnung.«

»Hat Jack sich für Politik interessiert?«

»Wieso?«

»Na ja, er und Ms. Altford schienen doch gut auszukommen. Und wenn die das als gemeinsames Interesse gehabt hätten, dachte ich, Jack hätte vielleicht mit Ihnen getauscht – sagen wir, am Wahlabend, damit er zu Hause bleiben und die Ergebnisse kucken konnte.«

Die Frage klang zwar für Partain lahm, aber Tom schien sie nicht zu stören. »Sie meinen im November?«

Partain nickte.

»Was für ein Tag?«

»Der dritte.«

»Ich mein, was für ein Wochentag?«

»Meistens ist das an einem Dienstag.«

»Nee. Das würd ich wissen. Wenn wir getauscht hätten. Ich geh nicht oft wählen, und Jack hat gesagt, er stimmt für Perot. Ich frag, wieso, und er sagt, das wär ne Stimme gegen Festlegung auf Rollenklischees.« Tom runzelte die Stirn, offenbar ratlos, dann lächelte er. »Jetzt kapier ich's. Sie wollen wissen, ob Jack und ich an bestimmten Tagen immer getauscht haben. Und wenn heut einer von den Tagen wär, und wir hätten's uns anders überlegt, dann hätt ich statt Jack der sein sollen, der umgenietet wird.« Er runzelte wieder die Stirn, noch ratloser als zuvor. »Aber wer zum Teufel soll mich erschießen wollen?«

»Oder Jack?« sagte Partain.

»Ja. Den auch.«

Selbst nachdem Tom für Partain gebürgt hatte, verlangte der uniformierte Polizist einen Ausweis, verglich den in Wyoming ausgestellten Führerschein mit einer Namensliste, nickte dann und ließ Partain die Schließkarte benutzen, um ins Eden zu gelangen.

Er schloß Nr. 1540 auf; Jessica Carver wartete in der Diele. »Haben Sie sie gefunden?« fragte sie.

Er nickte. »Ich bin von Morton's bis zur Klinik hinter

ihnen hergefahren. Ihre Mutter wußte nicht, daß ich es bin, hat versucht, mich abzuhängen, und es fast geschafft.«

»Wie hat sie's aufgenommen?«

»Sie war Ihretwegen besorgter als wegen Jack.«

»Das ist nett von ihr«, sagte sie, musterte ihn einen Moment oder zwei, fragte dann: »Einen Drink?«

Wieder nickte Partain. »Sehr gern.«

Von der anderen Seite der Wohnzimmerbar stellte Jessica Carver eine großzügige Portion Scotch mit Eis vor Partain und fragte: »Wo ist der General?«

»Noch immer in der Klinik.«

Sie schaute auf ihre Uhr, sah, daß es fast Mitternacht war, und sagte: »Das heißt, er bleibt über Nacht da. Das passiert vier- oder fünfmal im Jahr, hier oder in Washington. Muß eine der dauerhaftesten Verbindungen von Küste zu Küste sein, die es je gab.«

»Ich nehme an, das war auch so, während beide mit anderen verheiratet waren.«

»Klar. Warum nicht?«

»Meinen Segen haben sie«, sagte er und nippte an seinem Whisky.

»Waren Sie je verheiratet?« sagte sie, nachdem sie von ihrem Glas getrunken hatte.

»Einmal. Fünfzehn Monate lang.«

»Was ist passiert?«

»Sie ist verschwunden.«

»Sie meinen, gegangen.«

»Nein. Sie ist einfach – verschwunden.«

»Wo?«

»San Salvador.«

Sie wartete auf die Fortsetzung, aber als er schwieg, schlug sie mit der flachen Hand auf die Bar und sagte sehr laut: »Partain, aufwachen!«

Er starrte sie an. »Ich bin wach.«

»Sind Sie sicher, daß Sie keine Anfälle von Dösen mit offenen Augen haben? Oder ist das einfach zu – zu schmerzlich, um darüber zu reden? Wenn Sie mit etwas anfangen, bringen Sie's zu Ende. Auch wenn es die traurigste aller traurigen Geschichten ist.«

»Sie sind neugierig«, sagte er; er klang überrascht.

»Wie scharfsinnig von Ihnen.«

»Warum?«

»Sie meinen, warum ich neugierig bin? Weil ich normal bin; und ich habe viel übrig für Anfang, Mitte und Ende. Mit dem Anfang, das haben Sie ganz gut hingekriegt. ›Sie ist einfach – verschwunden.‹ Warum machen Sie da nicht einfach . . .«

Er unterbrach sie. »Sie können gut imitieren, nicht wahr? Meine Intonation und die Pause haben Sie voll getroffen. Sogar meinen platten kalifornischen Akzent. Okay. Der Rest der Story. Sie war aus Salvador und elf Jahre jünger als ich. Wir haben in San Salvador gewohnt. Eines Morgens ist sie losgezogen, um Briefpapier zu kaufen. Sie mochte diese dicke, sahnige Sorte, die schwer zu kriegen war. Sie hatte gehört, in einem kleinen Laden in der Nähe gäbe es so was. Sie ist genau zweiundvierzig Meter unsere Straße langgegangen, bis ein schwarzer SEL vierhundertfünfzig Baujahr neunundachtzig neben ihr hielt; drei Männer sind ausgestiegen. Vielleicht hatten sie Masken auf, vielleicht nicht. Die Zeugenaussagen widersprechen sich. Sie haben sie auf den Rücksitz gezerrt. Der Fahrer ist hinterm Steuer geblieben. Der Wagen ist losgefahren, und sie ist verschwunden.«

Jessica Carvers Augen waren so weit aufgerissen wie nur möglich; brüsk schüttelte sie den Kopf, als wolle sie das Bild der Entführung loswerden. »Das ist furchtbar«, sagte sie. »Mein Gott, ist das furchtbar.«

Partain nickte.

»Haben Sie je eine Spur . . .«

»Keine Spur«, sagte er. »Keine Leiche. Nichts.«

»Irgendeine Chance, daß sie noch . . .« Carver las die Antwort in Partains Miene und sagte: »Nein. Wahrscheinlich nicht. Was ist mit den vier . . .«

Wieder ließ er sie nicht ausreden. »Sie wurden nie identifiziert. Offenbar war es eine politisch motivierte Entführung, aber sie hatte überhaupt nichts mit Politik am Hut. Das einzige politische Verbrechen, das sie je begangen hat, war, mich zu heiraten. Wenn sie zur Rechten oder zur Linken gehört hätte, hätte vielleicht jemand was unternommen. Vergeltung, wenn nichts anderes, oder sogar die Kidnapper aufgetrieben. Aber die Unpolitischen haben kein Hauptquartier, keinen Chef, keine Kader, kein Geld, keinen Einfluß. Also hat niemand etwas unternommen.«

»Was haben Sie gemacht?« fragte sie.

»Eine Belohnung ausgesetzt. Ich habe dreitausend Plakate drucken lassen. Kinder bezahlt, um die überall anzubringen. Dann mußte ich aufgeben.«

»Warum?«

»Weil sie genau neunzehn Tage, bevor ich den Colonel zusammengeschlagen habe, verschwunden ist.«

»Meinen Sie, er . . .«

Wieder ließ Partain sie nicht ausreden. »Nein, glaub ich nicht. Wenn ich das geglaubt hätte, wäre er nicht General geworden.«

Das leise Geräusch weckte Partain. Es dauerte nur ein paar Sekunden, gerade lang genug, daß er es als Ledersohlen und -absätze auf dem schwarzweißen Marmorboden der Diele identifizieren konnte. Der General, dachte er und schaute auf seine Uhr – schielte, genauer, wegen etwas, was er als mittelgroßen Kater diagnostizierte. Es war 5.22 Uhr; er nahm an, daß der General um 5 Uhr die Klinik verlassen und es dank des geringen Verkehrs in weniger als zwanzig Minuten zum Eden geschafft hatte.

Noch ein Geräusch. Es war ein langer Seufzer; Partain drehte sich um und sah die schlafende Jessica Carver an. Nach ihrem zweiten Drink war sie um die Bar herumgekommen, um sich neben ihn auf einen Hocker zu setzen. Etwa einen Drink später hatte er sie geküßt, und sie hatte zurückgeküßt, und sie waren eine Weile dort geblieben und hatten alles getan, was ein paar allzu erfahrene Teenager getan haben könnten, bis sie in stiller Übereinkunft von den Barhockern glitten und ins nächste Schlafzimmer gingen, zufällig seines. Dort hatten sie einander aus den Kleidern geschält, über ein Kondom gekichert und waren ins Bett gefallen.

Sie war erfahren, einfallsreich und eifrig. Er war erfahren, einfallsreich und übereifrig. Das war beim ersten Mal. Beim zweiten Mal war es gewesen wie Sex zwischen vertrauten Partnern, die einander zu lange nicht gesehen hatten. Nichts war schiefgegangen. Jedenfalls nichts, an das er sich erinnern könnte.

Er hörte noch ein Geräusch, diesmal aus der Küche. Es war das eindeutige, wenn auch schwache Klirren einer Porzellantasse, die auf eine Untertasse gestellt wurde. Partain stand auf, zog die Hose und den alten Plaidrock an und ging barfuß in die Küche, wo er General Winfield vorfand, in Hose, Hemd und Socken. Der General hatte schon Wasser in die Braun-Kaffeemaschine gefüllt und eine Suchaktion nach dem Kaffee gestartet.

»Den hat sie hier unten«, sagte Partain; er kniete nieder und öffnete ein Schränkchen unter der Spüle.

»Welch wundersam unlogischer Platz«, sagte der General; er nahm die Kaffeebüchse entgegen. »Habe ich Sie geweckt?«

»Sie haben mich verlockt«, sagte Partain; er stand auf. »Der Klang von Tasse und Untertasse bedeutet Kaffee.«

Der General musterte ihn einen Moment. »Angenehme Nacht?«

»Ich kann nicht klagen. Und Sie?«

»Ich kann überhaupt nicht klagen«, sagte der General; dabei löffelte er Kaffee in die Maschine.

23. Kapitel

Es war der Safeway auf der Wisconsin Avenue in Georgetown, und nachdem er zweiundvierzig Minuten gewartet hatte, wurde Colonel Ralph Millwed belohnt durch den Anblick des grauen, sechs Jahre alten Volvo Kombi, der auf den Parkplatz fuhr und nur eine Reihe vor ihm und vier Wagen weiter links stehenblieb.

Die Fahrerin blieb etwa eine Minute im Volvo sitzen, bevor sie langsam ausstieg, als wäre sie steif oder müde, und zum Eingang des Safeway ging. Sie trug einen Jeansrock, ein weißes Herrenhemd und schwarze Stiefel mit Klettverschluß, die etwa die halbe Wade bedeckten. Der rechte Stiefel hatte sogar eine kleine Tasche mit Druckknopf für ein Messer. Gegen die Kälte trug sie einen offenbar alten, zweireihigen marineblauen Mantel, der sechs Elfenbeinknöpfe gehabt haben würde, wenn nicht einer gefehlt hätte. Sie trug den Mantel über den Schultern wie ein Cape.

Shawnee Viar Lewis, einziges Kind eines CIA-Pensionärs und Witwe eines Aids-Opfers, hatte den halben Weg zum Eingang des Supermarkts zurückgelegt, als sie sich umdrehte, wieder zum Volvo ging und ihn abschloß. Der Colonel wartete, bis sie wirklich im Safeway war; dann stieg er aus seinem gemieteten schwarzen Mustang Kabrio.

Millwed trug, was er immer als Standardfreizeitkleidung angesehen hatte: eine Tweedjacke, weißes Hemd ohne Krawatte, ärmellosen schwarzen Kaschmirpullover und Twillhose von jener eigenartigen Farbe, die man früher einmal *officer's pink* genannt hatte. Die Füße steckten in schwarzen Kaschmirsocken und alten, aber gepflegten braunen Slippern.

Sie trafen sich bei den Tiefkühlpizzas. Ihr Einkaufswagen enthielt Milch, eine Stange Pall Mall, Brot, Butter, Eier, Bacon, Salatzutaten und ein Zwillingspaar Idaho-Kartoffeln. Der Wagen des Colonels enthielt viel gesündere Kost: entrahmte Milch, Broccoli, dreierlei Obst, Haferflocken und Brathuhn.

Shawnee Viar las gerade die Aufschrift auf einer 30-cm-Peperonipizza, als der Colonel sagte: »Es geht mich zwar nichts an, aber wenn Sie schon so ein Zeug essen, sollten Sie wenigstens das beste nehmen. Hier.«

Er reichte ihr eine Pizza, die mit dem Namen von Wolfgang Puck versehen war, einem Westküsten-Gastronomen, der sehr geschickt nicht nur seine Tiefkühlpizzas, sondern auch sich selbst vermarktete. Shawnee Viar legte die Peperonipizza zurück, nahm die vom Colonel gereichte an, musterte sie zweifelnd und sagte: »Was ist daran so toll?«

»Die schmeckt fast wie echte Pizza.«

»Na ja, näher komm ich sowieso nie an was Echtes ran«, sagte sie, ließ die Puck-Pizza in ihren Wagen fallen, warf einen schnellen Blick auf seinen, schaute auf und sagte: »Was machen Sie, wenn Sie einen Anfall von Freßlust kriegen?«

»Trink ich ein bißchen Gin oder Whisky.«

»Sie sind also kein Purist?«

»Purismus ist ziemlich langweilig.«

Sie lächelte knapp. »Sie versuchen mich aufzureißen, oder?«

»Ich will Sie zu einem Drink einladen.«

»Wo?«

»Kennen Sie The Last Call draußen auf der Wisconsin?«

»Fast in Bethesda?«

Er nickte.

»Haben Sie Angst, man könnte uns sehen?«

Der Colonel hob die Schultern. »Ich weiß nicht, wie eng Ihr Mann so was sieht.«

»Der ist tot. Was ist mit Ihrer Frau?«

»Wie ich neulich hörte, wohnt sie noch immer in Tulsa.«

Nach zwei Drinks im Last Call fuhren sie in ihrem Wagen zum Sunrise Motel in Rockville, Maryland, wo der Colonel sie als Mr. und Mrs. F. Pierce eintrug und dem Mann am Empfang 200 $ statt einer Kreditkarte gab. Er erfand auch ein Nummernschild für den Mustang, eine Adresse (741 N. Locust Street), eine Stadt (Mt. Morrison, Iowa) und nahm seinen Geburtstag als Postleitzahl: 71154. Der Angestellte warf kaum einen Blick darauf.

Das Motelzimmer war weder größer noch kleiner, sauberer noch schmutziger als die meisten. Es gab ein Bad mit eingelassener Plastikwanne und Dusche. Das Bett war mittelgroß. Ein Schild auf dem großen neuen Sony-Fernseher bot freie Kabelauswahl an, mit der Warnung, daß der Kanal für scharfe Sachen 8 $ kostete.

Shawnee Viar saß auf dem Stuhl, der zum kniefreien Schreibtisch gehörte, als der Colonel mit zwei Büchsen 7-Up light und einem Eisbehälter zurückkam. Er stellte alles auf den Tisch neben eine Flasche Absolut Wodka. Er mixte zwei Drinks und gab ihr einen; sie kostete, blickte zu ihm hoch und sagte: »Das ist fast wie eine richtige Verabredung, oder?«

»Warum fast?«

»Na ja, Verabredungen gibt es normalerweise zwischen Leuten, die sich kennen.«

»Du meinst ein Rendezvous.«

»Ja? Ich dachte, das wäre dasselbe.« Sie trank mehr Wodka, inspizierte das Zimmer, blickte dann wieder hoch zum Colonel. »Was machen wir jetzt – ausziehen und in die Federn hüpfen?«

»Wenn das das ist, was du willst. Ich dachte aber, du möchtest vielleicht zuerst ein bißchen reden und sichergehen, daß du es nicht mit einem Irren zu tun hast.«

»Ich hab nichts gegen Irre.«

»Kennst du viele?«

»Also, ich bin wieder zu meinem Vater gezogen, und auf

einer Irrenskala von eins bis zehn würde er eine Neun kriegen. Vielleicht sogar zehn. Mein Mann war bloß bei vier, manchmal auch nur drei, und ich, tja, ich bin vielleicht eine Zehn. An manchen Tagen sogar zehn plus.«

»Was ist an dir so verdreht?«

»Die Tatsache, daß ich hier sitze und deinen Schnaps trinke, dabei ist es noch nicht mal Mittag. Für mich ist das ziemlich verdreht. Und die Tatsache, daß ich in zehn oder fünfzehn Minuten wahrscheinlich meine Kleider runterreiße, ins Bett springe und mit ein bißchen Glück Dinge tue, die ich nie mit meinem Mann getan hab, der geglaubt hat, es gibt ein Gesetz, nach dem man nur samstag abends ficken darf – wenn überhaupt.«

»Wann ist dein Mann gestorben?«

Shawnee Viar schaute hinab in ihren Drink, überlegte einen Moment, blickte wieder zu ihm hoch und sagte: »Morgen ist es ein Jahr und drei Wochen her.«

»Und jetzt wohnst du bei deinem Vater.«

Sie nickte.

»In Georgetown?«

»Kann sein, aber ich geb dir weder Name noch Adresse noch meine Telefonnummer, bis ich weiß, ob du wahnsinnig bist oder nicht.«

»Dann laß es uns rauskriegen«, sagte er, ging zu ihr, stellte seinen Drink auf den Schreibtisch, tat das gleiche mit ihrem, zog sie sanft hoch und begann, ihr weißes Herrenhemd aufzuknöpfen.

»Soll ich die Stiefel anlassen?« fragte sie.

Er blickte hinab auf ihre schweren schwarzen Lederstiefel mit den ausgebeulten Spitzen. »Klar doch«, sagte er. »Vielleicht machen sie das, was wir vorhaben, ein bißchen schräger.«

Als 36 Minuten später der Sex beendet war, lag Shawnee Viar auf dem Bett, nackt bis auf die Stiefel. Colonel Millwed war auch nackt, abgesehen von einem Lakenzipfel, der seine Leistengegend bedeckte, nicht aus Schamhaftigkeit, sondern weil nach der letzten Variation das Gewirr von Laken, Decke und Tagesdecke so liegengeblieben war.

Als er wieder normal atmete, sagte der Colonel: »Du mußt ein paar Regale mit Sexhandbüchern auswendig gelernt haben.«

»Irgendwelche Beschwerden?«

»Keine. Du bist genau das, was du gesagt hast – eine erstklassige Wahnsinnige.«

»Ich hatte so ein komisches Gefühl«, sagte sie.

»Wann?«

»Dabei. Beim Ficken. Ich hatte das Gefühl, jemand beobachtet uns.«

»Manche Leute haben es gern, wenn man sie beobachtet – oder tun gern so, als ob sie beobachtet würden. Wie ist das bei dir?«

Sie schien darüber nachzudenken. »Ich glaube, es hat alles irgendwie schärfer gemacht.«

»Wenn jemand ein Band von uns gemacht hätte«, sagte der Colonel, »würdest du es gern sehen wollen?«

»Klar. Wer denn nicht?«

Millwed stand auf, ging zum Fernseher, drückte den EJECT-Knopf am eingebauten Recorder, ohne diesen anzuschalten, und ein Videoband glitt heraus. Shawnee Viar setzte sich auf. Er machte kehrt, gab ihr das Band und sagte: »Denk nur dran, es zuerst zurückzuspulen.«

Sie blickte hinunter auf das Band, dann hoch zu ihm. »Das ist aber nicht das Original, oder?«

»Nein, das ist nebenan«, sagte er; mit dem Daumen wies er über die Schulter zum Zimmer jenseits des Fernsehers. Dann hob er seine Jockeyshorts hoch, zog sie an, setzte sich auf einen Stuhl und langte nach seinen schwarzen Kaschmirsocken.

»Was willst du damit kaufen?« sagte sie; sie schwenkte die Kassette ein wenig.

»Eine lebende hausinterne Kamera auf deinen Vater, Hank Viar«, sagte er; er steckte die Füße in die Slipper. »Wir müssen wissen, wohin er geht, wann er geht, mit wem er redet – entweder persönlich oder per Telefon oder Fax.« Nun hatte der Colonel die Hose angezogen und knöpfte sein Hemd zu. »Wir hätten gern zwei Berichte täglich«, fuhr er fort, »einen mittags, einen um Mitternacht.«

»Sonst?« sagte sie. »Schickt ihr ihm sonst das Band?«

»Nicht ihm«, sagte er; dabei zog er den ärmellosen Pullover über den Kopf. »Es geht dann an seine Freunde und Feinde.«

»Damit man dein Gesicht und deinen Zwergenschwanz deutlich sehen kann?«

Der Colonel lächelte. »Elektronische Zauberei wird mein Gesicht weiß machen. Was meinen Schwanz angeht, der ist ganz normal. Keine Muttermale. Keine Tätowierungen. Einfach der gewöhnliche beschnittene Schwanz, wie von der Stange.«

»Wo soll ich anrufen?«

»Netter Versuch. Jemand ruft *dich* an.«

Sie musterte wieder die nicht gekennzeichnete Videokassette. Dabei sagte sie: »Ein vollständiger Bericht wird ungefähr so lauten: ›Der liebe alte Dad wachte um neun Uhr auf, traf keinen, sprach mit keinem und kippte sturzbesoffen um zwanzig vor zwölf abends um, nach den Nachrichten.‹ Bloß wird es keine Berichte geben.«

»Schön«, sagte der Colonel. »Dann gehen Kopien an seine drei Freunde und die Heerschar seiner Feinde – von denen sind noch immer eine Menge bei der Agency. Die werden sich einen kichern. Das Ding herumreichen. Die Tochter vom ollen Hank Viar, werden sie sagen, fickt und bläst den geheimnisvollen Fremden.«

»Das ist ihm egal.«

»Aber dir nicht.«

»Eigentlich doch«, sagte sie, legte die Kassette weg, zog das Laken aus dem Knäuel und drapierte es sich um die Schultern. Als es so saß, wie sie es haben wollte, blickte sie ihn wieder an und sagte: »Sie haben mich nicht viel über meinen Mann gefragt, oder, Colonel Millwed?«

Es gab jähe absolute Stille, von der Art, die nicht nur Geräusche, sondern auch Zeit und Bewegung beendet. Als er seinen Namen hörte, erstarrte Colonel Millwed – der rechte Arm war fast ganz im Ärmel der Tweedjacke. Dann setzten Zeit, Bewegung und Geräusche wieder ein, der Colonel steckte den linken Arm in den anderen Ärmel, zupfte am Revers seiner Jacke, knöpfte sie in der Mitte zu und widerstand der Versuchung, sich im Spiegel zu betrachten.

»Hank hat mit Ihnen über mich gesprochen«, sagte er. »Wahrscheinlich, wenn er besoffen war. Hat sogar ein paar Fotos gezeigt.«

»Nur ein Foto«, sagte sie. »Mit ihm und Ihnen und dem damaligen Colonel – heute General – Walker Hudson. Auf dem Bild war noch einer. Ein Major Partain. Edd-mit-zwei-ds Partain. Aus irgendeinem Grund hat mein Vater wegen Twodees Partain einige Gewissensbisse.«

»Glaub ich alles, außer den Gewissensbissen«, sagte er. »Nichts hat Hank Viar je Gewissensbisse bereitet, Partain schon gar nicht. Nicht einmal der Selbstmord seiner Frau. Ihrer Mutter.«

Sie starrte ihn weiter ausdruckslos an, bis er nickte und sagte: »Okay. Das ist ein Patt. Sie machen keine Berichte, und ich schicke keine Kopien rum.«

Immer noch sah sie ihn ausdruckslos an; das Angebot wurde weder abgelehnt noch angenommen.

»Sie haben mich heute früh erkannt, oder?« sagte er. »Von dem Foto.«

»Warum wäre ich sonst hier?«

Der Colonel blickte einen Moment unsicher, als ob er die Antwort lieber nicht wissen wollte. Er streckte die rechte Hand aus und bellte im schärfsten Kommandoton einen Befehl: »Her mit dem Scheißvideo.«

Sie schüttelte den Kopf. »Davon war nicht die Rede beim Deal.«

»Was für ein Deal?«

»Als ich Sie heute früh in dem blöden Kabrio gesehen habe, bin ich zurückgegangen, hab so getan, als ob ich meinen Wagen zuschließen müßte, und mich vergewissert, daß Sie es sind – einer der beiden Leute, vor denen mein Vater mich gewarnt hat. Als Sie dann bei den Tiefkühlpizzas aufgetaucht sind, ist mir dieser Deal einfach so in den Sinn gekommen.«

»Was für ein Scheißdeal, verdammt?«

»Wissen Sie, woran mein Mann gestorben ist, Colonel?«

»Ich hab was von Lungenentzündung gehört.«

Sie schüttelte den Kopf. »Aids. Und seit über einem Jahr laß ich mich nun jede Woche testen. Vorgestern kam das neueste Ergebnis, HIV-positiv, auch wenn ich noch keine Symptome habe.«

Er schüttelte den Kopf. »Das heißt nicht, daß Sie mich angesteckt haben.«

»Nein, aber unter gewissen Umständen könnte ich es für meine staatsbürgerliche Pflicht halten, all meine Sexpartner der letzten Zeit zu melden. Und das bedeutet – Sie. Nur Sie Prachtstück.«

Millwed starrte sie finster an, nickte dann wie zur Entlassung und ging zur Tür des Motelzimmers. Bevor er sie erreichte, wandte er sich um und sagte: »Zeigen Sie keinem das Band.«

»Nein – außer unter gewissen Umständen.«

»Die wird es nicht geben.« Er öffnete die Tür und war fort.

24. Kapitel

Emory Kites Glas mit Bourbon und Ginger Ale verhielt auf dem Weg zum Mund, als er sie zum Vorzugstisch im Le Dôme kommen sah. Ione Gamble ging voran, die Schauspielerin und Regisseurin. Es folgte in ihrem Kielwasser aus bewundernden Blicken – ein Teil davon galt auch ihm; er nahm sie mit dem charmanten, dusseligen Grinsen hin, das ihm half, sechs oder sieben Millionen Dollar pro Film zu verdienen – ihr Begleiter, Niles Brand.

»Jesses«, sagte Kite, »die kommen genau auf uns zu.«

»So ist es«, sagte General Winfield und erhob sich.

»General«, sagte die lächelnde Ione Gamble; sie bot ihm die linke Wange, die Winfields Lippen gezielt um einen Millimeter verfehlten. »Sie erinnern sich an Niles?«

»Aber ja«, sagte Winfield; er wandte sich um und schüttelte die Hand des Schauspielers. »Wir drei haben zusammengehockt – das heißt, eher gestanden, nicht wahr – bei Cuomos Grundsatzrede anno vierundachtzig.«

»In New York«, sagte Brand, für den Fall, daß Winfield sich nicht mehr an den Ort des damaligen Parteitags der Demokraten erinnerte. »Tolle Rede«, fuhr Niles Brand fort. »Eingewanderte Eltern. Erbärmlicher Bodensatz. Und so weiter.«

Nachdem er sie mit Edd Partain bekannt gemacht hatte, der sagte, es sei nett, sie kennenzulernen, stellte der General sie Emory Kite vor, der ihnen die Hände schüttelte, beide wie benommen anlächelte, aber kein Wort sagte.

Auf ihrem Weg aus dem Restaurant fragte Brand Gamble: »Warum zum Teufel wollte Millie Altford, daß wir einem stummen Zwerg die Hand schütteln?«

»Frag mich nicht.«

»Wie war ich?« sagte er, wie immer erpicht auf ihren Beifall.

»Erbärmlicher Bodensatz?« sagte sie. »Cuomo hat nichts über erbärmlichen Bodensatz gesagt.«

»Na ja, hätt er aber besser getan.«

Der General nahm die Forelle, Partain den Seebarsch und Emory Kite ein Filet Mignon, das er geräuschvoll verzehrte, wobei er detailliert Bericht erstattete über die sexuellen Missetaten diverser Schauspieler und Schauspielerinnen, von denen er in einer beeindruckenden Menge von Revolverblättern gelesen hatte. Als der letzte Bissen Steak gekaut und verschluckt war, wandte er sich an Partain und sagte: »Was ist mit dieser Schießerei, die Sie gesehen haben?«

»Jemand hat einen Türhüter vom Eden erschossen – Apartmentgebäude, Wilshire Boulevard.«

»Wann?«

»Gestern abend.«

»Freund von Ihnen?«

»Nein.«

»Was kümmert's Sie denn dann?«

»Ich arbeite für eine Frau, die im Gebäude wohnt.«

»Und?«

»Meine Klientin steht auf der Liste für einen Top-Job in der neuen Regierung. Vor ein paar Tagen, auch abends, hat jemand eine Leiche in der Auffahrt des Apartmentgebäudes abgeladen – die Leiche eines Mannes, mit dem ihre Tochter in Mexiko zusammengelebt hat. Was meine Klientin wissen möchte . . .«

Kite unterbrach. »Lassen Sie mich weitermachen. Sie will wissen, ob zwischen dem toten Türhüter und dem Typ, der mit ihrer Tochter gehaust hat, eine Verbindung besteht.«

»Eine *kompromittierende* Verbindung«, sagte General Winfield.

»Sie hat außerdem ein paar Drohungen erhalten«, sagte Partain.

»Was für Drohungen?«

»Gegen ihr Leben. Sie hat mich als Sicherheitsberater engagiert.«

»Klingt wie Leibwächter für mich«, sagte Kite.

»Ich bin zuständig dafür, sie zu beraten, welche Sicherheitsvorkehrungen sie treffen sollte.«

»Wenn aber einer zum Schießen vorbeikommt, während Sie ihr gerade all diese tollen Ratschläge geben, muß er erst mal an Ihnen vorbei, oder?«

Partain nickte.

»Dann sind Sie Leibwächter«, sagte Kite. »Kein Grund, sich deswegen zu schämen. Das ist doch genau das, was auch der Secret Service macht. Fragen Sie die Jungs mal, was sie machen; die sagen Ihnen, es ist ihr Job, den Präsidenten zu beschützen. Ich meine die Jungs, die zum Weißen Haus abgestellt sind.«

»Ich will Ihnen sagen, was ich von Ihnen will«, sagte Partain.

»Tun Sie das.«

»Ich weiß nichts über den Türhüter, der erschossen wurde.«

»Was ist mit dem anderen Typ, dem, der in Mexiko ihre Tochter gebumst hat?«

»Über den weiß ich was, aber nicht über den Türhüter.«

»Hoffentlich wissen Sie wenigstens seinen Namen.«

»Er hat gesagt, er heißt Jack. Nennen wir ihn im Moment mal so. Alles, was ich über Jack weiß, ist, daß er Türhüter und ziemlich erfolgloser Schauspieler war. Ich weiß nichts über seine Freunde, die Familie oder die Leute, denen er Geld schuldete.«

»Wieso meinen Sie, er hat wem was geschuldet?«

»Tun wir doch alle.«

»Also, was Sie wollen, ist ein Hintergrundcheck von A bis Z über Jack den Türhüter und Schauspieler.«

Partain nickte.

»Warum kommen Sie zu mir?«

»Weil ich Sie empfohlen habe«, sagte General Winfield.

»Tja, ich weiß nicht«, sagte Kite. »Ich hab hier noch jede Menge andere Sachen zu erledigen. Außerdem brauchen solche Checks viel Zeit und kosten viel Geld.«

»Ich weiß nicht, wieviel Sie verlangen«, sagte Partain. »Aber ich weiß, wieviel Zeit man braucht. Zuerst checken Sie die Kreditwürdigkeit, falls er so was hat, bei TRW. Zweitens stellen Sie fest, ob er bei der hiesigen Polizei geführt wird. Drittens stellen Sie fest, ob das FBI was über ihn hat. Das sind drei Anrufe – wenn man sich auskennt. Eine Stunde Arbeit. Vielleicht zwei.«

»Bei Ihnen klingt das wahnsinnig einfach«, sagte Kite.

»Weil es einfach ist.«

Kite lehnte sich auf dem Stuhl zurück und musterte den Mann, der ihn anheuern wollte. »Sie haben so ne Scheiße schon mal selbst gemacht, oder?«

»Nicht genau so.«

»Wo?«

»Bei der Army.«

»CID?«

»Sagen wir einfach bei der Army und belassen es dabei.«

Kite nickte, eher zu sich selbst als zum General oder zum Ex-Major hin, und sagte: »Das kostet Sie dreitausend. Tausend vorab. Bar.«

»Wollen Sie es hier oder wenn wir draußen sind?«

Kite sah sich um, als ob er feststellen wollte, wer ihn beobachtete, dann hob er die Schultern. »Draußen ist okay. Wenn Sie gezahlt haben, fällt Ihnen ja vielleicht sogar Jacks Nachname ein.«

»Thomson«, sagte Partain. »Ohne ›p‹.«

25. Kapitel

Zuerst dachte sie, ihr Vater sei von zuviel Wodka bewußtlos geworden. Er war im Wohnzimmer des kleinen Georgetown-Hauses am Volta Place, ausgestreckt in dem Sessel, in dem er gern trank und schrieb, einem großen Ding aus Leder und Eiche mit breiten, flachen Armlehnen. Auf einer Lehne eine zu drei Vierteln leere Flasche Smirnoff, auf der anderen ein Päckchen Zigaretten, ein voller Aschenbecher und ein leeres Glas. Vor ihm, auf einem Couchtisch, stand seine alte schwarze Reiseschreibmaschine, eine Smith-Corona, mit einem Blatt weißer Bankpost.

Shawnee Viar schleppte den Beutel mit Lebensmitteln durchs Wohnzimmer, den Eßbereich und in die Küche, wo sie alles verstaute, außer der Stange Pall Mall, die sie mitnahm, als sie durchs Wohnzimmer zurück in die Diele ging. Dort zog sie den blauen Mantel, an dem ein Elfenbeinknopf fehlte, aus und hängte ihn an den regierungsamtlichen Mantelständer. Sie ging zurück ins Wohnzimmer, immer noch mit der Stange Pall Mall in der Hand, und schaute nach ihrem Vater. Da erst sah sie die Waffe auf dem Boden, neben Henry Viars herunterhängender rechter Hand.

Sie ließ die Stange Zigaretten fallen und preßte beide Hände auf den Mund, aber das lange, leise Ächzen entfloh ihr trotzdem.

Nach vier tiefen Atemzügen näherte sie sich widerstrebend, bis sie an seinem Hals nach dem Puls tasten konnte, sicher, daß es keinen mehr gab. Sie ertappte sich bei der Frage, wann sie einander zuletzt berührt hatten, keine Umarmungen oder Küsse, sondern einfach die Berührung einer Hand. Sie beschloß, es müsse mindestens zehn Jahre her sein, vielleicht sogar fünfzehn.

Die Waffe war eine halbautomatische Pistole und sah für sie aus wie die in der Schublade seines Nachttischs. Eine kleine Waffe, die ein Mann in der Gesäßtasche oder eine Frau in der Handtasche verstecken konnte. Sie kniete neben ihm und sah auf in sein Gesicht. Die Augen waren halb offen und starrten in seinen Schoß. Auch der Mund war halb geöffnet.

Sie sah, daß er sich nicht in den Kopf geschossen hatte; dann bemerkte sie das kleine schwarze Loch in seinem schwarzen Pullover. Es war fast in der Brustmitte, und sie schloß, daß er sich ins Herz geschossen haben mußte.

Noch immer kniend, drehte sie sich um und betrachtete das Blatt Bankpost in der Schreibmaschine. Nur eine einzige Zeile stand darauf. Sie las sie stumm, bewegte dazu die Lippen, stand dann auf, ging zum Telefon, suchte in einem roten Adreßbuch eine Nummer und wählte sie. Während es klingelte, schaute sie auf die Uhr und sah, daß es 16.52 Uhr war.

Beim zweiten Läuten meldete sich eine Männerstimme mit den vier letzten Ziffern, die sie gewählt hatte. Sie sagte: »Ich hätte gern General Winfield gesprochen. Hier ist Shawnee Viar.«

»General Winfield ist nicht in der Stadt, Ms. Viar. Ich bin Nick Patrokis. Vielleicht kann ich Ihnen helfen.«

»Ist General Winfield irgendwo telefonisch erreichbar?«

»Nein, tut mir leid. Aber der General und ich arbeiten eng zusammen, und ich bin sicher, er würde Wert darauf legen, daß ich versuche, Ihnen zu helfen.«

»Kennen Sie meinen Vater?«

»Wir sind uns nie begegnet, aber ich weiß, wer er ist«, sagte Patrokis. »Und ich weiß, der General kennt ihn seit Jahren.«

»Er ist tot. Mein Vater, meine ich.«

»Das tut mir sehr leid«, sagte Patrokis. »Wann hat er ... wann ist es passiert?«

»Ich weiß nicht. Ich bin eben erst gekommen. Er lag irgendwie zusammengesackt in einem Sessel im Wohnzimmer. Ich dachte, er schläft. Nein, stimmt nicht. Ich dachte, er wäre umgekippt. Er hat viel getrunken. Zu viel.«

»Ich verstehe.«

»Er hat sich umgebracht.«

»Wie?«

»Mit einer Pistole. Einer kleinen. Er hat sich in die Brust geschossen, ins Herz wahrscheinlich, und die Pistole liegt neben ihm auf dem Boden.«

»Nicht auf seinem Schoß?«

»Nein. Sie ist nicht auf seinem Schoß. Sollte sie?« Sie wartete Patrokis' Antwort nicht ab. »Er hat eine Notiz hinterlassen. Sie steckt noch in seiner Schreibmaschine.«

»Dann ist sie nicht unterschrieben, oder?«

»Nein, ist sie nicht.«

»Können Sie es von da, wo Sie sind, lesen?«

»Nein, aber ich weiß, was da steht. Nur eine Zeile. ›Schnauze voll? Probier's mit Selbstmord. Wie ich.‹«

»Haben Sie die Polizei gerufen?« fragte Patrokis.

»Noch nicht. Sollte ich aber wohl, oder? Aber deshalb wollte ich General Winfield sprechen. Sonst ist mir niemand eingefallen, dem es was ausmacht, ob er tot ist oder nicht. Der General war vor ein paar Tagen hier. Sie haben sich lange unterhalten, und, also, ich dachte, vielleicht könnte mir der General sagen, was ich jetzt machen soll.«

»Sie wohnen in Georgetown, ja?«

»Ja«, sagte sie und gab ihm die Adresse am Volta Place.

»Ich bin in einer Viertelstunde da.«

»Ich will Ihnen wirklich keine Mühe machen . . .«

»Das macht keine Mühe«, sagte Patrokis.

»Was ist mit der Polizei?« fragte sie.

Nach einer Pause von mehreren Sekunden sagte Patrokis: »Die ruf ich an, wenn ich da bin.«

26. Kapitel

Das Haus 3219 Volta Place in Georgetown war genau da, wo Nick Patrokis, gebürtiger Washingtoner, gedacht hatte – gegenüber der Stelle, wo das alte Zweite Polizeirevier gestanden hatte, ehe man es vor langer Zeit abgerissen hatte, um Platz zu schaffen für Häuser, die groß genug waren, um etliche Bundesrichter zu befriedigen, gelegentlich ein Kabinettsmitglied, den unvermeidlichen New Yorker Multimillionär und sogar, vor Jahren, die Schwiegermutter eines Präsidenten.

Patrokis (ohne Helm) fuhr seine elf Jahre alte Harley über den Kantstein aufs Trottoir, schaltete aus, nahm die Schutzbrille ab und stopfte sie in eine Tasche seiner Daunenjacke. Kurz nach 17 Uhr war es fast dunkel, ein Grad unter Null, und die Laternen waren eben eingeschaltet worden, was es Patrokis möglich machte, Nummer 3219 zu begutachten, ein kleines zweigeschossiges Backsteinhaus, blaßgelb gestrichen mit weißen Kanten. Es hockte auf einem sechs Meter breiten Grundstück, und er nahm an, daß es zwischen 1840 und 1870 gebaut worden war. Die Haustür war dunkelgrün lackiert.

Patrokis klingelte; Sekunden später öffnete sich die grüne Tür. Shawnee Viar trug noch immer Jeansrock, weißes Herrenhemd und Stiefel mit Klettverschluß. Sie blickte ihn stumm an, registrierte die schartige Narbe, das Kopftuch und den Ring im Ohr.

Sie sagte: »Gefällt mir, der Ring. Kommen Sie rein.«

In der Diele zog Patrokis seine Jacke aus, sah sich um, bemerkte den regierungsamtlichen Hutständer, und als Shawnee Viar nickte, hängte er die Jacke neben ihren alten blauen Mantel.

»Hier drinnen«, sagte sie, wandte sich um und ging voran ins Wohnzimmer. Patrokis folgte, blieb aber kaum zwei

Schritt im Zimmer stehen. Er sah sich sorgfältig um, ließ sich Zeit, registrierte den feuerlosen Kamin, das zusammengewürfelte Mobiliar, die vollgepfropften Bücherregale und zuletzt den Toten im alten Sessel aus Leder und Eiche mit den breiten hölzernen Armlehnen.

»Haben Sie was angefaßt?« sagte er.

»Ich hab ihn zum ersten Mal seit, ich weiß nicht, zehn Jahren angefaßt – oder fünfzehn? Ich hab am Hals nach dem Puls gefühlt. Es gab keinen.«

Patrokis ging langsam zu Henry Viars Leiche, starrte auf sie hinab und auf die Halbautomatik, die auf dem Boden lag, gleich neben der herabhängenden rechten Hand des Mannes. Dann wandte er sich ab und las die eine Zeile auf dem Blatt Bankpost in der Reiseschreibmaschine. Mit dem Rücken noch immer zu Shawnee Viar, fragte er: »War er versichert?«

»Ich nehm's an. Meine Mutter war's jedenfalls.«

Patrokis drehte sich um. »Ihre Mutter?«

»Ich hab sie gefunden, als sie sich erschossen hat. Aber das war oben im Schlafzimmer. Das ist, ich weiß nicht, ungefähr fünfundzwanzig Jahre her – neunzehnhundertachtundsechzig. Ich war zehn und grad aus der Schule nach Haus gekommen. Sie hat sich da reingeschossen.« Shawnee Viar tippte sich mit dem Zeigefinger an die rechte Schläfe. Sie drehte sich um, blickte zur Pistole auf dem Teppich, dann hoch zu Patrokis. »Ich glaube, die haben sogar dieselbe Waffe benutzt. Seltsam, was?«

»Ziemlich«, sagte Patrokis; er hockte sich nieder, um den Toten zu inspizieren. »Wär es Ihnen lieber, wenn's kein Selbstmord wäre, sondern jemand ihn erschossen hätte?«

»Hab ich die Wahl?«

»Vielleicht«, sagte er. »Wenn Leute sich so ins Herz schießen, haben sie fast immer beide Daumen am Abzug. Müssen sie nicht, aber die meisten tun's. Und wenn sie sich dann so erschossen haben, fällt die Waffe normalerweise in den Schoß oder zwischen den Knien auf den Boden.« Er machte eine Pause. »Außer, sie tragen Röcke.«

»Sind Sie Experte?« sagte sie. »So was wie ne Autorität?«

»Ich hab mal acht Mann untersucht, die sich ins Herz geschossen hatten, und zweiundzwanzig andere, die sich die Knarren in den Mund gesteckt hatten, die dreckige Variante.«

»Was waren Sie? Kriminaler?«

Er schüttelte den Kopf. »Bloß einer, der in Vietnam rumgeschickt wurde, um Selbstmorde zu untersuchen. War eine Art Strafdienst. Sechsunddreißig hab ich untersucht.«

»Zweiundzwanzig und acht sind dreißig«, sagte sie. »Nicht sechsunddreißig.«

»Die anderen sechs waren Morde«, sagte Patrokis und wandte sich ab, um die Notiz des Selbstmörders noch einmal zu lesen.

»Was hatten Sie angestellt, daß man Sie bestraft hat?« sagte sie.

Immer noch mit dem Rücken zu ihr, sagte er: »Ich habe versucht, mich umzubringen. Es sollte in die Schläfe gehen, wie bei Ihrer Mutter, aber jemand ist zur Tür reingekommen, hat gesehen, was ich machen wollte, und sein Zippo nach mir geschmissen.«

»Was ist passiert?«

»Ich hab trotzdem abgedrückt, hatte aber die Hand bewegt.« Er drehte sich um und berührte seine rechte Kopfseite, ein Stück über und hinter dem Ohr. »Die Kugel ist rein und wieder raus. Die haben mir eine Metallplatte eingesetzt.«

»Haben Sie's je wieder versucht?« sagte sie.

»Ich hab ein Gegenmittel gefunden.«

»Was?«

»Ich hab bei mir eine überwältigende Neugier darauf entdeckt, wie es weitergeht.« Er musterte sie einige Momente. »Denken Sie je an Selbstmord?«

»Nur wenn ich wach bin.«

Er nickte; dann fragte er: »Also, was soll Ihr Vater denn jetzt sein – Mordopfer oder Selbstmörder?«

Sie schloß die Augen, schwankte ein wenig, öffnete sie; das Schwanken endete. »Hab ich wirklich eine Wahl?«

Patrokis nickte wieder.

»Was ist einfacher?«

»Für Sie? Selbstmord.«

»Aber Sie meinen, jemand hat ihn umgebracht, oder?«

»Ja. Und wenn ich das meine, dann auch die Cops. Ich kann aber die Pistole mit einem Bleistift aufheben und auf seinen Schoß legen oder zwischen seinen Knien auf den Teppich fallen lassen, dann werden die Cops das wahrscheinlich Selbstmord nennen. Seine Fingerabdrücke sind bestimmt überall drauf, und andere werden die nicht finden – außer, Sie haben dran rumgefummelt.«

»Ich hab sie nicht angefaßt«, sagte sie.

»Wenn die feststellen, daß er bei der CIA war«, sagte Patrokis, »werden sie einen Höflichkeitsbesuch in Langley machen, und da wird man erleichtert sein, daß Henry Viar von eigener Hand gestorben ist, ohne fremde Nachhilfe. Ein ermordeter CIA-Mann, auch ein ehemaliger, läßt die immer gleich Gespenster sehen, Skandale, alte Rechnungen, Verrat und namenlose fremde Mächte. CIA-Selbstmorde dagegen hält man in der Regel für bedauerlich, aber sauber, logisch und passend.«

»Warum ist er umgebracht worden?« sagte sie.

»Ich weiß es nicht, aber wenn ich hier jetzt nicht dran drehe, könnten sich die Cops fragen, wieso keine Schmauchspur auf seiner rechten Hand ist und wieso die Waffe genau *da* liegt. Dann werden sie Ihnen einen Haufen Fragen stellen – wo Sie heute waren und wohin Sie gegangen sind und was Sie gemacht und wen Sie getroffen haben, während hier der arme alte Dad ermordet wurde. Wenn sie es für Selbstmord halten, fragen die das auch alles, hören aber bei Ihren Antworten nicht so genau hin.«

»Was werden die sonst noch wissen wollen, wenn sie es für Selbstmord halten?«

»Die werden fragen, ob er Geldsorgen hatte, Probleme mit der Gesundheit oder Enttäuschungen.«

»Das ist doch alles, was er hatte«, sagte sie.

Die nächste Frage kam so beiläufig, wie Patrokis sie nur klingen lassen konnte. »Glauben Sie, er hat sich umgebracht?«

»Nein.«

»Werden Sie das den Cops sagen?«

»Nein.«

»Dann ruf ich die jetzt wohl an«, sagte Patrokis und ging zum Telefon.

Der letzte Detective des Morddezernats der Metropolitan Police ging kurz nach 23 Uhr, und um 23.17 kam ein sehr subalterner CIA-Mann vorbei, um für die Agency zu kondolieren. Shawnee Viar hörte ihn in der Diele an, dankte ihm und schickte ihn wieder in die Nacht.

»Früher haben die die paarweise losgeschickt«, sagte Patrokis, als sie ins Wohnzimmer zurückkehrte, wo die einzige Spur ihres toten Vaters ein halbleeres Päckchen Pall Mall war. »Kondolenzteams. Einen Alten und einen Jungen. Ich glaube, so viele Alte haben die jetzt nicht mehr.«

»Haben Sie je für die gearbeitet?« sagte sie.

»Eigentlich nicht.«

»Entweder haben Sie, oder Sie haben nicht.«

»Ich hab hin und wieder was für sie erledigt. In Vietnam.«

»Was ist mit Mittelamerika?«

»Da war ich schon raus.«

»Raus aus was?«

»Sonderaufträge.«

Sie drehte sich um und ging zu einem kleinen Sekretär. »Ich

zeig Ihnen wohl besser was«, sagte sie, klappte den Deckel herunter und begann, Schubladen zu öffnen.

Patrokis wartete; dann sagte er: »Was wollen Sie mir zeigen?«

»Ein Bild von Dad und drei Typen in Mittelamerika. In El Salvador.« Sie durchsuchte die letzte Schublade, schloß sie, wandte sich um und sagte: »Gestern war es noch hier; am Abend davor hatte er es mir gezeigt. Jetzt ist es weg.«

»Wer war das – die drei Leute?«

Sie starrte ihn an, kaute auf der Unterlippe. »Einen davon kann ich Ihnen zeigen.«

»Wie?«

Statt zu antworten, ging sie zu ihrer großen Handtasche, nahm die Videokassette heraus, musterte sie kurz und sagte: »Ich muß zurückspulen.« Sie schaltete die Geräte ein, schob die Kassette in den Recorder und drückte REWIND. »Wollen Sie ein Bier oder so was?« fragte sie.

»Ich glaub nicht«, sagte Patrokis.

Sie saßen nebeneinander in den Sesseln und schwiegen, warteten auf das Ende des Rückspulens. Dann drückte sie PLAY auf der Fernbedienung. Auf dem Schirm erschien das Motelschlafzimmer in Großaufnahme. Es gab keinen Ton, und die Kamera bewegte sich nicht. Dann fielen Shawnee Viar und Colonel Ralph Millwed aufs Bett, nackt bis auf ihre Stiefel. Das zweiköpfige Publikum betrachtete schweigend das Band. Als es zu Ende war, schaltete sie per Fernbedienung ab, wandte sich dann Patrokis zu und fragte: »Kennen Sie ihn?«

»Colonel Ralph Waldo Millwed. Wer hat da wen aufgerissen?«

»Es war so was wie beiderseitige Wahl, bei den Tiefkühlpizzas im Georgetown-Safeway. Wisconsin. Er hat gemeint, ich wüßte nicht, wer er ist; wußte ich aber, von dem Foto, das Dad mir gezeigt hatte. Er wußte natürlich sehr genau, wer ich bin.«

»Was ist dabei rausgekommen?«

»Nach dem Sex? Er hat gedroht, eine Kopie nach Langley zu schicken; sein Gesicht würde irgendwie unkenntlich gemacht darauf.«

»Es sei denn, Sie machen was?«

»Jeden registrieren, den Hank trifft, anruft, dem er schreibt oder faxt, und zwei telefonische Berichte pro Tag – einen mittags, einen um Mitternacht.«

»Was haben Sie gesagt?«

»Ich hab ihn mit seinem Namen angeredet, ihm gesagt, daß mein Mann an Aids gestorben ist, was stimmt, und daß ich HIV-positiv bin, was nicht stimmt. Ich hab ihm gesagt, er soll Hank und mich in Ruhe lassen, sonst schick ich das Band der Army, mit einem Nachweis, daß ich HIV-positiv bin.«

Patrokis starrte sie lange an, ehe er sagte: »Sie haben Glück.«

Sie verzog das Gesicht. »Glück?«

»Daß Sie noch leben«, sagte er.

27. Kapitel

Am nächsten Morgen um 5.23 Uhr, wie nach Fahrplan, hörte Edd Partain aus der Küche das leise Klirren von Tasse gegen Untertasse. Wieder erhob er sich leise aus dem Bett der schlafenden Jessica Carver, zog Hose und Plaidrock an und ging barfuß in die Küche, wo die Braun-Kaffeemaschine blubberte und General Winfield schon zwei Tassen und Untertassen hingestellt hatte.

Sie murmelten ihre Morgengrüße und sahen stumm zu, wie die Maschine Kaffee in die Glaskanne träufelte. Als genug für zwei Tassen da war, füllte der General eine, reichte sie Partain, füllte dann die eigene. Sie setzten sich an den alten narbigen Frühstückstisch; bis nach den ersten paar Schluck redete keiner.

Der General sagte: »Patrokis hat mich gegen Mitternacht in der Klinik angerufen. Drei Uhr früh für ihn. Henry Viar ist tot. Die Polizei in Washington hält es für Selbstmord. Patrokis ist anderer Meinung – privat. Er meint, jemand hat Viar ins Herz geschossen, mit Henrys eigener Waffe. Zweiunddreißiger Halbautomatik.«

»Tut mir leid«, sagte Partain, verblüfft darüber, daß es ihm tatsächlich leid tat. »Wer hat ihn gefunden?«

»Seine Tochter. Shawnee.«

»Wann?«

»Gegen halb fünf nachmittags. Ostküstenzeit. Halb zwei hier. Sie muß ihn entdeckt haben, als wir mit Mr. Kite beim Essen waren.«

»Die Tochter wollte Sie bei VOMIT anrufen und hat statt dessen Nick erwischt?«

Der General nickte.

»Tja, Nick ist zweifellos Experte für Selbstmord.«

Der General nickte wieder, trank mehr Kaffee und sagte: »Henry hat eine kurze unsignierte Notiz in der Schreibmaschine hinterlassen. Sie lautet: ›Schnauze voll? Probier's mit Selbstmord. Wie ich.‹«

Partain schüttelte den Kopf. »Klingt nach jemand, der versucht, nach Viar zu klingen.«

»So ist es«, sagte der General; er stand auf, ging zur Kaffeemaschine, goß sich eine frische Tasse ein, füllte Partains nach, setzte sich wieder an den Tisch und sagte: »Da ist noch mehr. Es betrifft Shawnee Viar und Colonel Millwed.«

Partain schien etwas sagen zu wollen, entschied sich dagegen und lauschte vier Minuten lang stumm dem Bericht des Generals, einer präzisen, nüchternen Geschichte über Motel-Sex am Nachmittag, einschließlich einer Darstellung, wie Shawnee Viar eine Bandkopie bekam.

Als er fertig war, fragte Partain: »Ist sie vom Motel sofort nach Hause gefahren?«

»Ja.«

»Dann hätte Millwed nicht . . .«

»Nein.« Der General unterbrach. »Hätte er nicht. Patrokis nimmt an, wer auch immer die Kamera im Nebenzimmer des Motels bedient hat, dürfte Millwed zurück zu seinem Wagen gefahren haben. Den hatte der Colonel beim Last Call gelassen, sagt Shawnee. Das ist eine Bar fast in Bethesda. Kennen Sie sie?«

Partain schüttelte den Kopf. »So gut kenn ich mich in Washington nicht aus.«

»Patrokis sagt, bei der Entfernung wäre es Millwed nicht möglich gewesen, Viar umzubringen.«

»Warum zum Teufel sollte Millwed ihn umbringen wollen? Hank war vermutlich ihr Botenjunge, ihr Laufbursche, ihr Lügenlieferant auf Abruf. Wenn Millwed jemand hätte umbringen wollen, dann Shawnee Viar, um sein Band wiederzukriegen.«

»Patrokis glaubt, es war der, wer auch immer, der das Foto gestohlen hat.«

»Was für ein Foto?«

»Von Viar, Millwed, Colonel Walker Hudson und Ihnen. In El Salvador.«

»Was beweist denn ein Foto?«

Winfield seufzte. »Das habe ich Patrokis auch gefragt.«

Um acht Uhr früh klingelte das Telefon in Millicent Altfords Wohnzimmer. General Winfield, Jessica Carver und Partain waren sämtlich im Raum, jeder mit verschiedenen Teilen der ›Los Angeles Times‹ und der ›New York Times‹ versehen. Da Partain dem Telefon am nächsten war, meldete er sich mit einem »Hallo«.

»Hier ist Emory Kite«, sagte die tiefe, grollende Stimme. »Ich hab was über Jack, den toten Türhüter. Wollen Sie's am Telefon oder persönlich?«

»Wie bezahlen wir Sie per Telefon?«

Kite gluckste. »Sie werden schon bezahlen. Das ist mein Job. Leute zum Zahlen kriegen.«

»Wir hätten es gern persönlich.«

»Okay«, sagte Kite. »Wie wär's mit sofort?«

»Sofort ist in Ordnung«, sagte Partain.

Kite saß in einem Sessel, mit dem Glas Orangensaft, das er annahm, nachdem er Kaffee abgelehnt hatte. Partain und Jessica Carver saßen auf einer Couch, General Winfield in einem Sessel Emory Kite gegenüber.

Der kleinwüchsige Detektiv trank die Hälfte seines Orangensafts, stellte das Glas auf einen Tisch und wandte sich an General Winfield. »Ich weiß nicht, ob die Lady das alles hören darf.«

»Sie darf«, sagte der General.

»Na schön. Also: John Byford Thomson mit ohne ›p‹.

Geboren am einunddreißigsten Januar neunzehnhundertsechzig in Boulder, Colorado. Sohn von Mr. und Mrs. Richard Clark Thomson; er ist Versicherungsvertreter, sie Hausfrau. Ein jüngerer Bruder, eine ältere Schwester, beide verheiratet. Jack war zwei Jahre an der University of Colorado, Hauptfach Sprechen, was immer das ist, Nebenfach Spanisch. Abgebrochen für nen Job als Nachrichtensprecher im Radio, KOA, in Denver. Das war neunzehnhunderteinundachtzig. Gefeuert neunzehnhundertdreiundachtzig. OAG.«

»Was heißt OAG?« sagte Jessica Carver.

»Ohne Angabe von Gründen«, sagte Kite und fuhr fort in seinem Bericht ohne Notizen. »Angestellt bei Golden Assets, Inc., so n Hinterhofladen, der per Telefon Pennyaktien verkauft hat. Jack muß am Telefon ganz gut gewesen sein, war bei Golden Assets, bis die anderthalb Jahre später vom Staat dichtgemacht wurden. Thomson muß n bißchen was auf die Seite gebracht haben, er ist dann nämlich nach Mexiko gegangen, war vor allem in Guadalajara und hat sich da als selbständiger Touristikberater ausgegeben, was immer das ist, bis ihn anno neunundachtzig die Mexikaner rausgeschmissen haben. Neunzehnhundertneunzig ist er dann hier in L. A., tut sich mit ner Agentin zusammen, die ihm ein bißchen Arbeit als Schauspieler besorgt, meistens Zwei- oder Dreizeiler in Pilotsachen, Fernsehen, aus denen nie was geworden ist.

Sie besorgt ihm auch ein bißchen Radiowerbung und Sprechsachen in der Fernsehwerbung, aber nicht genug, um davon zu leben. Aber Jack wird Mitglied bei der Schauspielergewerkschaft und dann, neunzehnhundertneunzig, ein bißchen mehr als zwei Jahre her, fängt er hier als Nachtportier an. Hat nie ein Bankkonto oder Kreditkarten gehabt, war aber in der Credit Union der Schauspielergewerkschaft. Sein Lohn hier im Eden war vierzehnhundert pro Monat plus Trinkgeld.

Also, er fängt an, jeden Monat hundert, zweihundert, ein-

oder zweimal sogar dreihundert auf sein Credit-Union-Konto einzuzahlen. Ich nehm an, das sind seine Trinkgelder oder vielleicht Geld vom Radio. Die ganze Zeit lebt er in so nem schäbigen Einraumapartment Nähe Pico in West L.A. Fährt nen einundachtziger Honda Civic. Aber letztes Jahr, am fünften November, zahlt er fünftausend bar auf sein Credit-Union-Konto.

Jack hat keine feste Freundin, keinen Freund, auch nix von früher, trotzdem wird er vor zwei Tagen hier draußen vor dem Eingang erschossen. Dreißiger Kugel. Die Cops glauben, es war ne Art Jagdgewehr. Seine Leute in Boulder wollen, daß er verbrannt und die Asche an sie überführt wird. Ich glaub, das einzig richtig Interessante an Jack war seine Zeit in Guadalajara, aber das kostet Sie zwei fünfzig extra, weil, das ist das, was ich nem Privatcop da unten hab anweisen müssen, der Englisch kann. Interessant dabei ist, daß unser Freund Jack nicht bloß Reiseberater gemacht hat, sondern auch nen Sex-Service mit anschließender Erpressung der meist mittelalten Klientinnen. Wie sich die mexikanischen Cops ein paar Klagen von den Mädels angehört haben, sagen sie Jack, er soll mit dem nächsten Flieger verschwinden. Er nimmt den Bus, anstatt.«

Emory Kite hörte auf zu reden, sah sich im Zimmer um und sagte: »Fragen?«

»Was meinen die Cops hier in L.A.?« fragte Partain.

»Also, die ziehen mich nicht grade ins Vertrauen, aber einer, mit dem sie schon mal reden, hat mir für zweihundert gesagt, sie haben's so gut wie abgelegt als bloß noch so ne Schießerei im Vorbeifahren. Ziemlich dickes *drive-by* allerdings, von wegen Limousine und so.«

»Also nur eine weitere Leiche«, sagte der General.

»Was nicht heißt, daß die Mordjungs sich nicht drum kümmern«, sagte Kite. »Bloß steht's nicht grad ganz oben auf der Liste mit dringenden Sachen.«

»Was meinen Sie, Mr. Kite?« sagte Jessica Carver.

Er sah sie nachdenklich an. »Also, wenn ich da zu ermitteln hätte, würd ich versuchen rauszukriegen, wo die fünftausend in bar her sind. Ihr Freund Jack hat wie n Einsiedler gelebt – abgesehen vom Klinkenputzen wegen Schauspieljobs. Seinen Job hier scheint er gut erledigt zu haben. Keine Klagen vom Management. Hält sein Geld zusammen. Fährt ne olle Karre. Nix mit Dope. Trinkt nicht viel. Ins Kino geht er nachmittags, wenn's billiger ist. Gibt nicht viel für Klamotten aus, braucht man hier aber auch nicht. Jeans und ein sauberes T-Shirt, und schon ist man hier ja voll angezogen. Wo kommen also die fünftausend in bar her? So ungefähr das einzige, was mir dazu einfällt: Vielleicht hat er nen Porno gemacht.«

»Das hätte seiner Karriere nicht gutgetan«, sagte sie.

»Was für ne Karriere?« sagte Kite, leerte sein Saftglas, stand auf, sah den General an und sagte: »Sonst noch was?«

Winfield erhob sich, zog einen einfachen weißen Umschlag aus der Brusttasche, packte einen 50er und vier 100er dazu, ging zum Detektiv und reichte ihm alles. »Danke sehr, Mr. Kite. Sie waren sehr effektiv. Wir wissen das zu schätzen.«

»Freut mich, daß ich helfen konnte.«

Der General fragte: »Fliegen Sie jetzt zurück nach Washington?«

»Ich weiß noch nicht. Kommt drauf an, wie sich alles andere hier anläßt.« Er nickte Carver und Partain zu, drehte sich um, verließ das Zimmer und rief aus der Diele: »Bis demnächst in Washington, General.«

Nach Kites Abgang herrschte Schweigen, bis Jessica Carver sagte: »Vier Jahre in Guadalajara?«

»Wie lange ist dein Freund Dave Laney da runtergefahren?« sagte Partain.

»Fünf oder sechs Jahre.«

General Winfield seufzte. »Guadalajara ist eine sehr, sehr

große Stadt mit einer außerordentlich großen nordamerikanischen Kolonie. Es gibt keinerlei Beweis dafür, daß der Türhüter und dein Freund einander da jemals über den Weg gelaufen sind.«

»Läßt aber doch alles richtig nett aussehen, oder?« sagte sie. »Zuerst wird Dave hier tot in die Einfahrt gekippt. Dann, am nächsten Tag, wartet jemand in einem Lincoln auf der anderen Straßenseite und erledigt Jack. *Drive-by*-Schießerei – von wegen. Sieht eher aus wie ein Programm zur Beseitigung von Zeugen.«

»Zeugen für was, Jessica?« sagte der General.

»Für was zum Teufel auch immer hier abläuft«, sagte sie; dann wandte sie sich an Partain. »Für was zum Teufel auch immer Ma dich angeheuert hat.«

»Sie hat mich angeheuert, um für ihre Sicherheit zu sorgen.«

»Gegen was? Ich meine, wer bringt sie denn in Gefahr?«

»Ich weiß es nicht«, sagte Partain.

Sie starrten einander einen langen Moment an, dann drehte Partain sich um, verließ das Zimmer und ging in die Küche.

Jessica Carver wandte sich wieder dem General zu. »Ist er wirklich so gut, wie du und Millie anscheinend glauben?«

»Vielleicht ist er sogar noch besser«, sagte der General.

28. Kapitel

Als Partain Millicent Altfords Klinikzimmer betrat, saß sie in einem Sessel, trug einen blaugrauen Seidenanzug, hatte die langen Beine nach links angewinkelt und die Füße gekreuzt, die in schwarzen Wildlederpumps mit 5-cm-Absätzen steckten, passend zu ihrer Handtasche. Neben den Füßen stand ein abgeschabter Koffer aus schwarzem Leder mit Silberbeschlägen, der alt und teuer aussah.

Ehe Partain etwas sagen konnte, sagte sie: »Ich hab Sie vor fünf Minuten angerufen, aber Jessie sagte, Sie wären schon unterwegs.«

Er nickte zum Koffer. »Endgültiger Aufbruch?«

»Aufbruch nach Washington.«

»Warum?«

»Weil ich heute früh gegen halb acht einen Anruf gekriegt habe, vom Rechtsberater eines dreiköpfigen Unterausschusses des Repräsentantenhauses; die haben sich mit Wahlkampffinanzierung beschäftigt, mit besonderem Augenmerk auf größere Mengen Bargeld – meine Spezialität. Dieser Typ sagt, ich könnte jetzt unverbindlich plaudern oder demnächst unter Strafandrohung vorgeladen werden.«

»Ich dachte, Ihr Kandidat hätte gewonnen«, sagte Partain.

»Hat er auch, aber ein paar meiner Freunde im Kongreß nicht. Einer von ihnen war Vorsitzender in diesem Unterausschuß. Ein alter CIO-Linker, ursprünglich aus der Lagerarbeiter-Gewerkschaft, als er anno vierundfünfzig unter Eisenhower zum ersten Mal gewählt worden ist.«

»Lieber Himmel. Wie alt ist er denn?«

»Siebenundsiebzig. Er wollte aber eine allerletzte Periode. Na ja, wollen die alle, aber er hatte harte Konkurrenz bei den Vorwahlen. Ehemaliges Blumenkind, inzwischen Neuer

Demokrat und mittelalter Trottel. Deshalb hatte ich meinem alten Kumpel ein kleines Päckchen geschickt.«

»Wieviel ist ein kleines Päckchen?«

»Hunderttausend. Mein Typ hat um dreihundertsechsundzwanzig Stimmen verloren. Und raten Sie mal, wer Mitglied in diesem Unterausschuß für Wahlkampffinanzierung ist?«

»Der mittelalte Trottel«, sagte Partain. »Was will er denn – Rache?«

Sie hob die Schultern. »Das – oder vielleicht will er bloß ins Fernsehen. Ist der Wagen unten?«

»Soll ich Sie zum Flughafen fahren?«

Sie starrte ihn an. »Bißchen langsam heute früh, was? Schwere Nacht?« Ohne auf eine Antwort zu warten, stand sie auf und sagte: »Ich versuch's mit ganz kurzen Sätzen. Sie und ich fahren zum Flughafen. Da stellen wir den Wagen beim Langzeitparken ab. Zerbrechen Sie sich nicht den Kopf wegen der fünfzehn Dollar pro Tag, oder was die jetzt haben wollen. Dann besteigen wir ein Flugzeug. Bitte beachten Sie das ›wir‹. Wir fliegen dann nonstop bis Dulles, erster Klasse. Da mieten wir einen Wagen, fahren nach Washington und checken im Mayflower ein.«

»Ich hab nichts gepackt«, sagte Partain, nur um zu sehen, wie sie reagierte.

»Was wollen Sie denn packen? Sie haben einen netten blauen Anzug an, ein sauberes weißes Hemd und einen blaubraunen Schlips. Sie sehen ein bißchen aus nach Secret-Service-Mann, der sechs Kinder durchfüttern muß. Wenn wir in Washington sind, kaufen wir Ihnen einen Mantel und einen Anzug, der sitzt. Der da sieht ein paar Nummern zu klein aus.«

»Ich sollte wohl besser dem General Bescheid sagen«, sagte er.

»Nicht nötig«, sagte sie. »Er und Jessie fliegen heute abend nach Washington. Economy.«

Millicent Altford kam aus der Klinik, gefolgt von Partain, der ihren Koffer trug. Der Lexus Coupé war knapp links vom Eingang geparkt. Mit einem Druck auf den elektronischen Schlüssel schloß Partain beide Türen auf. Altford stieg auf der Beifahrerseite ein, die der Klinik zugewandt war. Partain ging vorn um den Wagen, öffnete die Fahrertür und betätigte den Knopf, der den Kofferraum entriegelte.

Er hatte den Kofferraum fast erreicht, als ein gelbes Taxi in die Auffahrt bog und bis auf Schrittempo abbremste. Partains Rücken war dem Taxi zugekehrt, als der Schalldämpfer der Halbautomatik aus dem heruntergelassenen hinteren Fenster lugte. Das Gerät hustete zweimal, fast entschuldigend, und zwei Kugeln schlugen in Partains Rücken, genau zwischen die Schulterblätter. Das Taxi sauste die gebogene Einfahrt hinab, bog nach rechts auf den Olympic Boulevard und raste nach Westen.

Partain ließ zuerst den Koffer los, fiel dann vornüber, auf Hände und Knie. Millicent Altford, die in den Rückspiegel schaute, sah ihn fallen. Sekunden später war sie aus dem Wagen und kniete neben ihm, aber inzwischen war er auf die Ellenbogen gesackt.

»Wie schlimm?« sagte sie.

»Treffer . . . zwei.«

»Ich hol einen Arzt.«

»Nein«, sagte er; langsam kam er wieder hoch auf Hände und Knie. Er holte tief Luft. »In Wyoming«, sagte er; dann hielt er inne, rang nach mehr Luft. »In Wyoming . . . hab ich . . . Waffen und Munition . . . verkauft.«

»Sie brauchen einen Arzt«, sagte sie.

Er holte wieder tief Luft und nutzte sie, um zu sagen: »Und kugelsichere Westen.«

Sie grinste plötzlich. »Sie tragen eine, was?«

Partain nickte nur.

Ihr Grinsen schwand. »Wo zum Teufel ist dann meine?«

In Century City bog das Taxi nach rechts in die Avenue of the Stars und tauchte ein paar Blocks weiter in einer Tiefgarage unter. Der Fahrer war der Mexikaner, der auch die Limousine gefahren hatte. Er sagte: »Diessmal astu getroffen.« Sein Akzent war noch genauso hart.

»Ich treffe immer«, sagte Emory Kite.

Der Mexikaner parkte das Taxi im dritten Untergeschoß auf einer offenbar permanent reservierten Fläche. Daneben stand die Lincoln-Limousine. Der Mexikaner stieg aus, öffnete die linke Hintertür für Kite, ging voraus um das Heck des Lincoln, schloß die hintere Beifahrertür der Limousine auf und öffnete sie. Als Kite einstieg, fragte der Fahrer: »Wohin, *jefe?*«

»Flughafen.«

»Welche Gesellschaft?«

»United.«

»Zurück nach Washington, eh?«

»New York«, log Kite.

Der mexikanische Fahrer öffnete seine Tür, stieg ein, schnallte sich an, startete den Motor, stellte dann eine weitere Frage. »Warum zum Teufel will bloß je wer nach New York?«

»Weil da die Knete sitzt«, sagte Emory Kite.

Der Lexus Coupé stand im zweiten Stock der Langzeitgarage gegenüber von United Airlines. Partain, leicht vorgebeugt, saß auf dem Beifahrersitz, nackt bis zur Hüfte. Jacke, Hemd, Schlips und Kevlar-Weste hielt er auf dem Schoß. Er untersuchte die beiden Löcher in der Jacke, steckte den kleinen Finger in beide. Aus dem aufklappbaren Becherhalter des Wagens nahm er die beiden .25er-Projektile, bemerkte die leicht abgestumpften Spitzen und steckte sie in seine rechte Hosentasche.

Partain hatte die Weste seit dem Tag nach der Ermordung des Türhüters Jack getragen. Der Hersteller nannte sie *Exec-*

utive Protector und erinnerte daran, daß sie nur Brust, Bauch, Rücken und Taille schützte, Kopf, Nacken und Kehle aber verwundbar blieben. Ebenfalls ungeschützt waren Leisten und Gesäß. Auch Kniescheiben waren entbehrlich.

Nur Jessica Carver wußte, daß Partain begonnen hatte, die Weste zu tragen. Als sie das erste Mal ins Bett gegangen waren, hatte sie kommentarlos zugesehen, wie er sie ablegte. Beim zweiten Mal hatte sie ihn aufgefordert, sie anzulassen.

Partain hörte die klackenden hohen Absätze zu seiner Rechten, drehte sich um und sah Millicent Altford zum Wagen kommen; sie trug eine große Plastiktüte. »Ihre neue Ausstattung«, sagte sie.

Partain zog das langärmelige graue Sweatshirt über den Kopf und die wieder befestigte *Executive-Protector*-Weste. Vorn auf dem Sweatshirt stand I LOVE L.A. Die Glyphe für LOVE war das übliche rote Herz. Das zweite Kleidungsstück, das sie ihm reichte, war eine blaugoldene UCLA-Trainingsjacke.

»Wahrscheinlich gab es nichts . . .«

»Schickeres?«

»Ich wollte sagen, weniger Peinliches.«

»Anziehen«, sagte sie. »Unser Flug wird gleich aufgerufen.«

Sie beobachtete ihn, als er die UCLA-Jacke anzog, und sagte: »Sie sind gut gebaut.«

Er ignorierte das Kompliment und fragte: »Was mach ich mit Hemd, Schlips und Jacke?«

»Ich kümmere mich darum«, sagte sie. Er gab sie ihr und sah bekümmert zu, wie sie alle drei in einen nahen Abfalleimer warf.

»Die Jacke hätte man stopfen können«, sagte er, als sie zurückkam.

»Ich hab Ihnen doch gesagt, in Washington kaufen wir

Ihnen neue Sachen. Einen schönen Burberry-Mantel. Ein paar Anzüge und ein paar Jacketts und Hosen bei Brooks Brothers oder Neiman.«

»Waren Sie in je nem J. C. Penney?«

»Seit zweiundvierzig Jahren nicht mehr«, sagte sie.

Sie waren fast die letzten Passagiere, die an Bord der 747 der United Airline kamen, und erhielten die beiden Vordersitze an der Backbordseite der Kabine erster Klasse. Altford sagte, sie hätte gern den Fensterplatz. Partain war es egal, wo er saß. Er hatte sich angeschnallt und blätterte in einem Magazin der Fluggesellschaft, als Altford seinen Ellenbogen anstieß und sagte: »Alter Bekannter?«

Partain schaute auf; Emory Kite stand im Gang und starrte mit aufgerissenen Augen und offenem Mund auf ihn herab. Dann klappte der Mund zu, und die Augen wurden Schlitze.

»Geht's Ihnen nicht gut?« fragte Partain, konnte aber keine echte Anteilnahme in den Tonfall legen.

»Fliegen«, sagte der kleine Mann. »Fliegen dreht mir immer den Magen rum.« Er drehte sich zu seinem Sitz, auf der anderen Seite des Gangs, wandte sich dann wieder um. »Washington, was?«

»Nur eine Nacht«, sagte Partain. »Dann geht's weiter, entweder Paris oder London.«

Kite nickte, ließ sich auf dem Fensterplatz nieder und schnallte sich automatisch an; dabei starrte er die ganze Zeit zu Partain hinüber, der es schließlich bemerkte und mit einem leichten Lächeln und hochgezogener Braue antwortete, als ob er sagen wollte: Okay, was denn noch?

»Ich war noch nie in Paris«, sagte Kite.

»Wird Ihnen gefallen«, sagte Partain und wandte sich wieder seinem Magazin zu.

Kite nickte verdrossen, lehnte sich in seinem Sitz zurück und schloß die Augen. Genau dahin fahr ich, wenn diese ganze Scheiße vorbei ist, beschloß er. Ich flieg nach Paris und hock mich in so ein Spitzenhotel, hau mir französischen Spitzenfraß rein und fick ein paar französische Spitzennutten. Er saß noch immer zurückgelehnt da, mit geschlossenen Augen und einem leichten Lächeln auf den Lippen, als die Stewardess fragte, ob er gern etwas zu trinken hätte.

»Champagner«, sagte Emory Kite; er öffnete die Augen. »Französischen Champagner.«

29. Kapitel

Offensichtlich war Millicent Altford im Mayflower-Hotel bekannt. Der Portier begrüßte sie namentlich und brachte eigenhändig ihren gemieteten Chrysler weg. Ein Direktionsassistent übernahm das Einchecken, bot ihr eine Zwei-Raum-Suite für den Preis eines Einzelzimmers an, außerdem einen besonderen Nachlaß für den Raum dessen, den er ihren »Begleiter« nannte.

»Mr. Partain ist mein Sicherheitsleiter«, sagte Altford in eisigem Ton, »und ich will sein Zimmer unmittelbar neben meinem haben.«

»Selbstverständlich, Mrs. Altford«, sagte der Direktionsassistent.

Weil Altford sagte, sie brauche eine Stunde für sich, und weil Partain nichts auszupacken hatte, inspizierte er zuerst ihre Zimmer, dann seins, wusch sich Gesicht und Hände, ging hinunter in die Lobby, wo er Zahnpasta kaufte, eine Zahnbürste, Rasiergerät, Klingen, Rasiercreme und, wie der Verkäufer schwor, geruchlose After-shave-Lotion.

Er drehte sich eben vom Verkaufsstand weg, als die Männerstimme hinter ihm sagte: »Für einen, der fremde Rücken hütet, Twodees, sind Sie verdammt leichtsinnig mit dem eigenen.«

Partain wandte sich um und sagte: »Noch nie von den barfüßigen Kindern des Schuhmachers gehört, Colonel?«

»Doch, aber jetzt, wo ich hier über Sie gestolpert bin . . .«

»Sie sind nicht über mich gestolpert.«

Colonel Ralph Waldo Millwed hob die Schultern und lächelte, wobei er viele seiner bemerkenswert ebenmäßigen, grauen Zähne zeigte. »Nennen wir es einen unerwarteten Zufall.«

»Zufälle sind immer unerwartet.«

»Dann kommen Sie, trinken wir was im T and C und diskutieren noch ein bißchen weiter.«

»Warum sollte ich das wollen?«

»Weil es da eine Möglichkeit, vielleicht sogar eine Wahrscheinlichkeit gibt, über die wir reden müssen.«

»Das letzte, worüber wir geredet haben, war, warum ich die Sonne nicht noch einmal in Sheridan untergehen sehen sollte.«

»Antike Geschichte, Twodees. Vergangene Zeiten. Kommen Sie.«

»Na schön«, sagte Partain. »Warum nicht?«

In der Town-and-Country-Bar des Mayflower setzten sie sich an einen Tisch, mit diskretem Abstand zu zwei mittelalten Lobbyisten, die eine sprunghafte Debatte darüber führten, ob sie heimgehen oder ein paar Huren anrufen sollten. Als die Drinks kamen – Wodka mit Eis für den Colonel, Bourbon mit Wasser für Partain –, beugte Millwed sich vor und stützte seine Tweed-Ellenbogen auf den kleinen, runden Tisch. »Ich will nicht lange drum herumreden, Twodees.«

»Klar machen Sie das. Aber ich trinke sowieso langsam, lassen Sie sich also ruhig Zeit.«

Der Colonel lehnte sich zurück, um Partain einer kühlen, versonnenen Inspektion zu unterziehen. Zu seiner braungrünen Tweedjacke trug Millwed diesmal eine schwarze Wildlederweste mit Messingknöpfen, ein blaßgelbes Hemd, grün-braun gestreifte Krawatte und braune Flanellhose. Er sah wohlhabend aus, geschniegelt und, für Partain, so tückisch wie immer.

»Ihre UCLA-Jacke gefällt mir«, sagte der Colonel.

»Nee, tut sie nicht.«

»Hat's Ihnen in L. A. gefallen?«

»Ich bin da geboren.«

»Ich dachte in Bakersfield.«

Partain hob die Schultern. »Ein Vorort.«

»Ihre Leute waren genauso arm wie meine, glaub ich.«

»Nicht wie Ihre, Ralph. Mein Vater war Lkw-Fahrer.«

»Meiner war Buchhalter.«

»Einen amtlich zugelassenen Wirtschaftsprüfer kann man wohl auch Buchhalter nennen.«

»Ich will Sie etwas fragen.«

»Kommt jetzt der Verkauf?«

»Jetzt kommt der Verkauf«, sagte Millwed. »Was würden Sie davon halten, wenn Sie eine saubere Akte kriegten, als Light-Colonel wieder in den aktiven Dienst kommen und dann ausscheiden mit der vollen Zwanzig-Jahres-Pension nach einem Jahr mit leichtem Dienst in, sagen wir, Fort Sam?«

»Da würde ich viel von halten.«

»Hab ich mir gedacht. Und als eine Art Bonus für Härtefälle gäbe es eine Viertelmillion auf einer Bank Ihrer Wahl irgendwo auf dem Globus.«

»Auch davon würde ich viel halten.«

»Das hab ich erwartet.«

Partain schaute auf seine Uhr. »Sie haben gesagt, Sie wollten nicht lange drum herumreden.«

Millwed spreizte die Finger, die Handflächen nach oben. »Ich habe mein Angebot gemacht.«

»Nicht ganz. Sie haben das *quid pro quo* vergessen – das, was ich dafür tun soll.«

Millwed brachte ein frisches Lächeln zustande, breiter und heiterer als das vorige. Er beugte sich zu Partain vor, lächelte immer noch und sagte: »Sie sollen dafür nichts tun, Twodees. Gar nichts.«

»Überhaupt nichts?«

»Nichts – nur Ihren Job aufgeben.«

»Das ist alles?«

»Das ist alles. Hängen Sie den Job an den Nagel, und legen

Sie sich irgendwo an einen Strand, einen Monat lang, bis der Papierkrieg erledigt ist. Dann zurück in den Dienst als Light-Colonel, das restliche Jahr abreiten, unten in Fort Sam, als PR-Mann fürs Poloteam oder so etwas, und dann ausscheiden mit Ihrer Pension plus der steuerfreien Viertelmillion.«

»Können Sie das alles arrangieren, Ralphie?«

Diesmal war das Lächeln des Colonels dünn. »Ein Zwei-Sterne-General kann es.«

»Wann müssen Sie Bescheid haben?«

»Vierundzwanzig Stunden.«

»Ich brauch achtundvierzig.«

»Wozu?«

»Ich muß mir fürs Aussteigen eine Ausrede ausdenken, die alle zufriedenstellt. Etwas, bei dem sie sich nicht zu viele Fragen stellen.«

»Sagen Sie ihnen die Wahrheit. Sagen Sie, man hat Ihnen angeboten, als Light-Colonel wieder einzutreten.«

Partain lächelte flüchtig. »Sie wollen wirklich, daß ich das General Winfield sage?«

Die Miene des Colonels wurde nachdenklich. »Tja, also, vielleicht doch besser nicht. Vielleicht denken Sie sich besser etwas ... Schmackhafteres aus.«

»Sie meinen, ich soll lügen?«

Millweds breites Lächeln erschien wieder. »Genau.«

Eine Stunde später saß Colonel Millwed im Wohnzimmer des kleinen, hundertjährigen Hauses an der Fourth Street, S.E., auf der zierlichen, aber bemerkenswert guterhaltenen viktorianischen Couch und hörte sich Emory Kites dritte und letzte Version des gescheiterten Mords an Edd Partain an.

»Nehmen Sie den Schalldämpfer, den ich verwendet hab«, sagte Kite gerade. »Die mach ich mir selber, wissen Sie, hier unten im Keller, und ich würd nie einen auf was Größeres als ne Fünfundzwanzig stecken. Nehmen Sie einen für ne Achtunddreißig, ne Neunmillimeter oder ne fünfundvierziger Halbautomatik, dann brauchen Sie fast ein Stativ, um das Ding halten zu können. Aber mit ner Fünfundzwanzig können Sie alles machen – verstecken, tragen, Sie haben Stille und Genauigkeit. Und mit Genauigkeit haben Sie auch Treffsicherheit. Und das war kein Schießen aus voller Fahrt. Manny bremst genau in dem Moment, wo Partain sich umdreht und einen Koffer in den Kofferraum legt. Ich hatte Zeit. Reichlich Zeit. Ich hab zweimal geschossen und ihn zweimal voll zwischen die Schulterblätter getroffen. Die Schüsse waren Killer, wenn ich überhaupt je welche gesehen hab.«

»Er muß Kevlar getragen haben«, sagte der Colonel zum dritten Mal.

»Also, woher zum Teufel hätte ich das wissen sollen?«

»Wäre ein Kopfschuß nicht fast genau so einfach und viel sicherer gewesen?« sagte der Colonel; er versuchte, Neugier in seinen Tonfall zu legen.

»Kopfschuß, was? Also, der menschliche Kopf hat vielleicht ein Viertel oder Fünftel des Umfangs vom Oberkörper – Hüfte bis Hals. Außerdem ist er, ich weiß nicht, zehnmal so hart. Ich hab mal einen gekannt, der wollte nen Kopfschuß anbringen, und der, den's treffen soll, bewegt den Kopf grad mal ne Haarbreite. Er ist getroffen worden, klar, aber sein Schädel ist so verdammt hart, daß die Kugel abprallt und seine Frau in den Mund trifft und sie umbringt, und sie war diejenige, die für den Job bezahlt hat.«

»Na ja, es war ein netter Versuch, Emory«, sagte der Colonel.

»Aber für nette Versuche gibt's kein Geld, wie?«

»Nee, gibt's nicht.«

»Was es für nette Versuche gibt«, sagte Kite, »ist ein Herzanfall. Ich steig in die Maschine und geh zu meinem Sitz da in der Ersten und freu mich auf ein paar Drinks und vielleicht ein halbwegs eßbares Essen und ein nettes langes Nickerchen, und wen seh ich? Den Scheißgeist von Twodees Partain, lebendig wie Sie und ich.«

»Erzählen Sie mir von dem Türhüter«, sagte der Colonel.

»Jack Thomson, mit ohne ›p‹. Also, Jack war kein Problem. Ich hatte ne richtig gute Knarre, von Manny geliehen, gute Schußweite und gutes Licht vom Gebäude. War ganz einfach. Fast geschenkt. Nebenbei war Partain bloß ein paar Schritt entfernt, den hätt ich auch kriegen können, aber ich dachte, das könnte alles versauen. Manny – kennen Sie Manny?«

»Wir sind uns nie begegnet, aber ich habe einmal mit ihm telefoniert.«

»Stimmt. Jedenfalls, wir fahren weg, mit dem Lincoln, und Manny sagt, ich hätt nicht getroffen. Hat gemeint, ich hätte Partain erwischen wollen und den Türhüter aus Versehen getroffen.«

Der Colonel nickte und sagte: »Ich muß noch etwas anderes wissen. Wie hat Manny sich um den Neffen des Generals gekümmert?«

»Also, vor allem müssen Sie wissen, Manny weiß nicht, daß Dave Laney der Neffe vom General war, weil Manny keine Ahnung hat, daß es nen General Hudson gibt.«

»Gut.«

»Ich red mit Ihnen und ruf dann Manny an und sag ihm, da gibt's so einen, der macht ein paar Freunden von mir Ärger. Wir einigen uns auf nen Preis. Dann treibt Manny Dave Laney auf und hängt sich an ihn, wie er in die Klinik geht. Laney verschwindet im Männerklo, und wie er rauskommt, hat er sich als Doktor verkleidet. Manny findet das interessant und folgt Laney in den Lift, steigt ein Stock unter dem aus, den Laney gedrückt hat, rennt die Treppe hoch, linst um ne Tür und sieht, wie Laney versucht, die Altford da in ihrem Privatzimmer zu ersticken. Aber Altford macht einen Heidenlärm, rollt sich vom Bett und fängt an zu kreischen, und Laney verpißt sich. Also folgt Manny ihm nach unten und aus der Klinik und sieht ihn den Olympic Boulevard raufwetzen, immer noch in den Arztklamotten. Manny und seine Jungs schnappen sich Dave und packen ihn in den Van. Drei halten ihn fest, Manny fährt, und noch ein anderer erstickt ihn – Dave, mein ich.«

»Wie?«

»Die stecken Dave ein T-Shirt ins Maul und halten ihm die Nase zu, daß er keine Luft mehr kriegt. Dave ist ziemlich bald hinüber. Dann fahren sie rüber zum Wilshire und kippen ihn in die Einfahrt vom Eden.«

»Warum da?«

»Die haben gemeint, das wär irgendwie witzig.«

»Witzig?«

»Ja. Dave ist erledigt, und sie fahren Wilshire lang, da sieht Manny die Altford und Partain aus dem Wagen steigen. Manny bremst, setzt zurück, die kippen Dave in die Einfahrt und zischen ab. Wer weiß schon, was Mexikaner witzig finden?«

Der Colonel seufzte. »Noch etwas?«

»Ja, eins«, sagte Kite. »Mhm – was hat der General, Sie wissen schon, *gesagt*, als er Ihnen gesagt hat, er will seinen Neffen loswerden?«

»Wollen Sie den genauen Wortlaut?«

Kite zuckte mit den Schultern, nickte dann.

»Er hat gesagt: ›Werden Sie ihn los.‹«

Kite lächelte; dann sagte er: »›Werden Sie ihn los‹«, schüttelte den Kopf bewundernd und setzte hinzu: »Die eigene Verwandtschaft.«

Der Colonel stand auf. »Übrigens, Emory, Partain hat eine vorläufige Begnadigung bekommen.«

Die Winkel von Kites dünnem Mund sackten enttäuscht. »Das heißt, Sie wollen Ihr Geld zurück?«

»Ich sagte ›vorläufig‹«, erwiderte der Colonel.

30. Kapitel

Partain blickte von der ›Washington Post‹ auf, als Millicent Altford in den Wohnraum der Hotelsuite glitt, sich mit geübter Grazie drehte und fragte: »Wie sehe ich aus?«

»Wie wollen Sie aussehen?«

»Nach viel Geld.«

»Hübsche Ladies in schwarzen Kleidern, die so viel kosten, sehen für mich immer nach Geld aus.«

»Was schätzen Sie, was es gekostet hat?«

Er hob die Schultern. »Tausend?«

»Zweihundertfünfundsechzig, herabgesetzt, bei Saks.«

Partain legte die Zeitung fort und schaute auf seine Uhr. »Wann sind Sie mit diesen Jungs verabredet?«

»Um halb zehn.«

»Dann sollten wir jetzt gehen.«

Nachdem er hinter Millicent Altford auf der Rückbank des freien Taxis Platz genommen und der Portier die Tür geschlossen hatte, stellte Altford Partain dem Fahrer vor.

»Jerry . . . Edd.«

Der Fahrer hatte sich umgedreht, um Partain und seine UCLA-Jacke zu mustern. Er war ein schlanker Schwarzer Mitte Dreißig mit dem ruhigen, einschüchternden Blick, den die meisten Polizisten und viele Schwindler sich anzueignen versuchen. »Sind Sie der Feuerschutz?«

»Ich bin der Feuerschutz.«

»Und was genau haben wir zu erwarten?«

»Das Unerwartete.«

»Also das Übliche«, sagte Jerry, wandte sich wieder dem Steuer zu und fuhr an, als Altford fragte: »Was macht die Familie, Jerry?«

»Die Frau arbeitet. Die Tochter macht sich gut in Howard. Und ich bin noch immer Gehaltsgruppe neun. Wie geht's dir, Millie?«

»Besser.«

»Also, wieso hab ich das erwartet?«

Partain hoffte, daß der Occidental Grill knapp unterhalb des Schatzamts auf der Pennsylvania Avenue nicht so alt war, wie er auszusehen versuchte. Die Wände innen waren voll von Fotos und vielleicht sogar ein paar Daguerreotypien von Politikern, Schurken, Staatsmännern, hohen Beamten und Hochstaplern aus der Vergangenheit – viele von ihnen seit einem Jahrhundert tot. Als er Altford folgte wie diese der Oberkellnerin, überflog Partain den Raum, sah aber außer den Fotos nichts, was ihn störte.

Zwei Männer standen von einem Tisch auf, als Altford näher kam. Einer war klein, rundlich, blond und höchstens dreißig; aus irgendeinem Grund erinnerte er Partain an eine unwirsche Welpe. Der andere war groß, fit, dunkelhaarig, ein Lächler mit hübschen blauen Augen. Beide trugen dunkle Anzüge und häßliche rote Krawatten und versuchten, nicht auf Partains Trainingsjacke zu starren.

Altford reichte dem Älteren, Größeren der beiden die Hand und sagte: »Congressman Finch, ich bin Millicent Altford.«

»Ist mir ein Vergnügen, Mrs. Altford«, sagte der Abgeordnete; er deutete auf den Rundlichen und setzte hinzu: »Das ist . . .«

»Wir haben miteinander telefoniert«, sagte Altford, reichte dem Kleineren die Hand und ließ den Abgeordneten nicht ausreden. »Sie sind Willy MacArthur.«

»*Will* Mac Arthur«, betonte er, ließ ihre Hand los und sah an ihr vorbei zu Partain, dessen Augen den Raum zerlegten.

Altford bemerkte MacArthurs Neugier. »Mr. Partain, das

sind Congressman Finch und Mr. MacArthur, Rechtsberater des Unterausschusses.«

Partain nickte beiden zu und beschäftigte sich wieder mit dem Raum.

»Mr. Partain wird nicht bei uns bleiben«, sagte Altford, als sie sich an den Tisch setzte und von der Oberkellnerin eine Speisekarte entgegennahm.

Als der Abgeordnete und der Berater saßen, fragte MacArthur: »Ihr Leibwächter?«

Partain ließ sie nicht antworten. »Ich bin um halb elf zurück, Ms. Altford.«

»Danke, Mr. Partain.«

Als er sich zum Gehen wandte, hörte er MacArthur Altford fragen, wozu sie einen Leibwächter brauche. Partain zögerte gerade lange genug, um das Restaurant ein letztes Mal zu überfliegen und sie sagen zu hören: »Ich glaube, ich hätte jetzt gern einen Drink, und hoffe sehr, daß Sie beide mir dabei Gesellschaft leisten.«

An der K Street bog der Wagen rechts in die Connecticut Avenue, und hier fragte Jerry Partain: »Seit wann sind Sie Feuerschutz?«

»Warum?«

»Ich will nicht, daß Millie was passiert.«

»Kennen Sie sie schon lang?«

»Solange ich denken kann.«

»Ihr wird nichts passieren.«

»Nicht mal über Ihre Leiche, wie?«

»So etwa«, sagte Partain.

Partain klingelte am Eingang des schmalen dreistöckigen Gebäudes, in dessen Erdgeschoß sich das griechische Restaurant befand. Sekunden später surrte der irritierende Türöffner. Partain schob die Tür auf, ging die Treppen hinauf und fand einen grinsenden Nick Patrokis auf dem Absatz der dritten Etage wartend vor.

Partain blieb auf der vorletzten Stufe stehen und musterte Patrokis. »Du hast dir einen Bart und einen Ohrring wachsen lassen.«

Immer noch grinsend, umarmte Patrokis Partain und hob ihn auf den obersten Absatz, wo er das Grinsen einstellte, Partain jäh losließ, zurücktrat und sagte: »Das fühlt sich aber nicht wie Speck an. Das ist Kevlar.«

Partain bohrte einen Finger in Patrokis' ausladende Wampe und sagte: »Speck.«

Patrokis ging voran ins Hauptquartier von VOMIT, wo Partain erstmals den langen schmalen Raum sah, Emory Kites abgeteiltes Büro und die Frau mit grauen Augen und langem kastanienfarbenen Haar, die von einem Stuhl neben einem riesigen alten goldenen Eichenschreibtisch aufstand.

Patrokis sagte: »Shawnee Viar, Edd Partain.«

»Wir sind uns schon begegnet«, sagte sie. »Indirekt jedenfalls.«

»Wo?« sagte Partain.

»Auf einem Foto. Vier Leute waren drauf. Sie und drei andere.«

»Wer waren die drei anderen?«

Sie beantwortete seine Frage mit einer eigenen. »Sie haben nicht zufällig gestern nachmittag meinem alten Vater ins Herz geschossen, oder?«

»Ich war gestern nachmittag in L. A., und es tut mir leid, daß Hank tot ist.«

»Wirklich?« sagte sie, musterte ihn einen Moment und nickte. »Ja, ich glaube, das stimmt beinahe. Hank hat mir das Foto gezeigt, einen oder zwei Tage vor seinem Tod. Er war drauf. Sie waren drauf. Und Colonel Millwed, nur daß er damals Captain war.«

»Wer noch?«

»Wer drauf war? Colonel Walker Hudson – heute Major General Hudson.«

»Was hat Hank über uns gesagt?«

»Daß ihr drei echt miese Bastarde wärt. Hatte er recht?«

»Bei zweien von uns ja«, sagte Partain. »Der dritte ist ein Schlappschwanz.«

»Sie sind aber nicht der dritte, oder?«

Ehe Partain antworten konnte, sagte Patrokis: »Als Shawnee ihren Vater fand, hat sie General Winfield hier angerufen und mich statt dessen erwischt. Ich habe getan, was ich konnte, aber sie ist noch immer ein bißchen geschockt.«

»So, bin ich?« sagte sie, starrte Patrokis länger an, wandte sich wieder an Partain und musterte ihn, drehte sich dann wieder zu Patrokis um und fragte: »Ihr kennt euch aus Vietnam?«

Patrokis nickte. »Er hat mir das Zippo an den Kopf geworfen.«

Sie aßen am Kartentisch. Sie aßen die griechischen Gerichte, die der Onkel aus dem Restaurant im Erdgeschoß hochgeschickt hatte. Sie waren zu dritt, aber der Onkel hatte genug für vier geschickt, sogar mehr als genug, und ein junger nicaraguanischer Hilfskellner hatte alles die Treppe heraufgeschleppt. Partain gab ihm zehn Dollar Trinkgeld und notierte es in seinem Notizbuch für Spesen.

Nach dem Essen räumte Patrokis alles beiseite und verstaute eben den Klapptisch, als Partain fragte: »Wie geht das Geschäft?«

»Vorigen Monat hatten wir neunzehn Neuzugänge, vier Abgänge durch Tod und Verstimmung, und ungefähr sechsundneunzig Prozent haben unser Nachrichtenblatt wieder verlängert.«

»Sie geben ein Nachrichtenblatt heraus?« fragte Shawnee Viar.

»Sieben- bis achtmal im Jahr.«

»Wie heißt es – ›The Vomitorium‹?«

»›The VOMIT Verifier‹.«

»Was wird da verifiziert?«

»Betrug und Scheiß.«

»Wer schreibt's?«

»Ich habe ungefähr ein Drittel geschrieben«, sagte Patrokis. »Der Rest sind Beiträge von Mitgliedern.«

»Ich hab mal ein unregelmäßiges Acht-Seiten-Blatt für ein Krankenhaus ediert«, sagte sie. »Wir nannten es ›Schreie aus der Geschlossenen‹. Ich hab alles am Computer gemacht.«

Patrokis seufzte. »Wir haben einen Computer, aber ich weiß immer noch nicht, wie man damit umgeht.«

Sie lächelte ihn an. »Und Sie wollen's auch gar nicht lernen, oder?« Sie wartete die Antwort nicht ab. »Ich sag Ihnen was. Ich komm her und benutz ihn, um alle Akten und Unterlagen zu speichern, und mach den Versand und auch noch das Nachrichtenblatt. Spart Ihnen wahrscheinlich einen Haufen Geld. Wieviel zahlen Sie mir, wenn ich Ihnen einen Haufen erspare?«

Patrokis blickte Partain ratsuchend an. Partain reagierte nicht. Patrokis biß sich auf die Unterlippe, räusperte sich und sagte: »Ist mir schrecklich peinlich, aber ich nehm an, wir könnten Ihnen mal grade tausend pro Monat zahlen.«

»So viel?« sagte sie. »Ich nehme an. Wann soll ich anfangen?«

»Morgen?«

»Morgen muß ich den lieben alten Daddy beerdigen, aber das ist vormittags. Ich könnte hier sein um eins – oder halb zwei?«

Patrokis wandte sich ab, sah sich langsam, wie zum letzten Mal, im VOMIT-Hauptquartier um, drehte sich wieder zu Shawnee Viar und sagte: »Eins oder halb zwei ist in Ordnung.«

»Wo ist die Trauerfeier?« fragte Partain sie.

Sie nannte ein Bestattungsunternehmen auf der Wisconsin Avenue und sagte. »Elf Uhr, und es gibt keinen förmlichen Nachruf, aber ich hab einen aufgetrieben, der ein paar Worte sagen wird.«

»Wer?« sagte Partain.

»General Hudson.«

»Haben Sie ihn angerufen oder er Sie?«

»Ich ihn«, sagte sie. »Im Pentagon. Er sagt, es wäre ihm eine Ehre.«

»Warum nicht jemand von der Agency?«

»Wer?« sagte sie. »Außerdem, wär es nicht nett, wenn's der Mörder wäre, der die Lobrede auf sein Opfer hält?«

31. Kapital

Harold Finch, frischgewählter Abgeordneter eines sicheren Demokratenbezirks in Ohio, zeterte während des ganzen Essens über die ungeheuren Kosten der Kandidatur für ein öffentliches Amt. Millicent Altford lauschte, meist stumm, und aß ihre Krebspastete. Als sie fertig war, schob sie den Teller ein paar Zentimeter von sich, beugte sich ein wenig vor und unterbrach den Abgeordneten mit der Frage: »Möchten Sie wirklich wissen, warum Sie hier in Washington sind und Joey Sizemore nicht?«

Der Abgeordnete witterte eine Falle, verzog das Gesicht und sagte: »Ich bilde mir gern ein, weil ich die bessere Kampagne gemacht habe.«

»Was wissen Sie beide wirklich über Sizemore?«

»Er war so ungefähr der letzte Big-Band-Congressman«, sagte Will MacArthur und blickte überrascht drein, als niemand kicherte.

»Ja, stimmt«, sagte sie. »Scheiße, Joey ist so alt, daß er sich noch an Herbert Hoover erinnern kann, und die Wirtschaftskrise ist für ihn fast vorgestern. Als er das erste Mal gewählt wurde, anno vierundfünfzig, war er vorher Organisationsleiter der Lagerhaus-Arbeiter in der CIO gewesen. Fragen Sie heute mal den Durchschnittstypen, wofür CIO steht, und wahrscheinlich sagt er Ihnen Chief Information Officer.«

»Was heißt es noch mal?« sagte MacArthur. »Fällt mir grad nicht ein.«

»Schlagen Sie's nach«, sagte sie.

»Wir alle kennen Joeys großartige Leistungen«, sagte der Congressman. »Wir haben weiß Gott genug darüber gehört. Aber die Wahrheit ist, er ist einfach alt geworden und hat den Durchblick verloren. Das kommt vor.«

»Er hat den Durchblick nicht verloren«, sagte sie. »Er hatte nicht genug Geld. Sie haben dreimal mehr als er ausgegeben, für die Vorwahlen, und die allgemeinen Wahlen hatten Sie dann in der Tasche. Und vielleicht kommen wir darauf noch zurück, aber zuerst erzähle ich Ihnen etwas über mich und Joey Sizemore, bevor er in den Kongreß kam.«

MacArthur schaute auf seine Uhr; er versuchte nicht einmal, dies unauffällig zu tun.

Altford grinste ihn an. »Haben Sie je vom Magazin ›Liberty‹ gehört, Will?«

»Natürlich.«

»Glaub ich nicht. Also, ›Liberty‹ hatte immer eine kleine Zeitangabe über jedem Artikel. Lesezeit drei Minuten zweiundzwanzig Sekunden – oder sieben Minuten vierzehn Sekunden. Die Zuhörzeit für die Geschichte über Joey Sizemore und mich wird sechs Minuten neunzehn Sekunden betragen; hören Sie also auf, unruhig herumzurutschen.«

»Ich hab mich immer schon für politische Geschichte interessiert«, sagte MacArthur.

»Nein, haben Sie nicht«, sagte sie. »Sie haben sich ein bißchen dafür interessiert, seit der Congressman hier Sie angeheuert hat, aber vorher waren Sie vor allem interessiert an Nachlässen, treuhänderischen Hinterlegungen, Versicherungen, Hypotheken und Bebauungsplänen.«

Der Abgeordnete grinste. »Hat ihre Hausaufgaben gemacht, Will.«

»Worauf Sie sich verlassen können«, sagte Altford. »Jedenfalls, neunzehnhundertzweiundfünfzig hatte ich grade das College hinter mir und arbeitete bei Foote, Cone & Belding in Chicago. Ich hatte beschlossen, das Land würde zum Teufel gehen, wenn nicht Adlai Stevenson Präsident würde. Deshalb bin ich zum Stevenson-Hauptquartier in Chicago gegangen und habe meine Dienste angeboten. Nach langem Hickhack hat man mich schließlich zu einem vorgelassen, der vielleicht stellvertretender Wahlkampfleitungsassistent war. Es war ein typisches Wahlkampfbüro für damals. Ein riesiger Raum. Jede Menge Schreibtische. Schreibmaschinen. Klingelnde Telefone. Höllisch heiß. Lärm. Und dann saß da dieser fünfzigjährige Trottel hinter einem der Tische.

Neben ihm saß ein glatter Rotschopf, etwa dreißig oder einunddreißig. Ich sag dem Trottel, wie ich heiße und daß ich bei der Kampagne helfen will, und er sagt mir, sie stellen keinen ein. Ich sag ihm, ich will stundenweise umsonst arbeiten, und er sagt, ich klinge nicht wie jemand aus der Gegend. Ich sag ihm, das liegt daran, daß ich aus Dallas komme, nicht von hier, aber ich arbeite bei Foote, Cone und so weiter.

Dann fragt mich der Trottel, wer mich denn geschickt hätte, und ich will ihm gerade sagen, niemand, als der Rotschopf sagt: ›Ich hab sie geschickt.‹

Der Trottel sagt: ›Tja, wenn du sie schickst, dann such du ihr auch nen Platz.‹

Der Rotschopf ist natürlich Joey Sizemore, und er bringt mich nach draußen; wir schnappen uns ein Taxi und fahren zum alten Morrison-Hotel, das vor Jahren abgerissen worden ist. Wir nehmen den Aufzug in den zehnten Stock und gehen in einen großen Raum mit zwei Schreibtischen, jeder mit zwei Telefonen, einer Sekretärin namens Norma, die mindestens sechzig ist, und sonst nichts.

Joey stellt mich Norma vor, sagt mir, sie war bei Southwestern Bell Leiterin der Fernvermittlung, schließt mit einem Schlüssel eine Schublade auf und gibt mir eine getippte Liste mit Namen und Adressen und Telefonnummern, fast drei Zentimeter dick. Das war die Fettsack-Liste. Jeder Demokrat im Land, der geschätzte hunderttausend wert war oder mehr; heute wäre das ungefähr eine Million.«

Altford machte eine Pause, trank einen Schluck Wasser und fuhr fort. »Alles, was ich zu tun hatte, war, jeden

Namen anrufen und denjenigen am anderen Ende dazu überreden, daß er mindestens tausend Dollar zur Stevenson-Kampagne beiträgt. Norma hatte eine sexy Altstimme und hat jeden Anruf als persönliches Gespräch vermittelt, sich langsam von Osten nach Westen vorgearbeitet. Alles mit Fernvermittlung damals. Kein Touch-Tone. Keine Direktwahl. Antike.

Ich habe Sizemore gefragt, was ich sagen soll. Er sagte, da ich in der Werbebranche bin, würde mir schon etwas einfallen. Es waren fast zweitausend Namen auf der Liste, und wir haben wirklich jeden einzelnen angerufen. Etliche auch zweimal.«

»Was war Ihre Trefferquote?« fragte der Abgeordnete.

»Neunundfünfzig Komma drei Prozent.«

»Großer Gott.«

»Dabei habe ich gelernt, was Leute dazu bringt, Politikern Geld zu geben.«

Der Abgeordnete lächelte. »Ist es ein Geheimnis?«

Sie schüttelte den Kopf. »Angst und Schmeichelei.«

Immer noch lächelnd, sagte Congressman Finch: »Was ist mit Hoffnung auf eine bessere Zukunft?«

»Lassen Sie die Hoffnung fahren«, sagte sie.

Schweigen, bis MacArthur sagte: »Aber Stevenson hat verloren.«

Der Abgeordnete seufzte lang und tief, und als er fertig war, fragte Altford: »Wieviel hat es Sie gekostet, Joey Sizemore bei den Vorwahlen zu schlagen – neunhunderttausend, eine Million?«

»Ziemlich nah.«

»Eigenes Geld?«

»Soviel habe ich nicht«, sagte er.

»Tja, das haben die wenigsten Kandidaten für den Kongreß, bis sie ein paarmal wiedergewählt werden und eine eigene Kriegskasse aufbauen. Ich hab Joey ein Päckchen geschickt, hunderttausend, und er hat das sehr klug ausgegeben. Wenn ich ihm noch einmal hunderttausend geschickt hätte, hätte er sie naß gemacht.«

Der Abgeordnete lächelte wieder. »Warum haben Sie nicht?«

»Weil ich wußte, daß er bei den allgemeinen Wahlen verwundbar sein würde. Joey Sizemore ist nicht ganz die Little Rock genehme Sorte. Das haben die Republikaner gerochen, und die waren bereit, einen Haufen Geld auszugeben, wenn Joey die Vorwahl gewinnt. Aber er hat nicht gewonnen, sondern Sie, und die Republikaner haben gekniffen.«

Wieder Schweigen, bis MacArthur sagte: »Tut mir leid, Mrs. Altford, aber ich weiß noch immer nicht, worauf Sie hinauswollen.«

»Dann haben Sie nicht zugehört«, sagte der Abgeordnete. »Der Punkt ist, daß es alle zwei Jahre Vorwahlen gibt.«

»Und?«

Der Abgeordnete ignorierte ihn und wandte sich statt dessen an Millicent Altford. »Wieviel könnten Sie aufbringen, wenn . . .« Er ließ die Frage ausklingen.

»Wenn ich in zwei Jahren noch immer sauer genug bin?«

Finch nickte.

»Eine Million oder so, aber dazu müßte ich wirklich alles bis zum letzten Gefallen einfordern.«

Der Abgeordnete legte seinen gesamten beträchtlichen Charme in ein Lächeln. »Wir haben Sie nicht hierhin eingeladen, um Sie gegen uns aufzubringen, Mrs. Altford. Wir haben Sie hergebeten, damit Sie uns Ratschläge für die Reform der Wahlkampffinanzierung geben können.«

»Ganz einfach«, sagte sie. »Erklären Sie Großspenden für ungesetzlich. Schluß mit weichem Graugeld. Sorgen Sie für staatliche Finanzierung. Ziehen Sie Obergrenzen für Wahlkampfausgaben – proportional natürlich, damit einer, der in New York für den Senat kandidiert, mehr ausgeben kann als einer in South Dakota. Sie kennen alle Arzneien. Bloß wollen ja die meisten von euch sie nicht einnehmen.«

Der Abgeordnete nickte nachdenklich, wandte sich dann an MacArthur, der mit halbgeöffnetem Mund Millicent Altford anstarrte. »Ich wüßte keinen Grund, aus dem Mrs. Altford persönlich vor dem Unterausschuß erscheinen müßte; Sie etwa, Will?«

MacArthur schloß den Mund, schluckte, öffnete ihn dann wieder und sagte: »Vielleicht könnte sie statt dessen einfach einen Brief schreiben, mit ihren Ansichten.«

»Wären Sie dazu bereit – uns einen Brief zu schreiben? Er muß ja nicht lang sein.«

»Mit Vergnügen«, sagte sie.

»Eine letzte Frage«, sagte der Abgeordnete.

»Bitte.«

»Würden Sie mich als – na ja, als Klient akzeptieren?«

»Bei allgemeinen Wahlen? Keine Frage.«

Der Abgeordnete zwinkerte. »Vielleicht setze ich mich später dieses Jahr mit Ihnen ins Benehmen.«

»Das wäre zu spät«, sagte sie.

»Ich bin gerade erst vereidigt worden.«

»Und vier Männer und mindestens zwei Frauen denken schon darüber nach, bei den Vorwahlen gegen Sie anzutreten.«

Ehe der Abgeordnete antworten konnte, sagte MacArthur: »Da kommt Ihr Leibwächter.«

Sie blickte auf, sah Partain kommen, lächelte dann MacArthur an. »Wer sagt denn, daß er mein Leibwächter ist, Willy?«

32. Kapitel

Nachdem Jerry, der Fahrer, sein Taxi aus der Connecticut Avenue in den Kalorama Circle gesteuert hatte, fragte Partain Millicent Altford, ob sie sich verfahren hätten.

»Ich hab's gehört«, sagte Jerry.

»Und?«

»Wir werden verfolgt.«

»Das weiß ich«, sagte Partain. »Aber ich weiß nicht, warum Sie in einen Circle fahren, um ihn abzuhängen.«

»Ich will ihn nicht abhängen. Ich will Sie beide rauslassen, mich hinter ihn setzen und dranbleiben, bis ich weiß, wo er wohnt und wer er ist.«

»Was fährt er?« fragte Altford.

»Fährt überhaupt nicht«, sagte Jerry. »Hat sich ne alte schwarze Caddy-Limousine besorgt, aus den Siebzigern, mit Fahrer. Er meint wohl, das macht ihn unsichtbar.«

Das Taxi wurde langsamer, hielt, und Altford sagte: »Da sind wir. Das kleinste Haus am Circle.«

Partain schaute nach rechts und sah ein graues dreigeschossiges Steinhaus, hoch genug, um einen Aufzug zu benötigen, und groß genug, um als Botschaft für Ungarn, Portugal oder das ehemalige Jugoslawien zu dienen.

Als ob sie seine Frage ahnte, sagte Altford: »Die zweite Frau des Generals hat ihm das bei ihrem Tod hinterlassen, mit ein paar Millionen Dollar als Gesellschaft für die anderthalb Millionen, die er von seiner Familie geerbt hat.«

»Was war mit der ersten Frau?«

»Sie hat sich anno siebenundsechzig in Aspen beim Ski den Hals und das linke Bein gebrochen, als er in Vietnam war. Hat ihm noch eine Million oder so und ihr Haus in Aspen hinterlassen. Irgendwie hat er sie nie verwunden.«

»Auch nicht Sie«, sagte Partain.

»Mich auch nicht«, gab sie zu. »Was das angeht, auch Hank Viars Frau nicht, die auch ein paar Dollar hatte.«

»Steigt ihr irgendwann mal aus?« sagte Jerry.

»Hast du Vernons Nummer?«

»Klar.«

»Wenn du rauskriegst, wer uns verfolgt, ruf mich an.«

»Ja.«

»Wo ist der alte Caddy jetzt?«

»Drei Häuser hinter uns, linst um die Kurve. Keine Scheinwerfer. Immer noch unsichtbar.«

Sobald sie ausgestiegen waren, nahm Partain ihren linken Arm und fühlte durch den dicken dunkelgrauen Kaschmirmantel, wie sie sich versteifte. Die Straßen- und Gebäudebeleuchtung reichte für ihn gerade aus, um das Haus zu mustern, das ein schwarzes Schieferdach hatte, jede Menge schwarzer oder grauer Blenden und einen weit zurückversetzten Eingang.

Als sie die Haustür erreichten, ließ er sie die Klingel drükken, während er sich umdrehte und Jerrys Wagen losfahren sah. Sekunden später rollte die alte Cadillac-Limousine mit getönten hinteren Scheiben ohne Licht langsam am Haus des Generals vorbei.

Die schwere beschnitzte Tür wurde von Winfield geöffnet, der lächelte und sagte: »Kommt herein und gebt mir die Mäntel – oder den Mantel, da Mr. Partain keinen trägt, wie ich sehe.«

Als sie drinnen waren, wandte sich Altford um, ließ sich vom General den Mantel abnehmen und sagte: »Etwas könntest du morgen für mich tun, Schätzchen.«

»Was immer du willst.«

»Klemm dir Twodees unter den Arm, und kauf ihm ein paar anständige Anzüge, ein Jackett, ein paar Hosen und einen guten, aber nicht zu schweren Mantel, den er in Kalifornien tragen kann, an den neun Tagen im Jahr, an denen das da nötig ist. Pack ein paar Hemden, Krawatten, Socken und Unterwäsche dazu. Leg es vor, gib mir die Quittungen, und ich stell dir einen Scheck aus.«

Mit Altfords Mantel über dem Arm wandte sich der General Partain zu und sagte: »Ich will mich nicht aufdrängen.«

»Was ich trage, ist ihr peinlich«, sagte Partain. »Vielleicht finden Sie etwas, das sie erträgt.«

»Um wieviel Uhr?« sagte der General.

»Gegen Mittag – gleich nach der Trauerfeier für Hank Viar?«

»Die ist um elf, soviel ich weiß; dann lese ich Sie wohl am besten im Mayflower um, sagen wir, halb elf auf, und wir gehen zusammen dorthin. Darf ich Ihnen Hemd, Krawatte und Jackett leihen?«

Partain nahm dankend an, und der General wandte sich wieder an Millicent Altford. »Willst du auch hingehen?«

»Ich habe Violet sehr gemocht, aber ihn konnte ich nicht leiden und wüßte keinen Grund, aus dem ich zu seiner Beerdigung gehen sollte.«

Der General nickte verstehend. »Ich weiß, wie gut du mit Violet befreundet warst.«

»Solltest du auch«, sagte sie. »Du hast uns miteinander bekannt gemacht.«

Nach Partains Schätzung enthielt die Bibliothek des Generals in der ersten Etage mindestens neuntausend Bände. Sie war etwa so groß wie Partains High-School-Bibliothek in Bakersfield, roch aber angenehm nach Leder und Möbelpolitur statt nach Buchkleister und Aufsichtspersonal. Partain hätte gern Monate in ihr verbracht.

Es gab etliche Polstersessel mit hohen Rückenlehnen und passende Stehlampen. Ferner gab es einen großen geschnitzten Schreibtisch und ein Zeitschriftentischchen aus schwarzem Nußbaum und einige rollende Leitern, mit denen man die oberen drei oder vier Regalreihen erreichen konnte.

Zwei große Ledersessel waren nebeneinander vor den Kamin geschoben. In den linken, die Hände um einen Becher mit heißem Kakao, hatte sich Jessica Carver gekuschelt, die nun aufstand, den Becher abstellte, ihre Mutter auf die Wange küßte, Partains Wange tätschelte und verkündete, in der Pullman-Küche hinter den Falttüren stehe eine Kanne mit frischem heißen Kakao.

Ihre Mutter sagte, sie hätte gern einen steifen Drink, keinen Kakao, aber Partain entschied sich für Schokolade, und der General versorgte alle, sich selbst mit einem Whiskey. Als sie alle am Kamin saßen, fragte Winfield: »Wie war das Treffen mit dem Congressman?«

»Ich habe ihm und dem neuen Juristen des Unterausschusses eine Vorlesung über antike Geschichte gehalten und dann kurz vom Primat des Geldes in der Politik gesprochen. Als ich fertig war, haben sie mich dringend gebeten, nicht vor dem Ausschuß aufzutreten, sondern statt dessen einen Brief zu schreiben. Einen kurzen.«

»Waren sie – kompetent?« fragte der General.

»Sie waren jung. Der Congressman war für sein Alter – zwei- oder dreiundvierzig – ganz clever. Der Berater ist höchstens dreißig und lästig. Wahrscheinlich ist er es, der mich reinreißen wollte. Ich werde morgen ein bißchen in der Stadt rumschnüffeln und versuchen rauszukriegen, ob eine dieser Rotzgören aus Little Rock ihn darauf angesetzt hat. Wenn ja, dann werd ich etwas dagegen unternehmen.«

»Was?« fragte Partain.

»Ihnen die Regel erklären.«

Partain lächelte. »Die lautet?«

»Hände weg von Millie Altford.«

»Wie weit ging die Vorlesung über alte Geschichte zurück?« fragte der General, aber ehe Altford antworten konnte, klingelte das Telefon. Der General murmelte eine Entschuldigung, stand auf und ging hin, um das Gespräch anzunehmen.

Partain schaute Jessica Carver an und sagte: »Hast du Lust, morgen zur Trauerfeier für Henry Viar zu gehen?«

»Warum sollte ich?«

»Da sind ein paar Leute, mit denen ich dich gern bekannt machen möchte. Nick Patrokis und Viars Tochter Shawnee.«

Sie sah ihn einen Moment an und sagte: »Du willst ein zweites Gutachten über sie, ja?«

In diesem Moment sagte der General, der Anruf sei für Altford. Sie schaute ihn fragend an, ehe sie nach dem Hörer griff, und der General, die Hand über der Sprechmuschel, murmelte: »Sylvia.«

»Ach, Scheiße«, sagte Altford, nahm den Hörer, hielt ihn ans Ohr und sagte: »Was ist los, Honey?«

Sie lauschte, zuckte sichtlich zusammen, holte sehr tief Luft und sagte: »Es tut mir so leid, Sylvia, so schrecklich leid. Wo ist er?« Sie lauschte, nickte und sagte: »Ich bin in zehn Minuten da.«

Wieder am Kamin, neben dem General, holte Altford noch einmal tief Luft und sagte: »Man hat auf Jerry geschossen. Er ist in Sibley, auf der Intensivstation; sie wissen nicht, ob er es schafft. Das war Sylvia. Seine Frau. Ich muß hin.«

»Ich fahre Sie, wenn uns der General seinen Wagen leiht«, sagte Partain.

»Selbstverständlich«, sagte Winfield.

Millicent Altford musterte Partain eine oder zwei Sekunden, nickte dann und sagte sehr förmlich: »Das ist sehr freundlich von Ihnen, Mr. Partain.«

33. Kapitel

Das Sibley Memorial Hospital liegt an der Loughboro Road im Nordwesten Washingtons, und nachdem Partain die Massachusetts Avenue erreicht hatte, die mehr oder weniger nach Nordwesten führt, beschleunigte er das geliehene BMW-Kabrio auf 60 Meilen pro Stunde, bis eine rote Ampel ihn aufhielt.

Während sie auf Grün warteten, fragte er Altford: »Wer ist er? Jerry?«

Sie starrte geradeaus und sagte: »Der uneheliche Sohn meines ersten Mannes.«

»Der den Aufwärts-Looping nicht geschafft hat?«

Sie drehte den Kopf, sah ihn gleichgültig an und sagte: »Jessie hat's Ihnen schon erzählt, ja?«

»Nichts von Jerry.«

»Er ist neunzehnsiebenundfünfzig geboren, Sohn von Harry Montague, meinem künftigen Gatten, und dem jungen schwarzen Hausmädchen, das für Harrys Leute gearbeitet hat. Harry und ich waren verlobt, als ich das herausgekriegt habe, und ich habe ihm gesagt, die Hochzeit würde abgeblasen, wenn er nicht das Kind legal anerkennt und finanziell etwas für die Mutter tut. Der Schweinehund hat mich ausgelacht.«

»Kein bedeutender Bürgerrechtler, dieser Harry«, sagte Partain.

Sie zuckte die Schultern. »Wer war das damals schon in Dallas? Deshalb bin ich am nächsten Wochenende nach Texarkana gefahren und habe mit meinem früheren Abgeordneten geredet, dem seligen Wright Patman. Er sagte, er könnte nichts tun, da Harry ja nicht einmal in seinem Wahlkreis wohnt, aber dann hat er gegrinst und gesagt, er hätte da eine Idee, könnte aber noch nicht darüber reden.«

»Sie haben einen US-Abgeordneten gebeten, sich in einen Familienzank einzumischen?«

»Klingt für Sie vielleicht wie ein Familienzank, aber für mich war es eine Bürgerrechtsfrage, und ich hatte damals in Dallas die größte Schnauze, was Bürgerrechte angeht.«

»Trotzdem verstehe ich nicht, wieso ein Congressman . . .«

Sie unterbrach. »Weil die Montague-Sippe mit Flugzeugteilen Geschäfte gemacht hat, und die Bundesregierung war ihr größter Kunde. Und weil man sich in Texas sehr wohl in alles einmischt, was einem bei der Wahl helfen kann, und meine Verwandtschaft hatte in Patmans Bezirk jede Menge Stimmen und jede Menge Freunde.«

»Ist was dabei rausgekommen?« fragte er.

»Grün«, sagte sie, und nach einem Schweigen, das zwei Blocks anhielt, sah sie Partain an und sagte: »Was kümmert Sie das denn überhaupt?«

»Jemand hat grade auf einen von Ihren Babysittern geschossen, und da will ich verdammt gründlich wissen, wer und was er war.«

»Okay«, sagte sie. »Harry und ich hatten noch immer Streit wegen des Babys und der Mutter und waren immer noch nicht verheiratet, haben aber fast jede Nacht zusammen geschlafen, in dem Haus, das seine Familie draußen an einem See hatte. Da hat dann auch eines Morgens das Telefon geklingelt, und am Apparat war Senator Lyndon B. Johnson.«

»Kein Witz?«

»Kein Witz. Johnson hat so laut geredet, daß ich einiges von dem mitgehört hab, was er Harry erzählt hat. Sachen wie ›anständig sein zu dem kleinen Niggerbaby‹, und daß Harry auch besser ›was Gutes für die Mama von dem Baby‹ tun sollte. Das ging immer weiter so, und Harry Montague, Marinepilot und beinahe Fliegeras aus dem Koreakrieg, bibbert und wird immer kleiner und macht sich fast in die Hose.«

»Also haben Sie dann geheiratet.«

»Ja, haben wir, aber erst, als Harry einverstanden war, daß auf Jerrys Geburtsurkunde bei ›Vater‹ ›H. Montague‹ stehen würde.«

»Hat seine Mutter dann für Sie und Harry gearbeitet?«

Wieder wandte sie den Kopf, um ihn anzustarren. »Sie haben wirklich was für n kitschigen Schluß übrig, ja? Nein, sie hat nicht für uns gearbeitet. Alles, was Harry je getan hat, war, daß er ihr jeden Ersten zehn Zehner geschickt hat, wenn er es nicht vergaß und ich ihn daran erinnern mußte. Die meisten Monate hat er's vergessen. Aber mit dem Geld war Schluß, als Harry mit seiner alten Zweimotorigen die Rolle nicht geschafft hat.«

»Was wurde aus Jerry und seiner Mutter?« sagte Partain.

»Komm ich gleich zu. Als ich Doktor Carver geheiratet hatte, habe ich ihm sofort von Jerry und seiner Mama erzählt, und der Doktor, als guter Freigeist und Menschenfreund, hat vorgeschlagen, sie sollte als Haushälterin zu uns ziehen und das Kind mitbringen.«

»Also doch ein gutes Ende«, sagte Partain.

»Jedenfalls eine ganze Weile. Dann kam Jessica, und Jerry hat sich irgendwie eine Weile um sie gekümmert. Als der Doktor gestorben ist, neunundsechzig, konnte ich noch alles zusammenhalten und uns durchbringen, bis Jerry die High-School hinter sich hatte. Dann hat er einige Zeit rumgemurkst, vor allem Dope gedealt, aber irgendwann hat er die Kurve gekriegt, ist nach Denver und hat als Narco-Cop undercover gearbeitet. Neun Jahre lang, bis er angeschossen wurde, mit einer kleinen Invalidenrente ausgestiegen ist, nach Washington kam, einen Job beim Nationalarchiv gekriegt hat, sich das Taxi kaufte und nachts gefahren ist, wenn er konnte.«

»Hat er seinen Nachnamen geändert?« fragte Partain.

»Nein. Wieso?«

»Ich weiß nicht«, sagte er. »Ich glaub, ich hätt's gemacht.«

Als sie das Sibley Memorial Hospital erreicht hatten, war Jerry Montague an einer Schußwunde im Kopf gestorben. Altford versuchte, Jerrys nette Frau und hübsche junge Tochter zu trösten, während Partain mit ein paar gelangweilten Mord-Detectives redete.

Für sie war es nur einer in einer langen Reihe zufälliger Taximorde in Washington. Ungewöhnlich sei nur, sagten sie, der Augenzeugenbericht eines Obdachlosen namens »Billy the Bum«, der behauptete, alles gesehen zu haben.

Der ältere der Detectives beschrieb, was Billy the Bum gesehen haben wollte. »Also, die alte schwarze Caddy-Limousine fährt Mass Ave lang, um die sieben Blocks westlich von Wisconsin, okay?«

Partain nickte.

»Und nicht weit dahinter, sagt Billy, kommt das freie Taxi mit dem Besitzer und Opfer am Steuer. Soweit klar?«

Partain sagte ja.

»Also, der olle Caddy fängt an mit Bocken und Schnaufen und Fehlzündungen wie bei Motorschaden, dann bleibt er stehn. Das Taxi hält um die fünfzehn Meter dahinter.«

»Jetzt wird's komisch«, sagte der andere Detective. »Der Caddyfahrer läßt immer wieder an, will den Motor starten, aber null Zündung. Schließlich geht die linke Hintertür auf, und da kommt so n ganz Kurzer raus, richtiger Zwerg, und der geht zum Taxi hin, Arme ausgebreitet, wissen Sie, von wegen ich bin hilflos und weiß nicht, was ich tun soll. Der Taxifahrer sitzt bloß hinterm Steuer und glotzt ihn an.«

Der erste Detective übernahm wieder. »Wie der Kurze ans Taxi kommt, will der Fahrer nicht das Fenster runterlassen. Der Kleine klopft höflich dran und sagt was, was Billy the Bum nicht hören kann, und da macht der Fahrer das Fenster runter. Da hat der Kurze plötzlich irgendne kleine Halbautomatik in der Hand, steckt sie dem Fahrer ins Ohr und pustet ihn weg. Dann kuckt er sich um, der Kurze mein ich, geht langsam zurück zum Caddy, steigt ein, und weg sind sie.«

»Wie kurz ist kurz?«

Der erste Detective nickte beifällig zu Partains Frage. »Ja, ich weiß, was Sie meinen. Billy the Bum ist eins fünfundachtzig oder achtundachtzig und dünn wie n Pfosten. Also, für den kann kurz irgendwas um eins fünfundsechzig heißen. Wir haben ihn aber ziemlich gründlich rangenommen, und er schwört, der Schütze war höchstens eins fünfzig. Vielleicht weniger.«

»Hat Billy the Bum das gemeldet?« fragte Partain.

»Nee«, sagte der zweite Detective. »Hat bloß auf uns gewartet, bis wir kamen. Wenn in *der* Gegend geschossen wird, rufen mindestens neunzehn verschiedene Häuser die Neunhundertelf an.«

»Wir nehmen an, das war n geplatzter Drogendeal.«

Partain nickte, als ob ihm die Idee zusagte, und fragte: »Billy the Bum hat sich wahrscheinlich nicht die Nummer von dem alten Caddy gemerkt, oder?«

»Billy findet nicht, daß das ganz oben auf die Liste seiner staatsbürgerlichen Pflichten gehört«, sagte der Detective.

Kurz nach Mitternacht zog Partain die Haustür des Generals hinter sich zu und ging Richtung Connecticut Avenue, auf der Suche nach einem Taxi. Inzwischen war es unter –5 °; er spürte die Kälte sofort. Er war noch keine dreißig Meter gegangen, als er die eiligen klickenden Schritte hörte. Er drehte sich um und sah Jessica Carver, die schnell zu ihm kam, eine blaue Flugtasche über die rechte Schulter gehängt.

»Das wird da drinnen immer mehr zu einer Art Leichenwache«, sagte sie.

»Deshalb bin ich ja los.«

»Millie kriegt Anfälle von Nostalgie und hat einiges

getrunken, und sie und Vernon enden wahrscheinlich bald im Bett.«

Er nickte.

»Deshalb dachte ich, ich schlaf diese Nacht in ihrem Hotelzimmer.«

»Oder in meinem«, sagte er.

»Genau«, sagte sie. »Oder in deinem.«

34. Kapitel

Der Andachtsraum des Bestattungsunternehmens auf der Wisconsin Avenue schien entworfen für jene, die bei ihrem Tod nicht mehr als ein Dutzend Trauernde hinterlassen, denn das war die Zahl der bereitgestellten Stühle, drei Viererreihen.

Sieben der zwölf Stühle waren besetzt. Partain und Jessica Carver saßen rechts in der zweiten Reihe, gleich hinter dem CIA-Jüngelchen, das am Abend von Henry Viars Tod das Beileid der Agency übermittelt hatte. Neben Partain und Carver saßen General Winfield und Nick Patrokis. Allein in der letzten Reihe saß Colonel Ralph Millwed in Ausgehuniform. In der Vorderreihe saßen Shawnee Viar und Major General Walker L. Hudson nebeneinander.

Ein geschlossener Holzsarg, altsilbern lackiert, ruhte auf zwei mit dunkelblauem Samt drapierten Böcken. Vier Trauernde hatten Blumen geschickt. Die Rosen waren von Partain, der annahm, die übrigen Gestecke seien von Vernon Winfield, General Hudson und der CIA.

Die gedämpften Streicher auf CD hörten Punkt elf Uhr auf zu spielen. Shawnee Viar, ohne Make-up, in einem schwarzen Kleid, das bis zur Hälfte der Wade reichte, stand auf, wandte sich um und sagte: »Danke, daß Sie gekommen sind. General Walker Hudson hat sich bereit erklärt, ein paar Worte zu sagen. Bitte, General Hudson.«

Sie setzte sich, und General Hudson stand auf und wandte sich seinem sechsköpfigen Publikum zu. Auch Hudson trug Ausgehuniform, aber als einzige Auszeichnung hatte er die lange blausilberne Kampfeinsatz-Spange des Infanteristen angesteckt. Er blickte ernst, wenn auch nicht besonders traurig, als er jedes Mitglied des Publikums musterte; dann ließ er seinen taschenähnlichen Mund aufklappen und sagte: »Wir sind hier versammelt, um den Tod unseres alten Freundes Henry Viar zu beklagen und seiner Tochter Shawnee unsere Sympathie und unser Mitgefühl auszusprechen.«

Er machte eine einstudierte Pause, ehe er fortfuhr. »Ich habe Henry Viar seit mehr als fünfundzwanzig Jahren gekannt und bewundert als Patrioten, Vater, Gatten und scharfsinnigen Menschenkenner. Zweimal haben wir zusammen gedient, zuerst in Vietnam, dann in Mittelamerika. Er war ein Mann, der sein Land zutiefst geliebt und ihm sein Leben geweiht hat. Er war auch einer jener nie besungenen, anonymen Helden, die geholfen haben, den kalten Krieg zu gewinnen, und wir alle sollten dankbar sein für seinen unermüdlichen Einsatz. Henry Viar war einer der großen Patrioten unserer Nation, und ich bin stolz darauf, daß ich mit ihm gedient habe und sein Freund war.«

Der General machte eine schneidige Kehrtwendung, salutierte zackig vor dem Sarg, verharrte einen langen Moment, beendete den Salut, trat genau zwei Schritt zurück und setzte sich, ohne hinzusehen. Shawnee Viar beugte sich zu ihm, flüsterte ihm etwas ins Ohr, stand dann auf und wandte sich wieder an die Trauergäste.

»Mein Vater mag all das gewesen sein, was der General gesagt hat, aber er war auch gefühllos, rücksichtslos und gehässig, und ich bin nicht im geringsten traurig über seinen Tod.«

Sie wandte sich ab und eilte durch eine Seitentür hinaus. Patrokis stand auf und folgte ihr; die Stille, die er hinterließ, war kein benommenes Schweigen, eher eines, das nicht wußte, wie es enden sollte, weil die übrigen Trauergäste – außer Partain und Carver – zu weit auseinander saßen, um die Köpfe zusammenzustecken und zu flüstern: »Gott möge ihr vergeben« oder auch: »Da hat sie den ollen Hank sauber ins Knie gefickt, was?«

Partain beendete das Schweigen, indem er aufstand, zu General Hudson ging, der sich ebenfalls erhoben hatte, und sagte: »Sehr guter Nachruf, General. Und viel Wahres dran, vor allem der Teil über Hank als Vater und Gatten.«

»Was zum Teufel tun Sie hier, Twodees?«

»Ich erweise einem tapferen kalten Krieger die letzte Ehre.«

»Der blöde Arsch hat sich selbst erschossen. Gehört nicht viel Tapferkeit zu.«

»Was ist mit Ihrem Angebot?« sagte Partain. »Mit meiner Wiedereinstellung als Light-Colonel.«

»Das gilt – falls.«

»Falls was?«

»Falls Sie nichts sagen, nichts tun.«

»Für wie lange?«

»Nicht lange.«

»Sind Sie sicher, daß Sie das durchkriegen?«

»Die haben MacArthur wieder eingestellt, nachdem sie ihn gefeuert hatten, weil er mit seiner eurasischen Mätresse rumgemacht hat. Es gibt also reichlich Präzedenzfälle, auch wenn Sie nicht gerade ein MacArthur sind.«

»Warten Sie nicht zu lang«, sagte Partain.

»Drängeln Sie nicht.«

Partain ging zurück zu Jessica Carver, die dem jungen CIA-Vertreter zuhörte. Er erzählte ihr gerade, die Agency versuche, bei den Beerdigungen oder Trauerfeiern möglichst vieler alter Beamter vertreten zu sein, sogar bei denen, die vor langer Zeit im Office of Strategic Services gedient hatten, im Zweiten Weltkrieg.

»Einige von den alten OSS-Leuten, jedenfalls ein paar, sind weit über neunzig. Letzte Woche mußte ich an einer Feier auf nem schicken Landsitz draußen an der Ostküste teilnehmen, in Maryland? Der Tote war so ein richtig alter Typ von um die Achtzig. Mit nem richtig komischen Namen, Minor Jackson, und die einzigen Trauergäste waren ein uralter Zwerg und zwei schicke junge Französinnen, die er mitgebracht hatte. Die Mädchen haben gesagt, sie wären alle mit der Concorde aus Paris gekommen. Sie hätten das Haus von diesem Typ sehen sollen. Aber sonst ist keiner gekommen, kein Nachbar, keine Haushaltshilfe, kein Priester. Niemand. Nur die beiden Mädchen und der Zwerg und ich.«

»Wie hieß der Zwerg?« fragte Partain.

»Nick irgendwas.«

»Ploscaru?«

Der junge CIA-Mann nickte. »Stimmt. Ploscaru. Muß mindestens neunzig sein. Sind Sie ihm mal begegnet?«

»Ich hab gehört, er wäre tot«, sagte Partain.

Im aufs Geratewohl möblierten Wohnzimmer des Hauses am Volta Place in Georgetown hatte Patrokis von einem Partyservice, nicht von seinem Onkel, ein paar Häppchen und Wein anrichten lassen. Die Einladungen waren nur mündlich ergangen. Colonel Millwed war nicht eingeladen worden, wohl aber General Hudson, der jedoch bedauernd ablehnte. Partain war gebeten worden, den jungen CIA-Mann einzuladen, der sich damit entschuldigte, daß er nachmittags noch zu einer weiteren Beerdigung mußte.

Partain belud seinen Teller mit kleinen krustenlosen Sandwiches, gefüllten Eiern und Triskuits mit geschmolzenem Käse, den er ungern für Velveta hielt. Dann sah er sich nach etwas zu trinken um und fand zu seiner Erleichterung zwölf Flaschen kalifornischen Sekt und zwei Dutzend Gläser auf einem Ecktisch.

Nick Patrokis saß neben Shawnee Viar, die auf ihrem Teller nichts als ein halbgegessenes gefülltes Ei hatte. Aus den Fingern ihrer Rechten baumelte ein leeres Glas. Patrokis bot an, ihr neuen Sekt zu besorgen, aber sie schüttelte den Kopf und sagte: »Wie schlimm war ich?«

»Schlimm genug.«

»Gut.«

»Warum haben Sie ihn aufgefordert, etwas zu sagen?«

»Aus einer schrägen Laune. Oder Wunschdenken. Ich dachte, wenn ich ihn bitte, etwas zu sagen, und er kommt nicht, würde das beweisen, daß er Hank umgebracht hat. Aber er ist gekommen.«

Patrokis lächelte. »Dann ist er kein Verdächtiger mehr.«

Sie schüttelte den Kopf. »Jetzt nehm ich an, er ist einfach viel gerissener, als ich dachte.«

Auf der anderen Seite des Zimmers hatte Jessica Carver zwei gefüllte Eier gegessen und biß vorsichtig in eines der krustenlosen Sandwiches, als Partain sagte: »Was hältst du von ihr – Shawnee?«

Sie legte das Sandwich wieder auf den Teller, musterte Shawnee Viar quer durchs Zimmer einige Momente lang, sagte dann: »Wahrscheinlich chronisch launisch, und ich mag sie.«

»Warum?«

»Sie fühlt sich vermutlich genau wie ich jeden Morgen, wenn ich wach werde. Aber ich hab's gelernt, den Quatsch zu verdrängen, und um zehn, spätestens um zwölf funktioniere ich wieder halbwegs.«

»Meinst du, sie könnte ihren Vater umbringen?«

»Bestimmt«, sagte sie, »wenn sie ausreichend provoziert wird. Sie würde aber sehr lange darüber brüten. Für sie läge das ganze Vergnügen im Planen.«

»Woher willst du das wissen?«

»Weil das bei *mir* so wäre.«

Partain legte die Kevlar-Weste ab, bevor er beim Herrenausstatter gleich nördlich des Mayflower-Hotels einen Mantel anprobierte. Er wählte einen eierschalenfarbenen Einreiher mit herausnehmbarem Plaidfutter und ignorierte die Empfehlung von Jessica Carver und Vernon Winfield, daß der

Zweireiher mit Gürtel besser sei zum Stolzieren und Renommieren.

»Wenn ich renommieren will, kauf ich mir einen Stock«, sagte Partain.

»Ein Schal wäre gut dazu«, sagte der General. »Ich rate sehr zu einem Schal.«

»Das einzige, was man noch schneller verliert als Schals, sind Schirme«, sagte Partain.

In einer weiteren Herrenboutique auf der Connecticut Avenue wurden die Einkäufe ebenso schnell erledigt. Partain nahm zwei Anzüge; einer uni dunkelblau, der andere grau mit dünnen Streifen. Hemden kamen als nächstes. Partain wählte sechs gleiche weiße und betonte, er wolle weder Button-down-Kragen noch Klappmanschetten. Während er Hemden auswählte, bat er Jessica Carver, zwei Krawatten auszusuchen. Als sie ihm ihre Wahl zeigte, sagte er: »Dazu gehört eine Schachtel.«

Dann bestand sie darauf, daß er ein Jackett kaufte, und sie einigten sich auf ein leichtes braunes mit Fischgräten. Ferner einigten sie sich auf zwei Hosen, eine schokobraune Gabardine, die andere hellbrauner Whipcord. Ein Dutzend Jockeyshorts mit 32er Bund vervollständigte den Einkauf, und alles wurde auf General Winfields goldene American-Express-Karte gebucht.

Drei Minuten später kam der Verkäufer, der Partain bedient hatte, zurück, mit düster verlegenem Gesicht. »Tut mir furchtbar leid, General, aber Ihre Amex-Karte ist gesperrt.«

Der General stand starr. »Unmöglich«, sagte er. »Ich habe sie doch erst vor einer halben Stunde benutzt.«

»Es kann sich um eine versehentliche Sperrung handeln«, sagte der Verkäufer. »Tut mir schrecklich leid, aber . . .«

Jessica Carver ließ ihn nicht ausreden. Sie zerrte ihre Visa-Karte heraus und schob sie dem Verkäufer hin. »Buchen Sie alles darauf.«

Der Verkäufer akzeptierte die Visa-Karte, prüfte das Ablaufdatum, gab dem General die Amex-Karte zurück, murmelte weitere Entschuldigungen und eilte davon.

»Ich verstehe das nicht«, sagte der General. »Und es ist mir schrecklich peinlich.«

»Vielleicht hast du einfach vergessen, die Rechnung zu überweisen«, sagte sie.

»Das vergesse ich nie.«

Jessica Carver wandte sich an Partain. »Was ist mit Schuhen? Millie wollte, daß du dir ein paar neue Schuhe kaufst.«

»Das erledige ich selbst«, sagte Partain.

Als die drei sich getrennt hatten, ging Partain in den ersten Schuhladen, an dem er vorbeikam, und kaufte ein Paar schlichte Halbschuhe aus weichem Leder und ein Paar braune Weejuns. Für zehn Dollar extra versprach der Verkäufer ihm, sie persönlich am Empfang des Mayflower abzugeben.

Danach bat Partain um das Telefonbuch des Ladens. Der Verkäufer nahm ihn mit in den rückwärtigen Lagerraum und ließ ihn dort allein. Partain suchte im Branchenverzeichnis unter ANWÄLTE, bis er zu einem kam, dessen Anzeige lautete:

KONKURS?
REORGANISATION?
SPEZIALIST FÜR
LIQUIDATION & ABWICKLUNG
SOWIE
KONKURSE & VERGLEICHE

Das Büro des Anwalts befand sich in einem Gebäude an der Nordwestecke von 14th und K, und Partain beschloß, zu Fuß zu gehen. Zwanzig Minuten später saß er vor dem grauen Stahlrohrschreibtisch von Ransom Leeds, der aus zwei Dritteln Jovialität und einem Drittel Galle zu bestehen schien.

»Sie wollen, daß ich die Bonität von diesem Typ checke, ja?«

Partain nickte.

»Warum lassen Sie das nicht Ihre Firma machen?«

»Weil ich keine Firma habe«, sagte Partain. »Noch.«

»Sie sagen, er ist Brigadier General der Army, im Ruhestand. Wie lang war er dabei?«

»Zwanzig Jahre.«

»Was kriegen die danach – Halbsold?«

»Ich bin nicht sicher. Vielleicht.«

»Sagen wir vorsichtshalber halb.« Leeds langte in eine Schreibtischschublade, holte ein zerlesenes Exemplar von *The World Almanac* heraus und schlug auf Seite 702 nach. »Also. Hier heißt es, ein Brigadier General mit zwanzig Dienstjahren streicht jeden Monat sechstausendzweiundfünfzig Dollar und fünfzig Cents ein. Die Hälfte davon wären dreitausend und ein paar Gequetschte. Etwas mehr als sechsunddreißigtausend pro Jahr sind nicht schlecht bei all den Sondervergünstigungen, die die Jungs kriegen.« Er musterte Partain einen Moment; dann fragte er: »Was paßt Ihnen an dem Deal nicht – wie immer der aussehen mag?«

»Daß er seinen Teil vielleicht nicht einhalten kann.«

»Wie alt ist er?«

»Siebenundsechzig, glaub ich.«

»Adresse?«

Partain nannte die Anschrift am Kalorama Circle, und Leeds pfiff. »Auch wenn er heute pleite ist, muß er mal Knete gehabt haben.«

»Hat eine Frau ihm hinterlassen. Das Haus.«

»Um wieviel geht's bei Ihrem Deal – ungefähr?«

»Eins Komma zwei Millionen.«

»Fifty-fifty?«

Partain nickte.

»Das kostet Sie fünfhundert – bar.«

Partain nahm fünf Hunderter aus seiner Brieftasche, legte sie auf den Schreibtisch und bedeckte sie mit der Hand. »Zuerst die Auskunft.«

Leeds zuckte mit den Schultern, nahm den Hörer ab, drückte einen Knopf, erhielt sofort Antwort und sagte: »Betsy. Ich brauch die Standardnummer zu einem Brigadier General i. R., Army, Vernon Sonstnix Winfield; wohnt am Kalorama Circle bei den anderen unglücklichen Reichen.«

Beim Warten darauf, daß Betsys Computer General Winfields finanzielle Situation offenbarte, pfiff Leeds »Mi chiamano Mimi«; er hatte etwa ein Drittel abgepfiffen, als Betsy sich wieder meldete.

»Schieß los«, sagte Leeds, nahm einen Kuli und zielte damit auf einen gelben Notizblock.

Er lauschte und notierte einige Minuten lang; dabei benutzte er eine Art privater Kurzschrift. Partain versuchte, sie auf dem Kopf zu lesen, gab aber schnell auf. Schließlich dankte Leeds Betsy, legte auf und starrte Partain an. »Mit dem Mann wollen Sie keinen Deal machen«, sagte er.

»Warum nicht?«

»Sein einziges Einkommen ist die Pension, soweit festzustellen. Seine Visa-Karte ist lausig, MasterCard auch, und Amex hat ihm grad alles gesperrt. Sein Konto bei Riggs steht auf tausend und Kleingeld. Sein BMW ist geleast, er ist zwei Monate im Rückstand. Und vor zwei Monaten hat er sein Kalorama-Circle-Haus bis zum Anschlag belastet.«

»Wieviel?« sagte Partain.

»Wieviel er sich geliehen hat? Eins Komma zwei Millionen. Restwert jetzt zwei- bis dreihunderttausend.«

»Was hat er mit den eins Komma zwei Millionen gemacht?« sagte Partain.

»Müssen Sie *ihn* fragen«, sagte Leeds; »soweit festzustellen, hat er den Scheck nämlich weder in Washington noch Virginia noch Maryland eingereicht. Vielleicht nimmt er ihn als

Lesezeichen. Vielleicht liegt er in Las Vegas oder Atlantic City auf Eis. Vielleicht hat er ihn versoffen.«

»Alkohol ist nicht sein Problem«, sagte Partain, nahm die Hand von den fünf Hundertern, stand auf, nickte zum Abschied und ging.

35. Kapitel

Am Abend des gleichen Tags stand General Walker Hudson an einem Fenster im fünften Stock des Marriott, Georgetown, nahe der Key Bridge. Er starrte über den Potomac, während in Washington die Lichter angingen; wie immer fand er ihr zeitliches Muster unlogisch.

Diesmal trug der General einen dunkelgrauen Tweedanzug, weißes Hemd und eine karmesinrot-gelb gestreifte Krawatte. Der Drink in seiner linken Hand war Wild Turkey, gekühlt und verdünnt mit einem Eiswürfel; in der rechten hielt er eine Zigarre mit stolzen 2 cm fester Asche.

Auf einem Stuhl hinter ihm, den Blick auf den maulwurfgrauen Teppich des Zimmers geheftet, saß Colonel Ralph Millwed, die Ellenbogen auf den abgespreizten Knien, beide Hände um ein Glas gelegt, das leer war bis auf zwei Eiswürfel. Der Colonel trug diesmal einen grauen Kammgarnanzug, ein blaues Hemd und einen karmesinrot-blauen Schlips.

Ohne aufzublicken, sagte Millwed: »Weiter.«

»Wo war ich?« fragte der General.

»Beim Anschleichen in der Gasse.«

»Richtig. Ich hatte zwei Blocks entfernt geparkt – aber das habe ich schon gesagt, oder?«

»Haben Sie.«

»An der Gasse sind auf beiden Seiten Zäune, und als ich am Tor war, habe ich es aufgemacht und stand im Garten, ein absolutes Chaos.«

»Was hatten Sie an?«

»Overall. Den grünen mit L & D RENOVIERUNGEN auf dem Rücken. Ein Jammer, trotzdem, dieser Garten. Nur totes Gras und Laub. Dann habe ich die Fliegentür aufgemacht und die Küchentür untersucht. Der Knopf ließ sich drehen, wie erwartet, und um siebzehn nach elf war ich drinnen . . .«

»Sie haben auf die Uhr geschaut, ja?«

»Genau. Wo waren Sie da?«

»Wo ich sein sollte«, sagte Millwed, ohne von seiner Inspektion des Teppichs aufzublicken. »Im Safeway, Wisconsin Avenue, beim Ranpirschen an die Frau.«

Der General nickte, studierte wieder die Lichter jenseits des Flusses und sagte: »Er war im Wohnzimmer. Saß im Sessel – seinem Lieblingssessel, nehm ich an. Hockt ein bißchen geduckt da, mustert den Fußboden, ein Glas in der Hand, leistet sich einen Morgendrink. Ich glaube, es war nicht der erste an dem Tag.«

»Was hat er gemacht?« sagte der Colonel zum Boden.

»Sie meinen, ob er überrascht, schockiert oder so war?«

»Ja.«

»Er hört mich, blickt hoch, sieht meine Waffe und sagt: ›Scheiße, was willst du?‹ Also hab ich's ihm gesagt.«

»Was hat *er* gesagt?«

Der General trank von seinem Whiskey, bewunderte die Asche an seiner Zigarre, sog Rauch ein, blies ihn fort und sagte: »Daß er pissen müßte.«

»Haben Sie ihn gelassen?«

»Warum nicht? Das Bad ist ja sowieso oben. Also gehen wir hoch. Er pißt. Ich passe auf. Und danach hat er mir alles gegeben.«

»Einfach so?«

»Er hatte keine Wahl, Ralph.«

»War sie geladen – seine Knarre?«

»Voll.«

»Und der andere Kram?«

»Alles gut versteckt, aber alles da. Das Foto mit uns vier. Und die zweiunddreißig roten Spiralhefte. Damit will ich sagen, die Umschläge waren rot.«

»Wo hatte er die versteckt?«

»Die Waffe war eigentlich nicht versteckt. Lag in einer Nachttischschublade. Notizhefte und Foto waren hinter der Fußleiste hinter einem Bett. Wir mußten das Bett ein bißchen wegschieben, um dranzukommen.«

»Sie haben ihm geholfen, wie?«

»Das Bett hat Rollen.«

»Komisches Bett.«

»War eher eine Arbeitszimmercouch. Als er mir alles gegeben hatte, hab ich mich hingekniet und nachgesehen, nur um sicher zu sein, daß er nicht irgendwas zurückbehalten hat. Als das Bett wieder richtig stand, hab ich ihm gesagt, er soll sich darauf legen, aufs Gesicht, Hände auf den Rücken. Er hat mir ein paar Bezeichnungen an den Kopf geworfen, dann aber brav gehorcht.«

»Sie haben die Dinger gelesen? Die schweinischen Stellen?«

»Jedes einzelne Wort.«

»Steht alles drin?«

»Bis ins kleinste Detail. Sie. Ich. Das Atlacatl-Bataillon. Namen. Das Geld. Das Mickymaus-Siegel. Und Twodees. Alles.«

»Was ist mit Twodees' Frau?«

»Das auch. Detailliert.«

»Scheiße. Das hätte er nicht wissen sollen.«

»Er war Spion, um Himmels willen«, sagte der General. »Und zwar kompetent, wenn er sich Mühe gegeben hat. Er hat alles aufgeschrieben, in schwarzer Tinte, mit einem richtigen Füller, und keine Streichungen. Echte klassische Schönschrift; als er auf der Schule war, muß das noch zum Unterricht gehört haben.«

»Und nachdem Sie es gelesen hatten?« fragte Millwed.

»Sind wir nach unten gegangen. Er hat sich wieder in diesen Sessel gesetzt. Sich einen Drink eingegossen, aber mir keinen angeboten. Hat sich eine Pall Mall angesteckt. Einen großen Schluck Schnaps getrunken. Das Glas abgestellt und an der Zigarette gezogen, und ich habe ihn erschossen, als er den Rauch gerade ausgestoßen hatte.«

»Mit seiner eigenen Waffe«, sagte Millwed.

Der General nickte.

»Und die haben Sie auf dem Boden liegenlassen, neben seiner rechten Hand, wie ich Ihnen gesagt hatte.«

»Genau wie Sie es gesagt hatten.«

Endlich blickte der Colonel auf. »Jemand hat sie bewegt. Die Waffe.«

»Ja«, sagte der General; er starrte noch immer in die Nacht über Washington. »Hat jemand getan.«

»Wahrscheinlich Patrokis«, sagte der Colonel. »In Vietnam war er zu so einem Scheiß abkommandiert, Selbstmorde untersuchen. Wahrscheinlich hat er das Ding auf Viars Schoß gelegt oder auf den Boden zwischen seine Beine geschoben oder sonstwohin; jedenfalls wurde es zum Selbstmord erklärt.« Millwed knurrte. »Mit diesem Scheiß-Patrokis hatte ich nicht gerechnet.«

Der General wandte sich vom Fenster ab, ging zu einem Aschenbecher, streifte seine 3 cm Asche ab und musterte den Colonel. »So wie ich nicht damit gerechnet hatte, daß die Frau Ihnen die Kassette abnimmt.«

»Sie wußte, wer ich bin, zum Teufel«, sagte Millwed. »Hätte sie nicht wissen sollen.«

»Vergessen Sie das Band«, sagte der General.

»*Vergessen?*«

»Ja. Jetzt, wo Viar sich umgebracht hat, was beweist es da denn noch? Daß ein unverheirateter Colonel im langfristigen Sondereinsatz sich ein paar Stunden freigenommen hat, um mit der attraktiven Tochter eines alten Freunds ins Bett zu gehen und, da er die Diskretion in Person ist, dazu ein abgelegenes Motel wählt. Wenn das Band irgendwo auftaucht, muß ich möglicherweise einen Pfui-pfui-Schrieb zu Ihren Akten legen. Aber was soll's, werden alle sagen. Immerhin war es kein fünfzehnjähriger Junge.«

»Ich will keinen derartigen Schrieb«, sagte Millwed.

»Keine Sorge deswegen. Es ist nicht passiert, wird wahrscheinlich nicht passieren, und wir müssen noch etwas anderes regeln.«

»Twodees«, sagte der Colonel.

»Twodees«, stimmte der General zu.

Millwed drehte sich um, nahm die Flasche Wild Turkey und goß einen Zoll Whiskey in sein Glas. Er zeigte dem General fragend die Flasche, aber der schüttelte den Kopf. Der Colonel stellte die Flasche wieder weg, trank einen Schluck und sagte: »Wissen Sie, was ich wirklich will?«

»Natürlich, Ralph. Sie wollen ganz für sich allein einen Satz Kopien von Hank Viars kleinen roten Notizheften.«

»Ja, Sir. Genau, Sir.«

»Sie kriegen Kopien.«

»Wann?«

»Wenn Kite Twodees erledigt hat.«

»Ich will sie jetzt, General«, sagte Millwed; es war nicht direkt ein Befehl.

Der General nickte geduldig, als ob er es mit einem Idioten zu tun hätte. »Ich war noch nicht fertig, Colonel.«

»Dann kommen Sie zum Schluß.«

»Sie kriegen Ihren privaten Satz Kopien von Viars Tagebüchern, sobald Kite Twodees erledigt hat – und Sie Kite.«

Der Colonel lehnte sich auf dem Stuhl zurück und nickte zufrieden. »Ich hätte nichts dagegen, Kite zu beseitigen. Wenn er und Twodees weg sind, wer bliebe dann noch?«

»Niemand.«

»Was ist mit der Altford, Patrokis und General Winfield?«

»Die waren nicht in El Salvador.«

»Kite auch nicht.«

»Dann müssen wir einfach so tun, als ob er dagewesen wäre«, sagte General Hudson.

36. Kapitel

Zu viert nahmen sie ein spätes Essen zu sich, im Kudzu-Café auf der oberen 14th Street im Nordwesten Washingtons. Das Café bot, was manche *soul food* nennen und andere Südstaaten-Küche. Alles wurde wie zu Hause serviert, in großen Schüsseln und Schalen; es gab Brathuhn, Landschinken, Kartoffelpüree, Chicken Gravy, Redeye Gravy, Maisbrot, Rübstielchen, Gumbo (gebraten und gekocht), Tomatenscheiben, Erbsen und als Dessert wahlweise Pecan Pie oder Lemon Meringue Pie oder beides.

Shawnee Viar aß wenig. Jessica Carver aß von fast allem ein bißchen, verzichtete auf »diesen Gumbo-Schleim«, wie sie sagte. Partain probierte beinahe alles, und Patrokis aß von allem Riesenmengen, besonders vom Brathuhn, lehnte sich dann auf seinem Stuhl zurück und verkündete: »O wie ich Sachen liebe, die in Speck gebraten sind.«

Die Rechnung kam mit dem Kaffee. Partain bezahlte, legte zwanzig Prozent Trinkgeld dazu und trug die Gesamtsumme in sein Spesenheft ein. Shawnee Viar beobachtete ihn neugierig.

»Geschäftskosten?« sagte sie.

Er nickte.

»Und ich sitz da und glaube, meine neuesten liebsten Freunde sind zusammengekommen, um zu feiern und des verblichenen Henry Viar zu gedenken, schlechter Gatte, noch schlechterer Vater, greiser Spion und gegen Ende seiner Karriere der gescheiterte Verschwinderlehrling.«

»Der was?« sagte Jessica Carver.

»In Mittelamerika«, sagte Shawnee, »in San Salvador, um genau zu sein, hat Hank eine Art Lehrzeit absolviert bei denen, die Leute verschwinden lassen. Er war aber nicht gut darin. ›Der Geist akzeptiert‹, hat er geschrieben, ›aber der Magen verweigert.‹«

»Hat er das geschrieben oder gesagt?« fragte Partain.

»Geschrieben. Fast bis ganz zuletzt hat er seine täglichen *pensées* in die alte Smith-Corona gehämmert und sie dann in rote Spiralhefte übertragen, mit einem Montblanc-Füller, den ihm irgendein Arsch geschenkt hat. Die Schwester vom Schah, glaube ich, als die Kurden fertiggemacht worden waren.«

»Haben Sie das gelesen – diese Tagebücher?« sagte Partain.

»Klar. Manchmal hab ich die zerknüllten getippten Blätter aus dem Papierkorb gelesen und manchmal die Notizbücher direkt. Alle zweiunddreißig. Eins für jedes Jahr.« Sie machte eine Pause, schaute noch immer Partain an; dann sagte sie: »Sie hatten eine Frau, glaub ich. Das heißt, ich weiß es, weil Hank immer von ihr als Señora Partain schrieb.«

Partain glaubte zu spüren, wie das Blut aus seinem Gesicht wich. Dann wurde sein Gesicht heiß, und er fragte sich, ob die Farbe von Wachsweiß zu Rostrot übergegangen war. Als er sah, wie alle ihn anstarrten, holte er tief Luft, hielt sie an, stieß sie langsam aus, zeigte dann Shawnee Viar etwas, das er für ein scheußliches Lächeln hielt, und fragte: »Was sagt er sonst noch über sie?«

»Ihre Frau?«

»Ja.«

»Wollen Sie den Wortlaut?« sagte sie. »Ich hab ein komisches Gedächtnis, das solche Sachen wörtlich behält – na ja, fast wörtlich. So hab ich ein Top-Examen an der Uni gemacht, und das hab ich jetzt davon.«

»So wörtlich, wie Sie können«, sagte Partain; bei »können« bröckelte seine Stimme.

»Okay«, sagte sie. »Über Ihre Frau hat mein alter Daddy ungefähr folgendes geschrieben, aber wie gesagt, es ist nicht hundertprozentig wörtlich.«

Partain zwang sich zu nicken. Shawnee Viar schloß die Augen einen Moment, als ob sie die Wörter visualisieren wollte, öffnete sie dann wieder, starrte auf etwas, das ein paar Handbreit über Partains Kopf zu schweben schien, und begann zu rezitieren:

»›Colonel H. und Captain M. kamen vorbei, um über die Frau von Major P. zu reden. Es scheint, daß unsere Gastgeber Druck auf sie ausüben, irgend etwas wegen der schönen Señora Partain zu unternehmen. Was, bitte? frage ich. Meine beiden Militärs schlagen vor, sie könnte verschwinden – zumindest einige Zeit. Wie lang ist einige Zeit? frage ich. Arrangier das einfach, Hank, sagt mein Colonel. Das will ich schriftlich, sage ich. Sie weigern sich, die Tapferen, und ich überlege, ob ich Major P. anrufen soll, aber das könnte mich selbst belasten, und außerdem ist nicht gesagt, daß wirklich etwas passiert. Immerhin, man müßte etwas unternehmen, und ich werde darüber nachdenken. Inzwischen sind drei Tage vergangen, und offenbar habe ich zu lange nachgedacht. Gestern ist Señora Partain hundert Meter von ihrem Haus entfernt verschwunden. Vielleicht sollte ich versuchen, sie zurückzukaufen. Oder ist es schon zu spät? Ich werde mit Colonel H. darüber reden. Und natürlich mit Captain M.‹ Später: ›Ich habe mit ihnen gesprochen, und es ist leider viel zu spät.‹«

Shawnee Viar hörte auf zu reden, ließ den Blick auf Partains Gesicht sinken, sah, was in ihm vorging, sagte: »Jesus!« und zuckte zurück. Auch die anderen starrten Partain an; seine Augen glitzerten, seine Lippen waren zu einer fletschenden Grimasse verzerrt. Seine Gesichtsfarbe war wieder zu einem dunklen, gefährlich aussehenden Rot geworden. Dann schloß er die Augen, konzentrierte sich darauf, alles normal werden zu lassen. Das Fletschen endete, und das dunkelrote Gesicht wurde schnell hellrosa, dann langsam normal.

Partain öffnete die Augen und sagte sehr leise: »Dieses eine Tagebuch würde ich gern lesen, Shawnee.«

Sie schüttelte – einmal, langsam – den Kopf. »Es ist weg. Die sind alle weg. Am Tag, als Hank umgebracht wurde, hab ich sie gesucht. Sie waren hinter einer Wandleiste hinter seiner Couch. Auch das Foto ist weg.« Sie schaute Patrokis an, als ob sie eine Bestätigung haben wollte. »Wissen Sie noch, wie ich raufgegangen bin, um zu pinkeln?«

Er nickte, beobachtete weiterhin Partain.

»Dabei hab ich nachgesehen«, sagte sie. »Vielleicht haben sie ihn deshalb umgebracht. Wegen der Tagebücher. Tut mir sehr leid, Major.«

»Ich bin kein Major.«

»Tut mir trotzdem leid«, sagte sie und wandte sich an Patrokis. »Ich mag heut abend nicht zur Volta Place zurück.«

»Kommen Sie mit zu mir«, sagte er.

»Zu VOMIT?«

»Da wohne ich nicht. Ich hab ein Apartment an der 19th.« Er machte eine Pause. »Sie können die Couch oder das Bett nehmen.«

Shawnees Blick wanderte um den Tisch und verhielt bei Jessica Carver. »Was meinen Sie?«

»Ich glaube, Sie sind im Moment ein bißchen durcheinander, und wenn Sie Nicks Angebot nicht annehmen, weiß ich, daß Sie durcheinander sind.«

»Was, wenn er ficken will?«

Carver hob die Schultern. »Betrachten Sie es als Therapie.«

Shawnee Viar wandte sich an Patrokis und sagte: »Dann los.«

Beide standen auf. Partain blieb sitzen, schaute zu Shawnee Viar auf und fragte: »War das wirklich das, was im Tagebuch stand?«

»Nicht Wort für Wort«, sagte sie. »Aber nah dran. Sehr nah.«

Nachdem sie gegangen waren, saßen Partain und Jessica

Carver ihr unendlich scheinende drei Minuten stumm da, bis sie das Schweigen mit einer Frage beendete: »Willst du die ganze Nacht dasitzen und brüten?«

Er schüttelte den Kopf. »Natürlich nicht. Ich besorg dir ein Taxi.«

»Was ist mit dir?«

»Ich geh zu Fuß.«

»Zu Fuß?«

Er ignorierte die Frage. »Sag deiner Mutter, ich muß sie sprechen. Heut abend. Spät. Nach elf.«

»Soll ich General Winfield und seine gesperrte Karte erwähnen?«

»Noch nicht.«

Sie beugte sich vor, um ihn sorgfältig, sogar kritisch zu mustern, wie auf der Suche nach Rissen im Charakter oder nach abbröckelnder Festigkeit. »Ich will nicht, daß Millie was passiert«, sagte sie. »Ein bißchen sanfte Aufregung und Abenteuer, okay. Aber nichts Schlimmes.«

Er nickte.

»Was dich angeht, das war ein lausiger Schock für dich. Wie lausig, kann ich mir überhaupt nicht ausmalen. Wenn du mit Millie geredet hast, leiste ich dir die ganze Nacht Gesellschaft. Betrink mich mit dir. Hör dir zu.« Sie machte eine Pause. »Kommen Sie, wie Sie sind. Jederzeit. Reservierung ist nicht nötig.«

Er wollte sie anlächeln und fühlte seine Lippen sich zu etwas dehnen, von dem er hoffte, daß es ein Lächeln war. Dann versuchte er, die Augenwinkel zu kräuseln, wußte aber überhaupt nicht, welche Muskeln er dazu nehmen sollte.

»Tut's weh?« fragte sie.

»Was?«

»Du siehst aus, als ob du Schmerzen hättest.«

»Hab ich«, sagte er, stand auf und kam um den Tisch. »Komm, wir besorgen dir ein Taxi.«

Partain ging die Ostseite der 14th Street nach Süden bis L, dann nach Westen bis zur Connecticut Avenue und zum Mayflower-Hotel. Er wurde nicht von Huren angemacht. Nicht von Bettlern behelligt. Nicht von Räubern bedroht. Ein Polizeiwagen bremste neben ihm, Ecke 14th und T. Der Cop auf seiner Seite bedachte ihn mit einem langen forschenden Blick und erhielt zur Antwort ein wüstes Lächeln. Der Wagen rollte weiter.

Während er ging, fragte er sich, warum er nicht längst auf den Gedanken gekommen war, daß man das politische Desinteresse seiner toten Frau für eine Maske gehalten hatte. Eine salvadoranische Intellektuelle heiratet einen frischen Major der US Army, der dem Nachrichtendienst angehört, behauptet aber, sie interessiere sich nicht für die Politik ihres eigenen Landes. Das muß die sehr beschäftigt haben – genug jedenfalls, daß sie zu den Vorgesetzten des Majors gehen, zum verdammten Hudson und vielleicht dem ebenfalls verdammten Millwed, und ihnen sagen, diese Frau von Major Partain ist eine gerissene Spionin, und irgendwas muß wegen ihr unternommen werden, entweder von euch oder von uns. Also übergeben diese beiden Schweine, Hudson und Millwed, das Problem dem Großen Zauderer, Hank Viar, dem Pepys von El Salvador, der mir nichts sagt und nichts unternimmt, wie diese zwei Schweine von Anfang an genau wußten. Er erzählt bloß dem lieben Tagebuch, er sollte vielleicht etwas unternehmen. Tut er aber nicht. Und die, wer immer die sind oder waren, lassen sie verschwinden. Und ist es nicht furchtbar, daß Viar tot ist und du ihn nicht fragen kannst, was wirklich mit ihr geschehen ist, und ihn dann umlegen, egal, wie seine Antwort ausfällt.

Partains Wut war kleiner geworden, wenn auch nicht verschwunden, als er an die Tür zu Millicent Altfords Suite klopfte. Sie fragte durch die Tür, wer da sei. Er antwortete.

Die Tür ging auf. Er trat ein, und sie sagte: »Wer hat Ihren Schoßhund plattgefahren?«

»Reden wir von etwas anderem«, sagte Partain. »Reden wir über diesen Bewahrer der spuckenden Flamme, General Vernon Winfield; der weiß nämlich Bescheid über Sie, Lady.«

»Sind Sie betrunken?« sagte sie.

»Nein.«

»Wären Sie's gern?«

»Vielleicht.«

»Setzen.«

Partain setzte sich auf eine Couch und wartete, bis sie ihm einen Drink gegeben hatte. Es kümmerte ihn nicht, was es war; sie spürte das und reichte ihm einen vierstöckigen Scotch mit Eis. Er schaffte es mühsam, ihr zu danken, und bemerkte, daß sie ein Kostüm trug, das er noch nicht kannte, schokobraun mit Sahnepaspeln. »Neuer Anzug?« sagte er.

Sie setzte sich mit dem eigenen Drink in einen Lehnstuhl und schlug die Beine übereinander. »Den hab ich gekauft, eh ich in die Klinik gegangen bin«, sagte sie.

»Zeigt viel Bein.«

»Man muß zeigen, was einem noch bleibt«, sagte sie, nippte an ihrem Drink und fragte dann: »Was meinen Sie damit, Vernon ›weiß Bescheid‹ über mich?«

»Er weiß, daß Ihre an der Sonne getrockneten eins Komma zwei Millionen futsch sind.«

»Ah ja?«

Partain nickte. »Er muß Sie wirklich mögen.«

»Mögen? Sie hätten sagen können, er sehnt sich nach mir. Begehrt mich. Notfalls sogar, ist scharf auf mich. Aber mögen klingt ziemlich verwässert.«

»Er ist pleite«, sagte Partain.

Sie begann zu kichern, versuchte aufzuhören, konnte es aber nicht, bis Partain sagte: »Sie glauben mir nicht.«

»Das hab ich nicht gesagt. Ich hab Sie was gefragt und dann über Ihre Antwort gekichert. Also, woher wissen Sie, daß er pleite ist?«

»Seine American-Express-Karte ist gesperrt. Seine Visa ist bis zum Anschlag überzogen. Mit seinem BMW-Leasing ist er zwei, vielleicht drei Monate im Rückstand.«

»Nennen Sie das pleite?«

Partain ignorierte die Frage und sagte: »Er hat außerdem noch etwas getan. Er hat auf sein Chateau am Kalorama Circle eins Komma zwei Millionen aufgenommen. Die gleiche Summe, die aus Ihrem Safe gestohlen wurde, und die gleiche Summe, die Sie in dem Bankfach in Santa Paula gehortet haben.«

»Sie haben ihn überprüft, wie?« sagte sie.

»Ich hab jemand ihn checken lassen.«

»Hier in Washington?«

Er nickte.

»Schätzungsweise hat sich die Überprüfung nicht auch auf Aspen erstreckt, oder? Hab ich mir gedacht. Wissen Sie, mein Lieber, seit neunzehnhundertachtundfünfzig kauft Vernon Aspen auf. Inzwischen muß ihm die Hälfte davon gehören. Na ja, drei bis vier Prozent jedenfalls. Wenn Sie seinen gesamten Nettowert checken, werden Sie feststellen, er liegt irgendwo zwischen fünfzehn und zwanzig Millionen.«

»Warum dann die kaputten Plastikdinger?«

Sie seufzte. »Um mit jemandem reden zu können. Hin und wieder fühlt er sich einsam. Dann läßt er sein Leasing schleifen und kriegt einen Anruf vom BMW-Händler, das bringt einen Viertelstunden-Plausch. Amex setzt für so was meistens Mädels ein, und das kann einem viel Spaß machen, wenn man siebenundsechzig oder so ist. Das gleiche bei Visa. Dann füllt er sein Konto auf, meistens zahlt er sogar zuviel, und die Mädels rufen ihn wieder an und können sich gar nicht einkriegen wegen seiner neuen Kreditsituation.«

Sie machte eine Pause, runzelte die Stirn und sagte: »Eins Komma zwei Millionen, wie? Nicht in bar, hoffe ich.«

»Ich weiß es nicht«, sagte Partain.

»Er muß von irgendwo einen Tip gekriegt haben.«

»Daß das gestohlen worden ist?«

Sie nickte. »Wahrscheinlich meint er, daß ich deswegen in die Klinik gegangen bin – weil ich mich hab bestehlen lassen und nicht wußte, was ich tun soll. Vielleicht hat er sich das sogar alles fein zurechtgelegt – nächsten Monat, wenn wir uns zusammensetzen, um die Bücher auf Vordermann zu bringen, muß ich beichten, daß das ganze Geld futsch ist, und dann frage ich: Lieber Himmel, was soll ich bloß machen? Und Vernon hofft vielleicht, daß er dann einen großen, neuen, schwarzglänzenden Attaché-Koffer, der mit Hundertern vollgestopft ist, aufklappen und sagen kann: ›Keine Sorge, mein kleiner Liebling, alles wird wieder gut.‹«

»Das glauben Sie doch selbst nicht.«

»Nein, Sir. Ich glaub's nicht.«

Partain leerte sein Glas und sagte: »Wie ist er dahintergekommen?«

»Jemand hat's ihm erzählt«, sagte sie. »Ich nicht. Sie nicht. Bleibt nur der Dieb.«

»Oder einer, dem der Dieb es erzählt hat«, sagte Partain, stellte das Glas auf einen Tisch und erhob sich. Einen Moment stand er da und sah aus, als ob er etwas vergessen hätte und nicht sicher wäre, ob er sich wirklich wieder daran erinnern wollte.

Sie beugte sich vor und blickte hoch, um ihn genauer zu mustern. »Was ist mit Ihnen, Twodees?« sagte sie; ihre Stimme war sanft, fast schmeichelnd.

»Ich habe rausgekriegt, weshalb meine Frau verschwunden ist«, sagte er.

Sie schloß die Augen einige Sekunden lang, öffnete sie wieder und fragte: »Was wollen Sie tun?«

»Im Moment will ich mich mit Ihrer Tochter betrinken.«

»Ich wüßte keinen besseren Vorschlag«, sagte Millicent Altford.

37. Kapitel

General Vernon Winfield verließ am nächsten Morgen sein Haus um 7.15 Uhr; er trug einen schwarzen Handkoffer aus Leder. Er ging sehr schnell zur Connecticut Avenue, wandte sich nach Süden und behielt das Tempo bei, unterstützt von einer fast durchgehend abfallenden Straße.

Zur Abwechslung war das Januarwetter schön, aber kalt, mit nur wenig Wind. Der General trug seinen Kamelhaarmantel, den Borsalino und pelzbesetzte Lederhandschuhe. Er hatte jetzt seinen Marschrhythmus gefunden; ohne Seitenblick ging er vorüber an dem schmalen dreigeschossigen Gebäude, in dem sich das Restaurant Acropolis und VOMIT befanden.

Als er die Metrostation Dupont Circle erreichte, lief er eilig hinunter zu einem wartenden Zug der Roten Linie und beglückwünschte sich zu phänomenalem Glück oder gutem Timing. Nahe Union Station kam Winfield wieder an die Oberfläche, erreichte und überquerte bald das Capitol-Gelände, wartete Ecke Second und Pennsylvania Avenue geduldig auf Grün, wandte sich dann nach Osten, bis zur Fourth Street, wo er wieder nach Süden ging und das schlichte Geburtshaus von J. Edgar Hoover ignorierte.

Zweieinhalb Blocks weiter, auf der Ostseite der Fourth Street, stieg er fünf Betonstufen empor, öffnete ein 90 cm hohes schmiedeeisernes Törchen und kam nach sechs Schritten zu einer Tür, die er für mindestens hundertjährig hielt. Er nahm den schwarzen Handkoffer in die linke Hand, setzte ihn ab, zog den rechten Handschuh aus und klopfte mit nackten Knöcheln an die alte Tür.

Sie wurde fast sofort geöffnet, von einer ungewöhnlich hübschen, jungen, braunhaarigen Frau, die offenbar gerade gehen wollte. Sie trug einen Mantel aus gestutztem Biber, rosa Fäustlinge und über der rechten Schulter eine große braune Lederhandtasche.

»Suchen Sie Kite?« sagte sie.

Der General nickte mit einem leichten Lächeln.

»Also, der ist oben unter der Dusche, und ich muß los; gehen Sie doch einfach rein, setzen sich hin und machen's sich ungemütlich, mit was immer Sie wollen.« Sie musterte ihn genauer, als wolle sie den Preis von Mantel und Hut kalkulieren. »Haben Sie gern Spaß?«

»Spaß?« sagte der General.

»Sie wissen schon. Spaß und Spiele.« Mit den Zähnen zerrte sie den rechten rosa Fäustling herunter, steckte die bloße Hand in die riesige Tasche, zog eine Visitenkarte heraus und gab sie Winfield. Er warf einen Blick darauf und las CONNIE. Darunter stand eine Telefonnummer.

»Jederzeit«, sagte sie, »nach sechs.«

Dann war sie fort, eilte durch das schmiedeeiserne Törchen und sprang die fünf Stufen hinunter. Der General steckte ihre Karte in eine Manteltasche, hob den Handkoffer auf und betrat Emory Kites vorderes Wohnzimmer.

Er zog Hut, Mantel und den zweiten Handschuh aus und legte alles auf ein, wie er fand, bemerkenswert häßliches kleines Sofa der Sorte Liebessitz. Nach einem Rundblick durch den übrigen viktorianischen Raum verzog der General das Gesicht und setzte sich auf das rote Samtsofa, den schwarzen Handkoffer auf den Knien.

Winfield stand nicht auf, als er jemanden die Treppe herunterpoltern hörte. Emory Kite kam ins Zimmer; er trug eine Hose, ein Hemd und Slipper mit Lederabsätzen. Als er den General sah, zuckte er zusammen, erholte sich rasch und fragte: »Ist Connie weg?«

»Sie sagte, sie könne nicht warten.«

»Aha«, sagte Kite mit einer mißtrauischen Grimasse, die er

schnell durch ein Grinsen tilgte. »Wetten, die hat Ihnen ihre Karte gegeben?«

Der General lächelte knapp und nickte.

»Ich will mich nicht vordrängeln, General, aber wenn Sie je in Stimmung für was Schräges sind, da gibt's nix Besseres als Connie. Fünfhundert für ne Nacht, und das ist sogar billig. Außerdem nettes Mädel. War auf dem College, hat nen guten Job im Innenministerium, nix mit Drogen und reist gern.«

»Interessant«, sagte der General.

»N Kaffee? Ich hab ihr gesagt, sie soll n Pott machen.«

»Ja, danke, Kaffee hätte ich gern, Mr. Kite.«

»Bin sofort wieder da.«

Nach weniger als zwei Minuten kam Kite zurück aus der Küche, mit zwei Bechern Kaffee. Einen reichte er dem General, hielt dann seinen zwischen beiden Händen, als er sich in einen großen Lehnsessel setzte, der so niedrig war, daß Kites Füße den Boden berührten. Kite schlürfte lautstark seinen Kaffee und spähte über den Becherrand. »Das ist kein Freundschaftsbesuch, oder?«

»Nein, Mr. Kite, ist es nicht. Ich benötige schon wieder Ihre Dienste.«

Kites linke Hand zupfte so hart an seinem Ohrläppchen, daß sich davon die Mundwinkel hinabzubiegen schienen. »Was liegt an?«

»Ich möchte, daß Sie zurückbringen, was Sie einmal entfernt haben – oder haben entfernen lassen.«

Kite zupfte wieder am linken Ohrläppchen; diesmal weiteten sich seine Augen in echter oder gespielter Überraschung. »Sie meinen in L.A.?«

»In Los Angeles, ja.«

»Und ich soll das genau dahin tun, wo es mal war?«

»Das ist nicht nötig. Sobald Sie drin sind, können Sie es eigentlich überall lassen.«

»Ich geh nicht rein, wenn jemand da ist.«

»Ich versichere Ihnen, es wird niemand dort sein.«

»Und mein Anteil?«

»Der gleiche wie damals. Und wie damals übernehmen Sie Ihre Spesen selbst.«

»Warum?« sagte Kite mit einem Stirnrunzeln, das nach Winfields Ansicht ehrliche Verblüffung ausdrückte. »Ich mein, damals haben Sie's gebraucht, aber jetzt nicht. Wie kommt's?«

»Damals habe ich es verzweifelt gebraucht«, sagte Winfield. »Das ist nicht mehr der Fall. Ich betrachte es jetzt als ein Darlehen, das anonym zurückgezahlt werden muß. Aber diesmal darf niemand verletzt und vor allem niemand getötet werden.«

Kite wies mit seinem scharfen Kinn auf den schwarzen Handkoffer, der noch immer auf den Knien des Generals lag. »Da drin?« fragte Kite.

Der General nickte.

Kite stellte den Becher weg und stand auf. »Dann sollten wir's vielleicht zählen.«

»Ja, das sollten wir wohl.«

Der General erhob sich, hielt den Koffer am Griff und sah sich im Raum um. Er bemerkte einen Tisch mit Marmorplatte an der anderen Wand. Die Farbe des Marmors war sahnegestriemtes Mauve, und alle sechs prachtvoll beschnitzten Mahagonibeine des Tischs endeten im unvermeidlichen Ball mit Krallen.

»Ist der Tisch recht?« fragte der General.

Kite schaute hin. »Klar. Ich schieb bloß mal die Lampe ein bißchen weg.«

Er ging zum Tisch und schob eine Messinglampe mit Schirm nach links hinten. Der General kam zu ihm und stellte den Handkoffer auf den Marmor. »Nicht abgeschlossen«, sagte er.

»Lauter Hunderter?«

»Natürlich.«

»Eins Komma zwei Millionen?«

»Genau, Mr. Kite.«

Kite nickte, ließ die Verschlüsse aufspringen und hob den Deckel; darunter lagen saubere, dichtgepackte Reihen von 100-$-Noten mit Banderolen. Kite starrte das Geld mit Zuneigung, vielleicht sogar Liebe an, und er starrte immer noch, als General Winfield sich räusperte und sagte: »Emory.«

»Ja?«

»Schließen Sie den Deckel.«

Kite gefror, taute schnell genug auf, um »Warum?« zu sagen, wartete allerdings nicht auf eine Antwort. Statt dessen warf er den Deckel zu, wirbelte herum und stürzte sich auf den General, wurde aber langsamer und stoppte schließlich ganz, als Winfield ihm mit einem Revolver Kaliber .22 in die Stirn schoß.

38. Kapitel

Nick Patrokis' gemietetes Apartment mit zwei Schlafzimmern, zweiter Stock, befand sich in Nr. 1911 R Street, N.W., und war nur zwei Minuten zu Fuß entfernt von VOMIT, falls die Ampeln auf der Connecticut Avenue mitspielten. Früher hatte sein Onkel, der Gastronom, das Apartment genutzt, war aber schon vor Jahren jenseits der Distriktgrenze weit draußen auf die Massachusetts Avenue in Maryland gezogen.

Nach dem Umzug hatte der Onkel weiterhin die Miete für das Apartment bezahlt, weil das billiger war als die Übernahme der Hotel- und Motelrechnungen seiner verzweigten Familie, deren Mitglieder mit besorgniserregender Regelmäßigkeit aus Athen und London und Sydney und Rom und Brüssel bei ihm auftauchten. Bei der Gründung von VOMIT untervermietete er das Apartment an seinen Neffen Nicholas und informierte die Familienmitglieder per Brief, Telefon, Fax und Mundpropaganda, falls sie ihn in Washington besuchen wollten, könne er ein Holiday Inn draußen auf der New York Avenue empfehlen, das billig, sauber und nur ein bißchen gefährlich sei.

Um 8.08 Uhr an diesem Morgen, kurz nachdem General Winfield Emory Kite erschossen hatte, erwachte Nick Patrokis in seinem Schlafzimmer, blickte nach links und sah eine nackte Shawnee Viar im Schneidersitz auf dem Bett; sie musterte ihn mit einem Ausdruck, der ihm verdächtig nach Verehrung aussah.

»Laß uns heiraten«, sagte sie.

»Wann?«

»Nächstes Jahr. Übernächstes. In zehn Jahren.«

»Gute Idee«, sagte Patrokis, stieg nackt aus dem Bett und eilte ins Bad. Trotz geschlossener Badezimmertür hörte er das

Klingeln des schwarzen, 19 Jahre alten Touch-Tone-Telefons, das noch nie hatte repariert werden müssen; auf den Tauschmärkten, wo Patrokis den größten Teil seiner Kleidung und alle Möbel für das Apartment und VOMIT erstanden hatte, ging das Modell für 100 bis 150 $ weg.

Nach dem zweiten Klingeln verstummte das Telefon. Als Patrokis, noch immer nackt, aus dem Bad kam, hielt Shawnee Viar ihm das Gerät hin und sagte: »Partain ist dran.«

Patrokis sagte hallo, und Partain sagte: »Ich hab grad einen Anruf von General Hudson gekriegt.«

»Warum?«

»Er will, daß ich ihn und Colonel Millwed treffe.«

»Noch mal – warum?«

»Damit wir darüber sprechen, daß ich als Light-Colonel zurück zur Army gehe, mein zwanzigstes Jahr abdiene und mit einer wohlverdienten Pension ausscheide.«

»Sag ihm, er soll alles fertigmachen und die Papiere einreichen.«

»Hab ich, aber er will immer noch mit mir reden.«

»Wo?«

»Er ruft noch mal an, wegen Zeit und Ort.«

»Warum nur«, fragte Patrokis, »habe ich den Verdacht, daß ihr drei euch im Mondschein an einem einsamen Wegekreuz im Rappahannock County treffen werdet?«

»Meinst du, ich sollte eine Waffe mitnehmen?«

»Hast du eine?«

»Nein.«

»Hat der Waffenhändler keine?«

»Hast du eine?«

»Was soll ich mit einer Waffe?« sagte Patrokis.

»Braucht er was zum Schießen?« fragte Shawnee Viar.

»Moment«, sagte Patrokis, legte eine Hand auf die Sprechmuschel, wandte sich Shawnee zu und sagte: »Warum fragst du?«

»Er kann Hanks haben«, sagte sie.

»Ich dachte, die hätten die Cops mitgenommen.«

»Haben sie, aber er hat noch ein paar andere im Haus verteilt.«

»Würdest du Partain eine leihen?«

»Was will er damit?«

»Keine Ahnung«, sagte Patrokis. »Vielleicht will er Colonel Millwed erschießen. Oder General Hudson. Oder beide.«

»Sag ihm, ich bring ihm was, egal, wo er steckt«, sagte sie.

Um 8.59 Uhr klingelte das Telefon in Edd Partains Hotelzimmer. Als er abnahm, sagte Millicent Altford: »Ist meine Tochter wieder in ihrem eigenen Bett?«

»Hier ist sie nicht.«

»Sind Sie angezogen?«

»Ja.«

»Dann schleifen Sie Ihren Hintern sofort hierher, ohne daß jemand Sie sieht. Meinen Sie, Sie schaffen das?«

»Ich kann's versuchen.«

Partain öffnete seine Zimmertür, schaute den Korridor hinauf und hinab, sah niemanden, schloß die Tür, ging vier schnelle Schritte zur nächsten, öffnete sie und schlüpfte hinein.

»Gut abschließen«, sagte Millicent Altford.

Partain schob den Riegel vor, befestigte die Kette und drehte sich um; zunächst sah er Altford an, die in einem Sessel saß, in ihrem Kaschmirrock, dann General Vernon Winfield, der stramm auf einem Stuhl mit gerader Rückenlehne saß, Hut und Handschuhe abgelegt hatte, aber noch immer den Mantel trug und den schwarzen Handkoffer auf den Knien hielt.

»Das Herzchen hat sich grade einen Privatdetektiv geschossen«, sagte Millicent Altford. »Den, mit dem ihr alle im Dôme gegessen habt.«

»Emory Kite«, sagte Partain, einfach um etwas zu sagen.

»Kite«, stimmte sie zu, stand auf, ging zum Whisky, goß sich anderthalb Fingerbreit Scotch ein und kippte das meiste davon hinunter. »Das Herzchen macht mich noch zum Morgensäufer.«

»Ich gehe davon aus, er ist nicht hier, um Sie umzubringen«, sagte Partain.

»Ich finde das äußerst ungehörig, Mr. Partain«, sagte der General.

»Er hat eine Waffe«, sagte Altford.

»Soll ich sie ihm abnehmen?«

Ehe Altford antworten konnte, zog der General den kurzläufigen Revolver aus der Manteltasche und betrachtete ihn nachdenklich. »Er verschießt fünf lange zweiundzwanziger Geschosse, hohl. Sie richten schlimmen Schaden an, sind aber nur auf sehr kurze Entfernung wirksam. Diese spezielle Waffe schießt zu hoch und nach rechts und ist praktisch nutzlos, außer in der Hand eines erfahrenen Scharfschützen. Ich habe Mr. Kite genau über die Nasenwurzel geschossen, aus etwa eins achtzig Entfernung. Zu diesem Zeitpunkt bewegte er sich.«

Partain ging zum General, hielt ihm die rechte Hand hin und sagte: »Darf ich?«

»Selbstverständlich«, sagte Winfield und reichte Partain den Revolver mit dem Kolben voran. Partain untersuchte die Waffe, schnüffelte am Zwei-Zoll-Lauf, nickte und steckte den Revolver in seine rechte Gesäßtasche.

»Jetzt zeig ihm, was du in der Tasche hast, Herzchen«, sagte Millicent Altford.

Der General dachte zunächst darüber nach, öffnete dann den schwarzen Handkoffer und zeigte die dichtgepackten umwickelten Bündel aus 100-$-Noten.

»Wieviel?« sagte Partain.

»Er sagt, eins Komma zwei Millionen, aber ich hab's nicht gezählt«, sagte sie, wandte sich zum General, musterte ihn kurz, trank ihren Scotch aus, seufzte und sagte: »Am besten erzählst du Twodees, wie du dich mit dem Yen verspekuliert und Optionen auf das ganze unerschlossene Land in Arizona gekauft und dich mit dem Windbeutel in North Dakota eingelassen und dann deine Chrysler-Aktien unter Preis verscherbelt hast, um Apple zu kaufen.«

»Ja, das sollte ich vielleicht«, sagte der General und sah Partain an. »In den vergangenen Jahren habe ich einige höchst unkluge Investitionen getätigt. Ich mußte Verluste bei Kurzoptionen auf Yen abdecken, habe Aktien verkauft, die ich hätte behalten sollen, und die behalten, die ich hätte verkaufen müssen. Es gab noch einige, tja, riskante Unternehmungen, eher Glücksspiele, und im Oktober war ich de facto bankrott und brauchte unbedingt eine Million Dollar. Die magische Summe. Nicht so viel Geld, wenn man die Inflation bedenkt, aber . . .«

Partain unterbrach. »Was ist mit Ihrem Besitz in Aspen?«

»Das alles ist bis zum Maximum mit ersten, zweiten und dritten Hypotheken finanziert. Darauf kann ich mir keine zehn Cents borgen.« Er seufzte. »Weshalb ich Mr. Kites Dienste in Anspruch genommen habe.«

Partain sah Altford an. »Kite hat Ihre eins Komma zwei Millionen gestohlen?«

»Kite hat stehlen lassen, sagt das Herzchen hier«, sagte sie. »Erinnern Sie sich an den armen Dave Laney? Also, er und Kite sind irgendwie zusammengekommen, vielleicht über General Hudson, der ja Daves Onkel ist. Jedenfalls, am Wahltag ist Dave von Guadalajara nach L.A. geflogen, auf Kites Bitte hin. Für einen Anteil von sechzigtausend Dollar ist Dave in mein Apartment gegangen, hat den Safe aufgemacht – die Kombination hatte er wahrscheinlich von Jessica, ohne daß sie es wußte –, das Geld in eine Tasche oder was auch immer gepackt und sich ins Gebäude und wieder heraus eskortieren lassen vom lieben toten Jack Thomson, Nachtportier und manchmal Schauspieler, der fünftausend Dollar in bar und eine Kugel in den Hinterkopf gekriegt hat für seine Nebenrolle.«

»Erschossen von Mr. Kite, glaube ich«, sagte der General.

»Warum haben Sie nicht Ihr Haus hier belastet?«

Der General starrte geradeaus. »Das Haus sollte an die Organisation gehen.«

»An VOMIT?«

Winfield nickte. »Das Geld von Millicent habe ich als Darlehen betrachtet.«

»Wer hat Ihnen mich denn nun wirklich empfohlen?« fragte Partain Altford.

»Hab ich Ihnen doch schon gesagt. Nick Patrokis.«

»Nicht er?« sagte Partain mit einem Nicken zum General.

»Ich habe zugestimmt, als Nick es mir erzählte«, sagte der General. »Millicent hat sich äußerst undeutlich ausgedrückt, weshalb sie denn einen Leibwächter wollte. Ich wußte natürlich, es war wegen des gestohlenen Geldes. Sie hatte Angst; nur zu verständlich.«

Partain sagte: »Wie sind Sie an ihn rangekommen – Kite?«

»Nick und ich haben vor langer Zeit entdeckt, daß Kite bei uns von General Hudson und Colonel Millwed eingeschleust worden ist. Bei mehreren Gelegenheiten sind Leute von uns Kite gefolgt, und das brachte uns zu seinem Treffen mit Millwed, an abgelegenen Orten. Danach hat sich Millwed meistens hier in diesem Hotel mit General Hudson getroffen. Sie haben gern kleine Zimmer im dritten oder vierten Stock genommen.«

»Ich weiß immer noch nicht, wie Sie an Kite rangegangen sind.«

»Ich bin ganz einfach eines Tages in seinem Büro zu ihm gegangen, als sonst keiner da war, und habe ihn gefragt, ob er jemanden kennt, der gern eins Komma zwei Millionen

Dollar aus einem Safe stehlen würde, dessen Kombination mir bekannt sei.«

»*Du* hast sie gekannt?« sagte Altford.

»Als wir das letzte Mal die Bücher gemacht haben, Millicent, habe ich dir, fürchte ich, über die Schulter geschaut.«

»Jesus.«

»Was hat er gesagt?« fragte Partain. »Kite?«

»Er wollte Einzelheiten, natürlich. Und dann war da die Frage der Provision. Ich habe zweihunderttausend angeboten und mich geweigert zu feilschen. Schließlich hat er akzeptiert.« Der General machte eine Pause. »Es war alles sehr geschäftsmäßig.«

»Dann wollen wir beide jetzt ein Geschäft machen«, sagte sie. »Sag mir, warum die unbedingt Jerry Montague umbringen mußten, den Sohn meines ersten Mannes?«

»Wieder Mr. Kite«, sagte der General. »Ich glaube, er war hinter seinem Hauptziel her, Mr. Partain. Nicht hinter dir, Millicent. Jerry Montague ist einfach Mr. Kite in die Quere gekommen. Es tut mir sehr leid.«

»Wer würde Kite bezahlen, um mich umzulegen?« sagte Partain. »Hudson und Millwed?«

»Ich nehme es an. Wegen all ihrer unersprießlichen Aktivitäten in El Salvador. Nach einem oder zwei Hinweisen, die ich von Mr. Kite erhielt, scheinen sie über unerschöpfliche Mittel zu verfügen.«

»Sie sagen, Sie haben Kite glatte zweihunderttausend dafür bezahlt, daß er Mrs. Altfords eins Komma zwei Millionen stiehlt. Keine Spesen?«

»Keine. Als ich heute früh zu ihm unterwegs war, hatte ich die Absicht, ihm die gleiche Summe dafür zu zahlen, daß er das gestohlene Geld wieder zurückbringt. Natürlich nicht in Millicents Safe. Sondern irgendwo in ihr Apartment. Als Überraschung.«

»Weshalb haben Sie es sich anders überlegt?« sagte Partain.

Der General runzelte die Stirn über die Frage, nickte dann verstehend und sagte: »Sie meinen, warum ich ihn statt dessen getötet habe?«

Partain sagte nichts. Millicent Altford auch nicht.

»Es mußte einfach ein Ende haben«, sagte der General. »Es dauerte schon zu lange. Viel zu lange.«

»Hat's Ihnen gefallen?« sagte Partain.

Milde Empörung kroch über Winfields Gesicht, und er wurde ein wenig rot. »Mr. Kite zu erschießen? Nein, Sir, hat es nicht.«

»Ich meine all das andere – das Täuschen und Aushecken und Hintergehen?«

»Der Verrat, meinen Sie?«

Partain nickte.

»Ich bedaure, sagen zu müssen, ich fand es – stimulierend.« Der General setzte den noch immer geöffneten Handkoffer auf den Boden und erhob sich. »Es ist alles darin, Millicent«, sagte er; er nahm Hut und Handschuhe an sich. »Eine Million zweihunderttausend Dollar. Wenn wir – ich meine natürlich, wenn du nächsten Monat die Bücher durchgehst, müßtest du alles bereinigen können.«

Millicent starrte ihn an, schüttelte dann den Kopf und sagte: »Es tut mir so leid für dich, wirklich.«

Er schien es nicht zu hören. »Ich glaube, ich gehe zu Fuß heim. Ich werde einen Schluck Tee trinken. Einige Briefe schreiben.« Er schaute Altford an, dann Partain. »Goodbye, Millicent. Mr. Partain.«

Partain blickte Altford fragend an; sie schüttelte den Kopf.

Der General ging langsam zur Tür, drehte sich um und sagte: »Ruf sie in etwa einer Stunde an, und sag ihnen, daß ich zu Hause bin.«

»Die Polizei?«

»Wen sonst?« sagte er, drehte sich wieder um, öffnete die Tür und war fort.

39. Kapitel

Edd Partain lag vollkommen angekleidet auf dem Bett des Hotelzimmers, starrte an die Decke und dachte nach über seine tote Frau, über General Winfield und darüber, ob er etwas essen sollte, als um 12.33 Uhr das Telefon läutete.

Ohne aufzustehen, hob er den Apparat vom Nachttisch, stellte ihn links neben sich, nahm den Hörer und sagte hallo. Eine Frauenstimme sagte: »Mr. Partain? Hier ist Captain Lake, General Hudsons Adjutantin. Der General bedauert sehr, daß es so kurzfristig ist, hofft aber, daß Sie heute abend zum Essen zu ihm nach Arlington kommen können? Wäre das möglich, Sir?«

»Ich glaube schon«, sagte Partain; er nahm an, daß sie aus Virginia war, vermutlich unten aus der Gegend von Lynchburg.

»Sehr gut. Sie werden gegen acht Uhr zum Essen erwartet, und der General kann Ihnen einen Wagen schicken. Wenn Sie aber lieber selber fahren, sorge ich dafür, daß eine Karte mit markierter Strecke in Ihr Fach im Hotel gelegt wird.«

»Ich fahre selbst«, sagte Partain, erleichtert darüber, daß die ansteigende Intonation geendet hatte.

»Er wird sich freuen zu hören, daß Sie annehmen.«

»Kann ich jemanden mitbringen?« sagte Partain.

Ohne das geringste Zögern sagte sie: »General Hudson hatte gehofft, daß Sie das tun würden.«

Connie Weeks, Statistikerin im Innenministerium und nach sechs Uhr Callgirl, trug lediglich eine Cartier-Uhr, als sie sich zu General Hudson wandte und sagte: »Du hattest recht. Er bringt jemanden mit.«

Der General nickte und lehnte sich im blaßbraunen Clubsessel aus Wildleder zurück, um sich eine Zigarre anzuzünden. Er trug nichts als eine graue Kammgarnhose.

»Wahrscheinlich bringt er Patrokis mit«, sagte Colonel Millwed, der ausgestreckt auf der langen sahnebeigen Couch lag. Der Colonel trug nichts außer einem aufgeknöpften weißen Hemd.

»Ich hielt es nicht für gut, so genau zu fragen«, sagte Connie Weeks und blickte auf ihre Uhr. »Wenn einer von euch noch einen Quickie möchte, dazu hab ich gerade noch Zeit. Aber keinen Dreier.«

Der General schwenkte als höfliche Verneinung seine Zigarre und sagte: »Ich passe, aber vielleicht ist Colonel Long Dong da drüben interessiert.«

Millwed, der nun an die Decke starrte, schüttelte den Kopf und sagte: »Colonel Dong fühlt sich ausgelutscht.«

»Hier, Connie«, sagte der General; er langte in eine Gesäßtasche und zog einen kleinen weißen Umschlag heraus. »Da ist ein bißchen was extra drin.«

Sie lächelte, nahm den Umschlag entgegen und sagte: »Danke sehr, Gentlemen«, wandte sich um und ging zum einzigen Schlafzimmer ihres Apartments, nur um stehenzubleiben und sich umzudrehen, als der General sagte: »Hast du das mit Emory gehört?«

»Nein«, sagte sie. »Was?«

»Jemand hat ihn heute morgen erschossen«, sagte er; dann wartete er auf ihre Reaktion, die sich als Überraschung, wenn nicht gar Schock herausstellte und Bekümmerung, wenn nicht gar Trauer. »Emory *Kite?*«

»Ich hoffe bei Gott, daß er der einzige Emory ist, den ich kenne«, sagte Colonel Millwed; er stellte die Füße auf den Boden und setzte sich auf.

»Wann bist du heute morgen bei ihm weggegangen?« sagte der General.

»Acht. Ungefähr.«

»Irgendwas Ungewöhnliches bemerkt?«

»Klar. Als ich vorn rausgegangen bin, wollte ein alter Typ grade rein. Mitte Sechzig, schätze ich, um die eins achtzig, graues Haar – soweit ich sehen konnte –, blaue Augen, kein Bart, keine Brille, kein Fett. Er hatte einen schwarzen Handkoffer in der Hand, einen Kamelhaarmantel an, einen scharfen Hut auf und ging so, wie ihr beiden geht, als ob ihr dauernd auf Parade wärt.«

»Hat er was gesagt?«

»Er hat ›Spaß‹ gesagt.«

»Spaß?«

»Er sah aus wie ein möglicher Kunde, deshalb hab ich ihn gefragt, ob er gern Spaß hat. Und er hat ›Spaß‹ gesagt, genau so wie du gerade – als ob er nicht wüßte, wovon ich eigentlich rede. Deshalb hab ich ihm meine Karte gegeben, die nur mit dem Vornamen und der Nummer, und ihm gesagt, er kann mich jederzeit nach sechs anrufen.«

»Was hat er gesagt?«

»Nichts. Nur ein bißchen gelächelt und meine Karte eingesteckt.«

General Hudson seufzte, nickte dann Colonel Millwed zu, der hinter Connie Weeks aufstand, ihr Kinn mit einer Hand packte, den Hinterkopf mit der anderen, hart nach rechts riß, hart nach links stieß und ihr das Genick brach.

Zehn Minuten später trug Colonel Millwed Anzug und Krawatte und eine Rolle Haushaltstücher, während er sich in Connie Weeks' Wohnzimmer nach noch mehr zum Auf- oder Abwischen umsah. Die tote Frau lag noch immer auf dem polierten Hartholzboden neben der Sahnecouch.

»Sonst noch was?« sagte der Colonel; vorsichtig stieg er über ihren Leichnam.

General Hudson, inzwischen in blauem Blazer, weißem

Hemd, Krawatte und grauer Hose, sah sich im Zimmer um und sagte: »Nur der Samen in der Vagina.«

»Das ist Ihrer. Meinen hat sie geschluckt.«

»Los«, sagte der General, und sie gingen; Connie Weeks' Cartier-Uhr, den übrigen Schmuck, Bargeld und Kreditkarten nahmen sie mit.

Sie gingen schnell den Korridor des Apartmenthauses entlang, begegneten niemandem, stiegen eine Treppe hinab, erwischten einen leeren Aufzug, fuhren in die Kellergarage und gingen getrennt hinaus, mit zehn Minuten Abstand. Colonel Millwed behielt das Bargeld und warf später die Uhr, den Schmuck und die Kreditkarten in den Potomac.

Es fiel Nick Patrokis zu, General Vernon Winfield offiziell zu identifizieren, nachdem die Metropolitan Police ihn tot aufgefunden hatte, gestorben an einer selbst beigebrachten Schußwunde. Die Leiche lag nicht weit vom großen prunkvollen Schreibtisch in der Bibliothek, von der Partain geschätzt hatte, sie enthalte 9000 Bücher.

Der zuständige Sergeant war Frank Tine, ein großer, hellbrauner Mann von mindestens vierzig; er trug ein hübsches schockresistentes Gesicht und Kleider, bequem und warm, die jemand ausgesucht hatte – vielleicht er selbst, vielleicht seine Frau –, der nicht wollte, daß er allzu hübsch herumlief.

»Wissen Sie, wie das für mich aussieht?« fragte Tine Patrokis, der die Leiche des Generals anstarrte, während ein Polizeifotograf einen ganzen 35-mm-Film verschoß. »Sieht mir so aus, als wenn sich der General an den Schreibtisch gesetzt und alles aufgeschrieben hat, dann aufsteht und hier rübergeht und sich erschießt, damit nix runterpladdert auf das neue Testament da, in dem er alles den« – Tine warf einen Blick auf seine Notizen – »Victims of Military Intelligence Treachery hinterläßt, was zum Teufel das auch immer sein mag.«

»VOMIT«, sagte Patrokis. »Er war einer der beiden Gründer. Ich bin der andere.«

»Er hat noch was geschrieben.«

Patrokis fragte nicht, was, sondern blickte sich im großen Raum um, um festzustellen, ob irgend etwas verändert wirkte. Er beschloß, es sehe aus, als ob jemand gestorben sei.

»Wollen Sie wissen, was er noch geschrieben hat?« sagte Tine.

»Natürlich.«

»Ein Geständnis.«

»Daß er Emory Kite erschossen hat? Ja, hab ich gehört.«

»Wo zum Teufel haben Sie gehört, daß er ein Geständnis geschrieben hat?«

»Das hab ich nicht gehört. Ich hab gehört, daß er zugegeben hat, er hätte Kite erschossen. Mrs. Altford hat mich angerufen. Nachdem sie Sie angerufen hatte.«

Sergeant Tine nickte und drehte sich langsam einmal um sich selbst, als ob er die Bibliothek inspizieren oder sogar schätzen wollte. »Meinen Sie, der hat die ganzen Bücher gelesen?«

»Die meisten wahrscheinlich.«

»Was meinen Sie, wieviel der wert war?«

»Ich glaube, er war so gut wie pleite, und zwar seit einiger Zeit.«

»Mit so nem großen Haus?«

»Das ersäuft unter Hypotheken.«

»Das heißt, ihr VOMIT-Jungs kriegt nicht viel?«

»Wahrscheinlich gar nichts«, sagte Patrokis.

»Was meinen Sie, warum er Kite umgebracht hat?« fragte der Sergeant; seinem Tonfall fehlte jede Neugier.

»Weiß ich nicht«, sagte Patrokis.

»Meinen Sie, er war krank?«

»Wer – Kite?«

»Der General.«

»Nein. Der war nicht krank.«

»Ob Kite ihn erpreßt hat?«

»Bezweifle ich.«

»Das wäre aber ein Motiv für den General, oder?« sagte Sergeant Tine. »Sagen wir, irgend so n Wichser von Privatcop droht, Ihnen das Leben zu ruinieren. Macht Sie wild genug, um was dagegen zu unternehmen. Aber Sie denken das nicht zu Ende durch. Und das tolle Gefühl, quitt zu sein, hält ungefähr zwei Minuten an, vielleicht nicht mal so lang, bis Ihnen klar wird, was Sie da wirklich angerichtet haben. Also gehen Sie los, erzählen's irgendwem, vielleicht Ihrem ältesten Freund, vielleicht dieser Altford-Lady, und dann gehen Sie nach Hause, schreiben was auf, überlegen, ob da noch was zu erledigen ist, kommen zu dem Schluß, daß nur noch eines zu tun ist, und dann tun Sie's.«

Der Sergeant widmete dem großen Raum eine weitere beifällige Inspektion, ehe er fragte: »Wieviel Bücher sind das wohl, meinen Sie?«

»Um die sechstausend.«

»So viele?« sagte er, sah sich noch einmal um, wandte sich dann wieder Patrokis zu und sagte: »Und was so blödsinnig komisch daran ist – das Ganze passiert einem, der, so wie's aussieht, alles hatte, sein ganzes Leben lang.«

»Hatte er alles«, sagte Patrokis. »Nur hat er nie so ganz gewußt, was er damit machen sollte.«

»Wie wir's wissen würden«, sagte Tine.

Patrokis lächelte flüchtig. »Wie wir's wissen würden.«

40. Kapitel

Als einziges unverpackt und nicht reisefertig war der schwarze lederne Handkoffer, der eins Komma zwei Millionen Dollar enthielt. Er lag auf dem Bett in Millicent Altfords Hotelschlafzimmer, der Deckel achtlos zurückgeklappt, der suspekte Inhalt obszön entblößt.

Partain sah zu, wie Altford in maßgefertigten Jeans, dickem weißen Seidenpullover und ihrem dunkelgrauen Kaschmirmantel zwei der umwickelten Hunderterpäckchen, die jeweils 5000 $ enthielten, nahm, zögerte, ein weiteres nahm, sich umdrehte, zu Partain kam, seine rechte Hand packte und die drei Päckchen in seine Handfläche klatschte.

»Zu viel«, sagte er.

»Das hab ich zu entscheiden«, sagte sie, holte eine Flasche vom Frisiertisch des Zimmers, verteilte die restlichen zweieinhalb Unzen Scotch auf zwei Gläser, reichte ihm eins und fragte: »Fliegen Sie zurück nach L.A.?«

»In ein oder zwei Tagen.«

»Na ja, Sie haben ein Ticket Erster, Rückflug offen, also lassen Sie sich Zeit.«

»Ist Jessica irgendwo?« fragte er.

»Irgendwo«, sagte sie, beendete ihren Drink, stellte das Glas weg, ging zum Bett, klappte den Deckel des Geldkoffers zu und schloß den Reißverschluß. Sie wollte den Koffer absperren, hatte aber keinen Schlüssel und fragte Partain: »Was meinen Sie? Handgepäck oder durchchecken?«

»Checken Sie's durch, es sei denn, Sie wollen, daß jemand von den Sicherheitsleuten beim Durchleuchten reinsieht.«

An die Tür des Wohnzimmers der Suite wurde kräftig geklopft; es folgte die Stimme eines Pagen, der sich meldete. Altford eilte ins Wohnzimmer und öffnete die Tür zum Korridor. Der Page war ein junger Latino, der gewinnend lächelte und sagte: »Gepäck?«

»Im Schlafzimmer.«

Er nickte, lief ins Schlafzimmer, grinste Partain an, nahm Altfords Koffer, wies dann auf den schwarzen Handkoffer auf dem Bett und fragte: »Der auch?«

»Der auch«, sagte sie.

Er hob ihn an, sackte auf einer Seite ein wegen des unerwarteten Gewichts, sagte: »Schwer, wie?« und verschwand.

Als die Korridortür sich geschlossen hatte, musterte Millicent Altford Partain kurz. »Wollen Sie fest für mich arbeiten?«

»Als was?« sagte er, beendete seinen Drink und stellte das Glas beiseite.

»Wer weiß?«

»Was springt dabei raus?«

»Soviel wie ein Light-Colonel kriegt.«

Er grinste. »Ich sag Ihnen Bescheid.«

Sie nickte und verließ ihn mit einem Lächeln und einem Verschwörerblinzeln. Als er die Korridortür im Wohnzimmer sich hatte schließen hören, nahm Partain das Telefon im Schlafzimmer und wählte eine Nummer; beim dritten Läuten wurde abgenommen.

»Edd Partain hier, Shawnee. Haben Sie sich entschieden, was das Abendessen angeht?«

»Das will ich auf keinen Fall verpassen«, sagte Shawnee Viar.

Partain trug seinen neuen blauen Anzug, ein neues weißes Hemd, einen seiner beiden neuen Schlipse und die Kevlar-Weste, als Shawnee Viar ihn mit ihrem alten grauen Volvo Kombi auflas, um 19 Uhr, nördlich des Mayflower-Eingangs.

Partain gab ihr die Fotokopie einer sauber gezeichneten Karte des Wegs zu General Walker Hudsons Haus, die jemand in seinem Hotelfach hinterlegt hatte. Shawnee betrachtete sie einen langen Moment, mit Hilfe der Innenbeleuchtung, nickte und sagte: »Ja, ich weiß, wo das ist. Die Grundstücke da sind alle nen halben Morgen groß, mit Pools, Kiefern, Hunden und nicht genug Platz für ein Pferd.«

Nach der Fahrt durch Georgetown nahmen sie die Key Bridge, bogen auf den George Washington Memorial Parkway und irgendwann später nach links auf einen windungsreichen Asphaltweg, der sie nach 1,7 Meilen zum verheißenen Briefkasten am Straßenrand brachte, wo eine Dienstkappe mit Holzbuchstaben HUDSON verkündete.

Eine ziemlich lange, mit Platten ausgelegte Zufahrt führte zu einem langgestreckten eingeschossigen Steinhaus mit riesigem Kamin und extrem breiten Traufen. Der Erbauer hatte so viele Kiefern stehen lassen wie nur möglich, und der Hof oder Parkplatz war eher eine Andeutung.

»Was, wenn . . .«, sagte sie.

»Ich weiß nicht«, sagte Partain; er ließ sie nicht ausreden.

Sie bremste den Volvo am Ende der Auffahrt ab, vor dem Eingang, schaltete dann den Motor und die Scheinwerfer aus. Zwei laternenartige Beleuchtungskörper glommen rechts und links der Haustür, die aus dicken Eichenbohlen gemacht schien.

Partain stieg als erster aus. Shawnee folgte langsamer in ihrem langen hellbraunen Regenmantel, der fast bis zu ihren Stiefeln mit Klettverschluß reichte. Partain hatte keine Ahnung, was unter dem zugeknöpften Regenmantel sein mochte. Vielleicht Shorts und ein Bikinioberteil. Vielleicht sogar ein Kleid.

»Gibt es eine Mrs. General Hudson?« fragte sie.

»Davon gab es drei, aber die sind alle gegangen«, sagte Partain, als er die Eichentür erreichte und einen eingelassenen, elfenbeinfarbenen Knopf drückte. Drinnen erklang ein Glockenspiel. Partain zählte bis fünf; bei sechs wurde die Tür geöffnet von Colonel Ralph Waldo Millwed, der ein falsches

Lächeln, Ausgehuniform und seine sämtlichen Ordensbänder trug.

»Ms. Shawnee Viar!« sagte der Colonel; er hob die Stimme und verkündete spöttisch die Namen der Gäste. »Und Mr. Twodees Partain!«

Er riß die Tür weit auf, und Shawnee Viar ging schnell an ihm vorbei. Partain folgte ihr in den Raum und blieb stehen, wartete darauf, daß Millwed die Tür schloß. Es war ein großer, länglicher Raum mit zuviel teurem Mobiliar. Am anderen Ende erhob sich General Walker Hudson, ebenfalls in Ausgehuniform, von einer burgunderroten Ledercouch; er trug ein breites Lächeln zur Schau.

Partain hörte, wie sich die Vordertür schloß, machte zwei schnelle Schritte rückwärts, nutzte den rechten Ellenbogen als Kolben und rammte ihn zweimal tief in Colonel Millweds Solarplexus, folterte die Ganglien des Sympathikussystems.

Partain wirbelte herum und wartete, scheinbar ewig, bis Millwed vornüber zusammenklappte, sich die Brust hielt. Dann erst hob Partain das rechte Knie und brach Millweds Nase.

Nachdem der Colonel auf dem polierten, unregelmäßigen Nadelholzparkett zusammengebrochen war, kniete Partain nieder, durchsuchte ihn schnell und zog ihm aus der rechten Gesäßtasche eine kleine Beretta-Halbautomatik. Erst als er die Beretta in der Hand hatte, hörte Partain Shawnee Viar ihr Kommando knurren: »Zurück, Arschloch.«

Er drehte sich um und schaute hin. General Hudson ließ sich langsam wieder auf die burgunderfarbene Ledercouch sinken. Shawnee stand kaum mehr als einen Meter von ihm entfernt; mit beiden Händen richtete sie einen .38er Coltrevolver auf die Brust des Generals. Der Lauf der Waffe zitterte kaum merklich.

Partain wandte sich wieder um zu Colonel Millwed, der immer noch zusammengekrümmt auf dem Boden lag und jetzt winselnde Geräusche von sich gab, hin und wieder unterbrochen von einer Reihe rauher Knurrlaute. Partain nahm ein Taschentuch, wischte die Beretta des Colonels gründlich ab, wickelte das Tuch um den Lauf und drückte die Waffe in die rechte Hand des Colonels.

»Ich brech Ihnen alle Finger der Rechten, wenn Sie nicht genau das tun, was ich sage«, murmelte Partain. »Ich ziele jetzt mit der Beretta und Sie drücken ab. Wenn ich Feuer sage, feuern Sie.«

Partain zielte mit der Waffe in Millweds Hand auf einen nahen, zu dick gepolsterten Lehnstuhl und sagte: »Feuer.« Die Waffe ging los, und in der Rückenlehne des Stuhls erschien ein rundes Loch.

»Lassen Sie die Waffe los«, sagte Partain.

Die Waffe fiel ein paar Zentimeter bis zum Boden. Partain stand auf, kickte sie zwei Meter weg, wandte sich dann um und ging an ihr vorbei, bis er einen Meter vom General entfernt war.

»Ihr beide steckt tief, tief in der Scheiße«, sagte General Hudson mit amüsierter, selbstsicherer Stimme, lehnte sich dann auf der Couch zurück und schlug die Beine übereinander.

»Beide Hände aufs oberste Knie, sobald Sie die Zigarre ausgemacht haben«, sagte Partain.

Der General gehorchte und sagte dann: »Was jetzt?«

»Sind Sie okay, Shawnee?« fragte Partain.

»Mir ging's nie besser.«

»Wir wollen zwei Dinge«, sagte Partain zum General. »Wir wollen Hank Viars zweiunddreißig Notizhefte. Das ist das erste.«

Die Augen des Generals tanzten von Partain zu Shawnee Viar und zurück. »Was, wenn ich sie nicht habe?«

»Dann darf ich Sie erschießen«, sagte Shawnee.

»Und wenn ich sie habe?«

»Dann bleiben Sie am Leben«, sagte Partain.

»Und der Haken?«

»Dazu kommen wir später.«

Der General nickte zu einem Kirschbaumschränkchen links neben Partain. »Sehen Sie das Schränkchen da?«

Partain schaute, nickte und wandte sich ihm wieder zu.

»Also, das ist eigentlich kein Schränkchen, trotz der netten Tiffany-Lampe darauf. Es ist ein Safe. Viars Kram ist da drin.«

»Gibt's einen Alarm?«

»Kein Alarm.«

»Wenn's ein stummer Alarm ist, überleben Sie die Nacht nicht.«

»Kein Alarm.«

»Wie ist die Kombination?«

Der General rasselte sie herunter. Partain ging zum Schränkchen, kniete, öffnete vorsichtig die Holztür, hinter der ein stämmiger grauer Stahlsafe steckte. Partain stellte die Kombination ein, wartete, drehte den Griff des Safes nach unten, zerrte daran und öffnete den Safe.

Es gab zwei Stahlfächer. Im unteren lagen Henry Viars zweiunddreißig rote Spiralhefte. Das obere war vollgepackt mit Geld, gebündelte 50- und 100-$-Noten. Partain schätzte, daß es fast 400 000 $ waren.

Er nahm die Spiralhefte heraus, schloß die Safetür und stand auf.

»Lassen wir ihn die Stelle vorlesen, wo sie versuchen, Hank dazu zu kriegen, daß er Ihre Frau verschwinden läßt«, sagte Shawnee.

»Könnten wir machen«, sagte Partain und legte die Spiralhefte auf einen Tisch.

»Wollen Sie das Geld nicht?« sagte der General.

»Das gehört mir nicht«, sagte Partain, drehte sich dann und sah nach Colonel Millwed, der nun auf der linken Seite lag und sich zentimeterweise zur Beretta hinarbeitete, die noch anderthalb Meter entfernt war.

»Nicht näher, Ralph«, sagte Partain, »sonst muß ich Ihnen noch was brechen.«

Der Colonel wimmerte und lag still.

»Jetzt kommt der Haken«, sagte der General.

Partain stimmte mit einem Nicken zu und holte einen kleinen Revolver Kaliber .22 aus seiner Jackentasche. »Das ist die Waffe, die General Winfield verwendet hat, um heute früh Emory Kite zu töten. Sie haben natürlich davon gehört.«

»Hab ich.«

»Also, Sie werden sie bei Colonel Millwed verwenden.«

»Ihn erschießen?«

Partain nickte.

»Nein«, sagte der General; er spuckte das Wort aus. »Nie.«

»Überlegen Sie es sich«, sagte Partain. »Er hat schon mit seiner Beretta auf Sie geschossen und Sie verfehlt. Das war nach Ihrem Streit, der mit einem kurzen brutalen Kampf endete, der Ralphies Beulen und Quetschungen erklärt.«

»Sie haben ihm die verdammte Nase gebrochen, Mister.«

»Und Sie haben toll gekämpft. Um das eigene Leben zu retten, mußten Sie ihn aber schließlich doch erschießen, und das tut Ihnen sehr, sehr leid.«

»Lassen Sie den Rest hören«, sagte der General.

»Wenn Sie ihn nicht erschießen, erschießt Shawnee hier Sie.«

»Dann stirbt sie im Knast.«

»Ich hab schon ein Jahr in der Geschlossenen hinter mir, Knallkopf«, sagte Shawnee. »Schlimmstenfalls krieg ich sechs Monate und bin nach zweien wieder draußen. Ich bin Hank Viars durchgeknallte todtraurige Tochter, erinnern Sie sich? Sie haben meinen Vater umgebracht, und ich bin durchgedreht.«

Der General räusperte sich und sagte: »Und wenn ich ihn erschieße?«

»Du Wichser!« kreischte der Colonel.

»Dann endet vermutlich Ihre Army-Karriere, aber Sie werden leben.«

»Dann wollen wir es hinter uns bringen«, sagte der General.

»ZUM TEUFEL MIT DIR, WALKER!« brüllte der Colonel.

Die drei ignorierten ihn; Partain nahm den .38er Revolver von Shawnee entgegen, richtete ihn auf den General und sagte: »Wir gehen jetzt zu Millwed. Dann geb ich Ihnen die Zweiundzwanzig, und Sie erschießen ihn. Ich würde die Schläfe vorschlagen, aber vielleicht haben Sie andere Vorlieben.«

»Partain, du Pisser«, sagte Millwed; er gab sich nicht mehr die Mühe, zu kreischen oder zu brüllen.

Als der General und Partain langsam zum ausgestreckt liegenden Colonel gingen, sammelte Shawnee Viar die zweiunddreißig roten Spiralhefte ein, hielt sie vor ihre Brust und folgte den beiden Männern. Ihre Augen waren weit offen und hell und amüsiert.

Als die beiden ihn erreichten, schaute der Colonel auf und flehte: »Bitte, Walker. Bringen Sie mich nicht um. Um Gottes willen, nicht.«

»Bringen wir's hinter uns«, sagte der General zu Partain.

Partain steckte mit der rechten Hand den Lauf des .38er Revolvers ins rechte Ohr des Generals. »Versicherung«, sagte Partain; dann gab er ihm die .22er.

»VERDAMMT, ICH FLEH DICH AN, DU ARSCH!« röhrte der Colonel; dann preßte er die Augen zu.

»Tut mir leid, Kumpel«, sagte der General, hockte sich hin, hielt die kleine Waffe fünf Zentimeter neben Millweds Schläfe und drückte ab. Es gab ein lautes Schnappen und Klicken.

Der General wurde bleich. Der Colonel begann zu weinen. Partain beugte sich vor, nahm die .22er aus der Hand des

Generals, richtete sich auf, steckte die kleine Waffe ein und sagte: »Kommen Sie, Shawnee.«

Der General erhob sich langsam, starrte Partain an. Zum ersten Mal hatte sich Angst in seinem Gesicht festgefressen. Seine Stimme klang alt und zerkratzt, als er sagte: »Was passiert mit Viars Tagebüchern?«

»Die kriegt die Army«, sagte Partain. »Ihr Jungs könnt euch gemeinsam eine Verteidigung ausdenken. Ich nehme an, der Colonel wird sagen, er hätte nur Befehle befolgt, stimmt's, Ralphie?«

»Zur Hölle, Partain«, flüsterte der Colonel.

»Darf ich ihm wenigstens einmal in die Eier treten?« sagte Shawnee Viar.

»Wenn Sie Wert darauf legen«, sagte Partain.

»Nein«, sagte sie, »ich glaube nicht.«

41. Kapitel

Als die United 747 vierzig Meilen westlich von Dulles war, hielt Edd Partain eine vorbeigehende Stewardess in der ersten Klasse an und sagte: »Im Zwischendeck sitzt eine Ms. J. Carver, die einen besseren Platz braucht.« Er deutete auf den leeren Gangplatz neben sich. »Der hier ist frei. Können Sie das arrangieren?«

»Wer bezahlt?« sagte die Flugbegleiterin.

»Ich.«

»Hat sie ein Billigticket?«

»Wahrscheinlich.«

»Das wird Sie einiges kosten.«

Partain langte in eine Tasche seines neuen braunen Fischgrät-Jacketts, zog ein paar Hunderter heraus und sagte: »Das sind tausend. Wenn's mehr macht, sagen Sie Bescheid.«

Die Flugbegleiterin, eine hübsche Fünfzigerin, betüttelte Jessica Carver fast fünf Minuten lang, wollte ihr ein zweites Frühstück andrehen, was abgelehnt wurde, oder einen Drink, den sie annahm. Carver trank ein paar Schluck Bloody Mary und fragte Partain: »Wo warst du gestern abend?«

»Bei Patrokis und Shawnee. Die meiste Zeit.«

»Und davor?«

»Shawnee und ich haben für General Hudson und Colonel Millwed eine Oper inszeniert.«

»Erzählst du's mir?«

Partain wandte sich ab, starrte hinaus auf die Wolkenschicht 15 000 Fuß unter ihnen, drehte sich wieder zu ihr und sagte: »Klar. Warum nicht? Aber Shawnee ist am Schluß die Heroine.«

»Gut.«

Partain brauchte zwanzig Minuten, um es ihr zu erzählen, und als er fertig war, fragte sie: »Wer weiß das sonst noch?«

»Nur Patrokis – und du.«

»Wann kommt alles raus?«

Partain lächelte. »Am nächsten Tag ohne wichtige Meldungen.«

Über dem Grand Canyon sagte Partain: »Deine Mutter will, daß ich für sie arbeite.«

»Als was?«

»Wahrscheinlich als Geldmacherlehrling.«

»Machst du's?«

»Vielleicht.«

»Das bedeutet, wir werden beide Jobs haben«, sagte sie. »Ich hab gestern vom Übergangs-Team ein Angebot gekriegt.«

»Was für eine Sorte Angebot?«

»Die suchen den besten Babytalk-Schreiber im Land, und ein Typ mit einer heißen Werbeagentur in Venice hat mich empfohlen.«

»Was ist ein Babytalk-Schreiber?«

»Jemand, der ein hundertseitiges Positionspapier auf drei Wörter zusammenköcheln kann. Vielleicht vier.«

»Wie für ein Plakat?«

»Genau.«

»Hast du angenommen?«

»Das ist ein Beraterjob, fünfhundert pro Tag. Ich hab ihnen gesagt, ich müßte aber von L.A. aus arbeiten, nicht Washington, das hat sie ganz nervös gemacht, bis ich ihnen beschrieben hab, wie wundervoll die modernen Telekommunikationsmittel sind. Und schnell.«

»Dann mußt du dir eine Bleibe suchen«, sagte Partain.

»Müssen wir beide«, sagte sie.

Ihr Empfangskomitee bestand nur aus Detective Sergeant Ovid Knox vom Morddezernat der Polizei Los Angeles, prächtig wie immer in Kaschmir und Gabardine. Partain und Carver hatten beide nur Handgepäck. Knox nahm es ihnen ab, legte es auf eine Karre, die er gemietet hatte, und bot ihnen eine Mitfahrgelegenheit in die Stadt an.

Als sie in Knox' schlichtem braunen Chevrolet auf der 405 unterwegs waren Richtung Wilshire Boulevard, sagte er: »Ich hab wegen einer älteren Sache vor drei Tagen einen Typ namens Manny Rosales hochgenommen, ein bißchen ausgequetscht, und er hat einen Privatcop in Washington ausgespuckt namens Emory Kite. Je von dem gehört?«

»Er ist tot«, sagte Partain.

»Hab ich auch rausgekriegt. Sieht aber so aus, als ob Kite derjenige war, der Ihren Ex-Schmusi Dave Laney ausgeknipst hat und außerdem Jack Thomson, Türhüter.«

»Warum?« sagte Jessica.

Knox ignorierte die Frage und sagte: »Deshalb können wir aus Manny, Kite, Laney und Thomson ein nettes Päckchen schnüren und vergessen. Aber die Cops in Washington sagen, ein Brigadier General i. R. hat gestern Kite plattgemacht, ist nach Hause gegangen, hat ein Geständnis geschrieben und sich dann selbst umgelegt.«

»General Winfield war ein alter Freund meiner Mutter«, sagte Carver.

Nach längerem Schweigen sagte Sergeant Knox: »Irgendwelche Fragen? Wenn Sie nämlich keine haben, ich wohl.«

»Eine«, sagte Partain. »Sie wüßten nicht zufällig, wo wir ein nettes Drei-Zimmer-Apartment mieten können, oder?«

Knox dachte nach; dann fragte er: »Ist Brentwood okay?«

vomit, barf: beides ist »erbrechen, kotzen«.

Victims . . .: Opfer von Verrat durch militärische Geheimdienste.

Little Rock: Hauptstadt des US-Bundesstaates Arkansas; dort befand sich Clintons Wahlkampfzentrale 1992 (vorher sein Sitz als Gouverneur).

Langley: Stadt in Virginia, nahe Washington; Zentrale der CIA.

Tamales: gerollte Maismehlfladen mit verschiedenen Füllungen.

aufmüpfiger Priester: im Orig. »turbulent priest«; angeblich sagte Henry II. von England über Thomas Becket: »Who will rid me of this turbulent priest?«

tough-minded: hart, extrem realistisch.

Golfhustler: einer, der um Geld Golf spielt, meist gegen ahnungslose Partner, denen gegenüber er sich zunächst harmlos gibt; entspricht dem »pool shark« beim Billard.

Trilateral Commission: Gruppe einflußreicher Leute (Wirtschaft, Lehre und Politik) aus Westeuropa, Japan und Nordamerika; organisiert 1973 von David Rockefeller (Chase Manhattan Bank) mit dem Ziel politischer Langzeitplanung und Beratung der Regierungen.

DSC: Distinguished Service Cross; milit. Orden.

Ione Gamble: vgl. *Voodoo Ltd.*

CIO: Congress of Industrial Organizations; Gewerkschaftsbund.

Light-Colonel: »Leichter Oberst«, Oberstleutnant.

Minor Jackson, Nick Ploscaru: vgl. *The Eighth Dwarf.*

Chicken Gravy: eine vor allem zu Geflügel gereichte Sauce mit einem Fond aus Hühnerbrühe und pürierten Innereien.

Redeye Gravy: eine rote Pfeffersauce zu Bohnen oder Fleisch.

Pecan Pie: je nach Variante entweder eine Art Torte oder eine leichte puddingartige Pastete, gefüllt mit Melasse, braunem Zucker und Pecan-Nüssen teils als Masse, teils ganz.

Lemon Meringue Pie: eine Art Eistorte oder Zitronenpudding mit Eischnee.

Ross Thomas: Bibliographie

The Cold War Swap, 1966	*(Der Ein-Weg-Mensch)*
The Seersucker Whipsaw, 1967	*(Urne oder Sarg, Sir?)*
Cast a Yellow Shadow, 1967	*(Der Tod wirft gelbe Schatten)*
The Singapore Wink, 1969	*(Sing Sing Singapur)*
The Fools in Town Are on Our Side, 1970	*(Unsere Stadt muß sauber werden)*
The Backup Men, 1971	*(Was ich nicht weiß, macht mich nicht kalt)*
The Porkchoppers, 1972	*(Wahlparole: Mord)*
If You Can't Be Good, 1973	*(Nur laß dich nicht erwischen)*
The Money Harvest, 1975	*(Die Millionenernte)*
Yellow-Dog Contract, 1977	*(Geheimoperation Gelber Hund)*
Chinaman's Chance, 1978	*(Umweg zur Hölle)*
The Eighth Dwarf, 1979	*(Vierzig Riesen für den Zwerg)*
The Mordida Man, 1981	*(Der Bakschischmann)*
Missionary Stew, 1983	*(Mördermission)*
Briarpatch, 1984	*(Schutzwall)*
Out on the Rim, 1986	*(Am Rand der Welt)*
The Fourth Durango, 1989	*(Gottes vergessene Stadt)*
Twilight at Mac's Place, 1990	*(Letzte Runde in Mac's Place)*
Voodoo Ltd., 1992	*(Voodoo & Co.)*
Ah, Treachery!, 1994	*(Die im Dunkeln)*

unter dem Pseudonym Oliver Bleeck:

The Brass Go-Between, 1969	*(Bonbons aus Blei)*
Protocol for a Kidnapping, 1971	*(Kopfpreis eine Million)*
The Procane Chronicle, 1971	*(Das Mordpatent Procane)*

The Highbinders, 1974 *(Ein scharfes Baby)*
No Questions Asked, 1976 *(Schreie im Regen)*

Zumindest die vor 1978 erschienenen deutschen Fassungen sind mit Vorsicht zu genießen. Einige Übersetzungen sind eher zweifelhaft, und in mehreren Fällen wurde sinn- und besinnungslos gekürzt; so enthält etwa die deutsche Fassung von *The Fools in Town* ... nur knapp ein Drittel des Originals.

Nachwort

Ross Thomas, 1926 in Oklahoma geboren, arbeitete als Journalist und PR-Experte, baute in den 50er Jahren das AFN-Büro in Bonn auf, beriet US-Gewerkschaften und Politiker bei Kampagnen, half im gerade unabhängig gewordenen Nigeria den Wahlkampf eines der Kandidaten zu organisieren: reichlich Gelegenheit also, Politik als Fortsetzung des Krieges mit anderen Mitteln zu sehen und Sprache als Droge, als Medium der Desinformation und Realitätsverschleierung zu studieren – bestmögliche Ausbildung für einen realistischen Romancier, »der die Dinge sieht, wie sie sind, statt wie sie sein sollten«. So definierte Ambrose Bierce den Zyniker.

Für seinen ersten Roman, *The Cold War Swap* (1966), erhielt er den Edgar-Allan-Poe-Award, höchste Auszeichnung, verliehen von Kollegen, den amerikanischen Mystery-Autoren; einen weiteren Edgar trug ihm *Briarpatch* (1984) ein. Vor einigen Jahren baten ihn die Kollegen, die Präsidentschaft des ehrenwerten Verbands der Mystery Writers zu übernehmen; Ross Thomas akzeptierte unter der Bedingung, daß es nicht in Arbeit ausarte und er weiter in Malibu, Kalifornien, mit Blick aufs Meer hocken könne, gestört allenfalls durch gelegentliche Brandkatastrophen, Erdbeben und Anfragen aus Hollywood.

Für dic ›New York Times‹ ist er »Amerikas bester Erzähler«. Die Vorstellung, daß etwa unsere ›FAZ‹ jemanden, der nicht für Akademiker über Nabel und Gemüt von Halbintellektuellen, sondern für Leser über Vorgänge in der Realität schreibt, mit einem derartigen Titel belehnen könnte, ist derart abenteuerlich, daß ich nicht weiß, wie man diesen Satz anständig beenden kann. Unsere Großkritiker, halbintellektuelle Akademiker, lesen am liebsten nur über sich und die eigene In-Group; Texte müssen möglichst dunkel, sperrig und langweilig sein, um als bedeutend zu gelten; und es herrscht der Aberglaube, nicht Kunstfertigkeit, sondern bestimmte Inhalte entschieden über Rang und Gattungszugehörigkeit eines Werks.

Wie Somerset Maugham bemerkte, vergessen die Verfechter des »psychologischen« Romans in ihrer Geringschätzung von Handlungselementen, daß ohne wie auch immer geartete Handlung weder das Interesse des Lesers noch die Psychologie der Personen und ihre Entwicklung gelenkt, »organisiert« werden können. Eine ehrwürdige, zielstrebige Handlungslinie ist z. B. die Queste, sei es als Suche nach einem Objekt oder als Versuch einer Erklärung für wesentliche Vorgänge. Für die Vielfalt von Questen, die unter *mystery* zusammengefaßt werden, gibt es keine deutsche Entsprechung; was wir unter »Kriminalroman« verstehen, ist etwas anderes: ein spätbürgerliches Gesellschaftsspiel mit ästhetisierenden Regeln.

Die eigentliche Fiktion dabei ist der Überbau: Ein staatlich oder göttlich garantierter ordentlicher Kosmos, in den jählings durch Mord im Pfarrhaus oder Leiche in der Bibliothek partielles Chaos eindringt. Wenn Sherlock Holmes, Poirot oder Derrick das Verbrechen aufgeklärt haben, ist der Kosmos wieder heil. Die von S. S. Van Dine und anderen aufgestellten Regeln schlossen Psychologie, Liebe und andere schnöde Dinge wie die Realität ausdrücklich aus, nichts sollte von der Tüftelei des Mörders und der Denkakrobatik des Ermittlers ablenken.

Dieses Gesellschaftsspiel wird noch immer betrieben und ist bei uns der »eigentliche« Krimi; die anderen Varianten von *mystery* haben sich in Deutschland nie wirklich durchgesetzt – jene, die davon ausgehen, daß der Kosmos absurdes Chaos ist, die *condition humaine* einzige (unberechenbare) Konstante und das Ergebnis der Queste bestenfalls ein Teilerfolg im Kampf ums Überleben. Kaputte Familien, unsichere Stadtstraßen und alltägliche Gewalt lassen uns Heimweh nach den fiktiven Symmetrien des Tüftelmords und den possierlichen Formen des Hinscheidens empfinden. Heimweh nach einem Nimmerland, in dem es der Sinn des Verbrechens war, den Scharfsinn des Detektivs zu erweisen.

Stärker als bei uns (aber wir machen da Fortschritte) hat sich in den USA das Gemeinwohl längst in ein Gemeinweh verkehrt; auf der Alltagsebene existiert der Staat als System nicht mehr, wenn auch die für die Fassade zuständigen Teile des Apparats nach außen funktionieren mögen. Im Vietnamkrieg sind weniger Amerikaner gefallen, als jedes Jahr durch Gewalt sterben. Verbrechen ist kein Puzzle-Genre, sondern Realität, *mainstream.* Die »hohe« akademische Literatur schaut seit Jahrzehnten weg; die Mystery-Autoren schauen genau hin.

Ross Thomas schreibt kühle, klare Gegenwartsromane. Sie sind nicht desillusioniert, sondern von Anfang an illusionslos. Die Annahme, irgend jemand auf verantwortlichem Posten sei möglicherweise nicht korrupt, ist in seinen Texten bestenfalls ein schlechter Witz. Es ist denkbar, daß ein Politiker eine moralisch einwandfreie Entscheidung trifft, aber nur, wenn und insofern sie ihm nützt. Wiederwahl, Akkumulation von Macht und Geld, Vernichtung von Gegnern sind Ziele, zu deren Erreichen jedes Mittel recht ist, notfalls sogar ein legales oder sauberes. Bisweilen kommt es zu Zweckbündnissen, die man nicht mit Loyalität o. ä. verwechseln sollte. Die Feststellung, daß sämtliche mit Selbsterhaltung befaßten Kollektive (Staaten, Parteien, Gewerkschaften etc.) nicht unmoralisch, sondern prinzipiell und zwangsläufig amoralisch sind, gibt diesen sarkastischen Politromanen ihre Kälte und Schärfe, Welten entfernt von den obsoleten deutschen Soziokrimis mit ihrer Larmoyanz und ihrem permanent erigierten moralischen Zeigefinger.

Es hieß, Ross Thomas sei Amerikas Antwort auf Len

Deighton und John Le Carré und witziger als beide. Vor allem ist er frei von Le Carrés Old-boy-Sentimentalität. Die finale Rührseligkeit von abgebrühten Agenten wie Leamas oder Westerby, die sich lieber erschießen lassen als mit Enttäuschungen zu überleben, findet sich bei Ross Thomas' Protagonisten nicht. McCorkle und Padillo überleben im finsteren Spiel der Geheimdienste *(The Cold War Swap),* weil sie sehr früh davon ausgehen, daß die eigene Seite sie hemmungslos verschaukeln wird. Ob organisiertes Verbrechen *(The Singapore Wink),* Finanzwelt *(The Money Harvest),* Gewerkschaften *(The Porkchoppers),* Senatoren *(If You Can't Be Good),* Staatschefs *(The Mordida Man)* oder Polizei, Militär und Geheimdienste, alle Apparate sind gleich mörderisch.

Der Originaltitel dieses Romans – *Ah, Treachery!* – spielt an auf O'Neills Stück *Ah, Wilderness.* Verrat, Verräterei, Hintergehen, Niedertracht, Heimtücke, verbunden mit ah oder oh, klingen auf Deutsch allesamt unbeholfen, und das zitierte Stück ist nicht eben geläufig. Der gewählte deutsche Titel mit dem Mackie-Messer-Verweis ist eine hoffentlich akzeptable Notlösung; allerdings fehlen nun Verräterei und assoziierte Wildnis, Handlungsprinzip und Schauplatz: der Dschungel, in dem nahezu jeder jeden jederzeit hintergeht. Am Schluß überleben jene unter den Verratenen, die den Verrat besser beherrschen als die Verräter.

Der Plot des Romans ist nicht so kompliziert und vielschichtig wie etwa der von *Out on the Rim*, wo bis zum Schluß völlig unklar bleibt, wer schließlich wen auf welche Weise aufs Kreuz legen wird, aber auch ein für Ross Thomas einfacher Plot ist komplexer als fast alles, was die Mystery-Gilde sonst bietet. Nun kann der beste Plot nur funktionieren, wenn die Zutaten stimmen, und hier zeigt sich, welch großer Autor Ross Thomas ist. Der erste Satz genügt, um mitten in die Geschichte zu kommen. Keine langen Darlegungen eines allwissenden Erzählers, sondern die Personen selbst und ihre oft bissigen Dialoge liefern die Vorgeschichte. Die Psychologie der Charaktere ist stimmig bis hin zu ihren Macken, den (nicht immer genau übersetzbaren) Sprecheigentümlichkeiten und Wahrnehmungen: Daß Winfield Stufen zählt und die Höhe eines Gartentörchens schätzt, paßt zu seinem Umgang mit Kleingeld, seiner pedantischen Akkuratesse und der manchmal überkorrekten Sprache. Die eisige Selbstverständlichkeit, mit der Zustände und Vorgänge registriert werden (Detective Knox, dessen feine Klamotten nicht allein von seinem Gehalt bezahlt worden sein können; die Geldbeschaffung für Politiker; die in El Salvador angerichteten Dinge), ist viel überzeugender und beredter, als dies jeder Versuch eines »sozial relevanten« Klagelieds wäre. Neben den menschlichen bzw. zwischenmenschlichen Details tragen viele feine Zynismen zur Perfektion des Buchs bei – die präsumptive Sauberkeit der neuen Regierung führt zum Versuch, den alten Dreck mit Macht und Mord zuzudecken; Partains Verzicht auf ultimate Gewaltanwendung ist eigentlich sadistischer als die vorhergegangenen Gewalttaten . . . Oder die beiläufige Gehässigkeit, mit der *political correctness* karikiert wird: Da die bloße Erwähnung von Geschlechtsunterschieden schon als sexistisch gilt, darf man nicht mehr *stewardess* sagen; brav schreibt Ross Thomas *flight attendant,* um dann politisch inkorrekt Aussehen und Alter anzugeben: ». . . *was a handsome fifty*.«

Ross Thomas ist einer der technisch brillantesten und intellektuell schärfsten Autoren der US-Literatur – wenn wir uns, gegen das deutsche Feuilletonwesen, darauf verständigen, daß Schreibhandwerk nicht aus möglichst sklavischer Imitation des Stils von Thomas Mann o. ä. zu bestehen hat (Lichtenberg: »Was auf Shakespearisch in der Welt zu erledigen war, hat Shakespeare größtenteils erledigt«), sondern aus einer Annäherung an den Kern dessen, was Sainte-Beuve über *Madame Bovary* schrieb: »Ein komponiertes, durchdachtes Werk, in dem der Autor jederzeit nur das getan hat, was er tun wollte.«

Der ›Boston Globe‹ nannte *Ah, Treachery!* ohne einschränkende Genre-Qualifizierung einen der zehn besten Romane des Jahres. Die vier großen Tugenden, Stilsicherheit, Witz, Präzision und Lakonie, ins Deutsche zu schmuggeln ist nicht einfach, aber es war ein Privileg, dies versuchen zu dürfen.

Gisbert Haefs

SUSAN GEASON
Fish im Trüben
Stories. Aus dem australischen Englisch von Hen Hermanns und Henner Löffler.

Fish vor die Hunde
Roman. Aus dem australischen Englisch von Barbara Jung.

ROGER GRAF
Tödliche Gewißheit
Ein Philip-Maloney-Krimi.

STEPHEN GREENLEAF
Blutgruppe
Roman. Aus dem Amerikanischen von Sepp Leeb.

ROBERT HARRIS
VATERLAND
Thriller. Aus dem Englischen von Hanswilhelm Haefs.

HEN HERMANNS
Maximum Trouble
Ein Max-Reinartz-Krimi.

H. P. KARR & WALTER WEHNER
Geierfrühling
Ein Gonzo-Roman.

Rattensommer
Ein Gonzo-Roman.

DAN KAVANAGH
Schieber-City
Ein Duffy-Roman. Aus dem Englischen von Michel Bodmer.

CONNY LENS

Verliebt in den Tod

Ein erotischer Kriminalroman.

Die Kattowitz-Connexion

Ein Steeler-Straße-Krimi.

BOB LEUCI

Captain Butterfly

Kriminalroman. Aus dem Amerikanischen von Peter Torberg.

Auf der Kippe

Kriminalroman. Aus dem Amerikanischen von Jürgen Bürger.

ELLIOT PAUL

Mickey Finn

Roman. Aus dem Amerikanischen von Michael Schulte.

DAVID M. PIERCE

Rosen lieben Sonne

Ein Vic-Daniel-Krimi. Aus dem Amerikanischen von Ulrich Hoffmann.

Hear the Wind Blow

Ein Vic-Daniel-Krimi. Aus dem Amerikanischen von Ruth Keen.

Angels in Heaven

Ein Vic-Daniel-Krimi. Aus dem Amerikanischen von Ulrich Hoffmann.

WALTER SATTERTHWAIT

Wand aus Glas

Ein Joshua-Croft-Krimi. Aus dem Amerikanischen von Cornelia Philipp.

Mit den Toten in Frieden

Ein Joshua-Croft-Krimi. Aus dem Amerikanischen von Christa Krüger.

Miss Lizzie

Roman. Aus dem Amerikanischen von Ursula-Maria Mössner.

ROSS THOMAS

Die im Dunkeln

Roman. Aus dem Amerikanischen und mit einem Nachwort von Gisbert Haefs.